不完美接触

刘慈欣 阿缺 等 著

IMPERFECT CONTACT

北京理工大学出版社

科幻硬阅读
—— 献给那些聪明的头脑和有趣的灵魂

当小鲜肉、流量明星、鸡汤文和小清新大行其道，当坚硬强悍磊落豪雄变成小众，当拼爹、晒富、割韭菜成为常态，当群氓乱舞中理性精神和至性深情被某些人弃如敝屣——我愿反其道而行，向极小极小的一小部分喜欢阅读和思考的读者，推出一套比较烧脑，但能让神经更粗壮大条的作品——"科幻硬阅读"系列图书。

科幻不是目的，思考才是根本。有趣的灵魂诗意栖居大地。理性使其无惑，感性助其丰盈，个性使其独特，青春致其张扬，而爱的疼痛与快乐，则为灵魂刻下一抹深沉隽永……

所以这套书里除了"烧脑"科幻，兼或还会有其他一些提神醒脑类作品，希望它们能给读者朋友带来一丝极致的阅读体验——极致的思考或震撼、极致的美丽与忧愁、极致的愉悦和放松……不求完美，但求在某方面达到极致——极致，便是"硬阅读"的注脚。

但这种"硬"绝不应该是艰深晦涩，故作深沉！

好看的作品通常都是柔软而流动的，如水、亦似爱人或者时光，默默陪伴，于悄无声息间渗透血脉、融入心魂，让我们在一条注定是一去不返的人生路上，逐渐、逐渐，获得一分坚强和硬度！

愿所有可爱而有趣的灵魂，脚踩大地，仰望星辰，追逐梦想。

—— 小威

独立思考,个性书写,充分表达,
拥有独属于自己的风格和调性。

科幻硬阅读
DEEP READ
不求完美 追逐极致

目录

001 | 诗云
　　　当技术染上浪漫色彩 / 刘慈欣

039 | 收割童年
　　　地球牧场 / 阿缺

081 | 诡础
　　　地球上的外星人 / 王亚男

115 | 星空中的阴谋
　　　彗星阻击战 / 卡卡的灰树干

157 | 咔西诡秘事件
　　　史前高级文明的毁灭 / 五月羽毛

199 | 寻神
　　　与未知对话 / 文了

267 | 萨根计划
　　　低级文明的抗争 / 李卿之

诗 云

当技术染上浪漫色彩

文 / 刘慈欣

伊依一行3人乘一艘游艇在南太平洋上作吟诗航行，他们的目的地是南极，如果几天后能顺利到达那里，他们将钻出地壳去看诗云。

今天，天空和海水都很清澈，对于作诗来说，世界显得太透明了。抬头望去，平时难得一见的美洲大陆清晰地出现在天空中，在东半球构成的覆盖世界的巨大穹顶上，大陆好像是墙皮脱落的区域……

哦，现在人类生活在地球里面，更准确地说，人类生活在气球里面——地球已变成了气球。地球被掏空了，只剩下厚约100公里的一层薄壳，但大陆和海洋还原封不动地存在着，只不过都跑到里面了——球壳的里面。大气层也还存在，也跑到球壳里面了，所以地球变成了气球，一个内壁贴着海洋和大陆的气球。空心地球仍在自转，但自转的意义已与以前大不相同——它产生重力。构成薄薄地壳的那点质量产生的引力是微不足道的，地球重力现在主要由自转的离心力来产生了。但这样的重力在世界各个区域是不均匀的：赤道上最强，约为1.5个原地球重力；随着纬度增高，重力也渐渐减小，两极地区的重力为零。现在吟诗游艇航行的纬度正好是原地球的标准重力，但很难令伊依找到已经消失的实心地球上旧世界的感觉。

空心地球的球心悬浮着一个小太阳,现在正以正午的阳光照耀着世界。这个太阳的光度在 24 小时内不停地变化,由最亮渐变至熄灭,给空心地球里面带来昼夜更替。在某些夜里,它还会发出月亮的冷光,但只是从一点发出,看不到圆月。

游艇上的 3 人中有两个不是人,其中一个是一头名叫大牙的恐龙。他高达 10 米的身躯一移动,游艇就跟着摇晃倾斜,这令站在船头的吟诗者很烦。吟诗者是一个干瘦老头儿,同样雪白的长发和胡须混在一起飘动。他身着唐朝的宽大古装,仙风道骨,仿佛是在海天之间挥洒写就的一个狂草字。

他就是新世界的创造者 —— 伟大的 —— 李白。

1. 礼 物

事情是从 10 年前开始的。当时,吞食帝国刚刚完成了对太阳系长达两个世纪的掠夺,来自远古的恐龙驾驶着那个直径五万公里的环形世界飞离太阳,航向天鹅座。吞食帝国还带走了被恐龙掠去当作小家禽饲养的 12 亿人类。但就在接近土星轨道时,环形世界突然开始减速,最后竟沿原轨道返回,重新驶向太阳系内层空间。

在吞食帝国开始返程后的一个大环星期,使者大牙乘一艘如古老锅炉般的飞船飞离大环,衣袋中装着一个叫伊依的人。

"你是一件礼物！"大牙对伊依说，眼睛看着舷窗外黑暗的太空。它那粗嘎的嗓音震得衣袋中的伊依浑身发麻。

"送给谁？"伊依在衣袋中仰头大声问。他能从袋口看到恐龙的下颚，像是悬崖顶上一大块突出的岩石。

"送给神！神来到了太阳系，这就是帝国返回的原因。"

"是真的神吗？"

"它们掌握了不可思议的技术，已经纯能化，并且能在瞬间从银河系的一端跃迁到另一端，这不就是神了？如果我们能得到那些超级技术的百分之一，吞食帝国的前景就很光明了。我们正在完成一个伟大的使命，你要学会讨神喜欢！"

"为什么选中了我？我的肉质是很次的。"伊依说。他三十多岁，与吞食帝国精心饲养的那些肌肤白嫩的人相比，他的外貌很有些沧桑。

"神不吃虫虫，只是收集，我听饲养员说你很特别，你好像还有很多学生？"

"我是一名诗人，在饲养场的家禽人中教授人类古典文学。"伊依很吃力地念出了"诗""文学"这类在吞食语中相当生僻的词。

"无用又无聊的学问。你那里的饲养员之所以默许你授课，是因为其中的一些内容有助于改善虫虫们的肉质……我观察过，你自视清高、目空一切，对于一个被饲养的小家禽来说，这很有趣。"

"诗人都是这样！"伊依在衣袋中站直。虽然知道大牙看不见，但他还是骄傲地昂起头。

"你的先辈参加过地球保卫战吗？"

伊依摇摇头，"我在那个时代的先辈也是诗人。"

"一种最无用的虫虫。在当时的地球上也十分稀少了。"

"他生活在自己的内心世界里，对外部世界的变化并不在意。"

"没出息……呵，我们快到了。"

听到大牙的话，伊依把头从衣袋中伸出来，透过宽大的舷窗向外看。飞船前方有两个发出白光的物体，那是悬浮在太空中的一个正方形平面和一个球体，当飞船移动到与平面齐平时，平面在星空的背景上短暂地消失了一下，这说明它几乎没有厚度。那个完美的球体悬浮在平面正上方，两者都发出柔和的白光，表面均匀得看不出任何特征。它们仿佛是从计算机图库中取出的两个元素，是这纷乱宇宙中两个简明而抽象的概念。

"神呢？"伊依问。

"就是这两个几何体啊。神喜欢简洁。"

距离拉近，伊依发现平面有足球场大小，飞船正在向平面上降落。发动机喷出的炽焰首先接触到平面，仿佛只是接触到一个幻影，没有在上面留下任何痕迹。但伊依感到了重力和飞船接触平面时的震动，说明它不是幻影。大牙显然以前曾经来过这里，毫不犹豫地拉开舱门走了出去。伊依看到他同时打开了气密过渡舱的两道舱门,心一下抽紧了,但他并没有听到舱内空气涌出时的呼啸声。当大牙走出舱门后,衣袋中的伊依嗅到了清新的空气,伸到外面的脸上感到了习习的凉风……这是人和恐龙都无法理解的超级技术,却以温柔而漫不经心的方式呈现出来,这震撼了伊依。与人类第一次见到吞食者时相比,这震撼更加深入灵魂。他抬头望望,球体悬浮在他们上方,背后是灿烂的银河。

"使者,这次你又给我带来了什么小礼物?"神问。他说的是吞食语,声音不高,仿佛从无限远处的太空深渊中传来,让伊依第一次感觉到这种粗陋的恐龙语言听起来很悦耳。

大牙把一只爪子伸进衣袋,抓出伊依放到平面上。伊依的脚底感到了平面的弹性。大牙说:"尊敬的神,得知您喜欢收集各个星系的小生物,我带来了这个很有趣的小东西:地球人。"

"我只喜欢完美的小生物,你把这么肮脏的虫子拿来干什么?"神说。球体和平面发出的白光微微地闪动了两下,可能是表示厌恶。

"您知道这种虫虫?!"大牙惊奇地抬起头。

"只是听这个旋臂的一些航行者提到过,不是太了解。在这种虫子不算长的进化史中,航行者曾频繁造访地球。这种生物的思想之猥琐、行为之低劣、历史之混乱和肮脏,都让他们恶心,以至于直到地球世界毁灭之前,也没有一个航行者屑于同它们建立联系……快把它扔掉。"

大牙抓起伊依,转动着硕大的脑袋,看看可往哪儿扔,"垃圾焚化口在你后面。"神说。大牙一转身,看到身后的平面上突然出现了一个小圆口,里面闪着蓝幽幽的光……

"你不要这样说!人类建立了伟大的文明!"伊依用吞食语声嘶力竭地大喊。

球体和平面的白光又颤动了两次。神冷笑了两声,"文明?使者,告诉这个虫子什么是文明。"

大牙把伊依举到眼前,伊依甚至听到了恐龙的两个大眼球转动时骨碌碌的声音,"虫虫,在这个宇宙中,对一个种族文明程度的统一度量标准是这个种族所进入的空间的维度。只有进入六维以上空间的种族才具备加入文明大家庭的起码条件。我们尊敬的神的一族已能够进入十一维空间。吞食帝国已能在实验室中小规模地进入四维空间,只能算是银河系中一个未开化的原始群落。而你们,在神的眼里不过是杂草和青苔。"

"快扔了,脏死了!"神不耐烦地催促道。

大牙举着伊依向垃圾焚化口走去。伊依拼命挣扎,从衣服中掉出了许多白色的纸片。那些纸片飘荡着下落,从球体中射出一条极细的光线,射到其中一张纸上时,纸片便在半空中悬住了,光线飞快地在上面扫描了一遍。

"唷,等等,这是什么东西?"

大牙把伊依悬在焚化口上方,扭头看着球体。

"那是……是我的学生们的作业!"伊依在恐龙的巨掌中吃力地挣扎着说。

"这种方形的符号很有趣,它们组成的小矩阵也很好玩儿。"神说,从球体中射出的光束又飞快地扫描了已落在平面上的另外几张纸。

"那是汉……汉字,这些是用汉字写的古诗!"

"诗?"神惊奇地问,收回了光束,"使者,你应该懂这种虫子的文字吧?"

"当然,尊敬的神,在吞食帝国吃掉地球前,我在它们的世界生活了很长时间。"大牙把伊依放到焚化口旁边的平面上,弯腰拾起一张纸,举到眼前吃力地辨认着上面的小字,"它的大意是……"

"算了吧,你会曲解它的!"伊依挥手制止大牙说下去。

"为什么?"神很感兴趣地问。

"因为这是一种只能用古汉语表达的艺术。即使翻译成人类的其他语言,也会失去大部分内涵和魅力,变成另一种东西了。"

"使者,你的计算机中有这种语言的数据库吗?我还要有关地球历史的一切知识。给我传过来吧,就用我们上次见面时建立的那个信道。"

大牙急忙返回飞船,在舱内的电脑上鼓捣了一阵儿,嘴里嘟囔着:"古汉语部分没有,还要从帝国的网络上传过来,可能有些时滞。"伊依从敞开的舱门中看到,恐龙的大眼球中反射着电脑屏幕上变幻的彩光。当大牙从飞船上走出来时,神已经能用标准的汉语读出一张纸上的中国古诗了:

"白日依山尽,黄河入海流。欲穷千里目,更上一层楼。"

"您学得真快!"伊依惊叹道。

神没有理他,只是沉默着。

大牙解释说:"它的意思是:恒星已在行星的山后面落下,一条叫黄河的河流向着大海的方向流去 —— 哦,这河和海都是由那种由一个氧原子和两个氢原子构成的化合物组成 —— 要想看得更远,就应该在建筑物上登得更高些。"

神仍然沉默着。

"尊敬的神,您不久前曾君临吞食帝国,那里的景色与写这首诗的虫虫的世界十分相似,有山有河也有海,所以……"

"所以我明白诗的意思。"神说。球体突然移动到大牙头顶上,伊依感觉它就像一只盯着大牙看的没有瞳仁的大眼睛,"但,你,没有感觉到些什么?"

大牙茫然地摇摇头。

"我是说,隐含在这个简洁的方块符号矩阵的表面含义之后的一些东西?"

大牙显得更茫然了,于是神又吟诵了一首古诗:

"前不见古人,后不见来者。念天地之悠悠,独怆然而涕下。"

大牙赶紧殷勤地解释道:"这首诗的意思是:向前看,看不到在遥远过去曾经在这颗行星上生活过的虫虫;向后看,看不到未来将要在这颗行星上生活的虫虫。于是感到时空的无限,于是哭了。"

神沉默。

"呵,哭是地球虫虫表达悲哀的一种方式,它们的视觉器官……"

"你仍没感觉到什么?"神打断了大牙的话。球体又向下降了一些,几乎贴到大牙的鼻子上。

大牙这次坚定地摇摇头,"尊敬的神,我想里面没有什么的。一首很简单的小诗罢了。"

接下来,神又连续吟诵了几首古诗,都很简短,且属于题材空灵超脱的一类,有李白的《下江陵》《静夜思》《黄鹤楼送孟浩然之广陵》,柳宗元的《江雪》,崔颢的《黄鹤楼》,孟浩然的《春晓》等。

大牙说:"在吞食帝国,有许多长达百万行的史诗。尊敬的神,我愿意把它们全部献给您!相比之下,人类虫虫的诗是这么短小简陋,就像他们的技术……"

球体忽地从大牙头顶飘开去,在半空中沿着随机的曲线飘行,"使者,我知道你们最大的愿望就是希望我回答一个问题:吞食帝国已经存在了八千万年,为什么其技术仍徘徊在原子时代?我现在有答案了。"

大牙热切地望着球体说:"尊敬的神,这个答案对我们很重要!求您……"

"尊敬的神,"伊依举起一只手大声说,"我也有一个问题,不知能不能问?!"

大牙恼怒地瞪着伊依,像要把他一口吃了似的,但神说:"我仍然讨厌地球虫子,但那些小矩阵为你赢得了这个权利。"

"艺术在宇宙中普遍存在吗?"

球体在空中微微颤动,似乎在点头,"是的,我就是一名宇宙艺术的收集和研究者。我穿行于星云间,接触过众多文明的各种艺术,它们大多是庞杂而晦涩的体系。用如此少的符号,在如此小巧的矩阵中包含如此丰富的感觉层次和含义分支,而且还要受到严酷得有些变态的诗律和音韵的约束——这,我确实是第一次见到……使者,现在可以把这虫子扔了。"

大牙再次把伊依抓在爪子里,"对,该扔了它,尊敬的神。吞食帝国中心网络中存储的人类文化资料是相当丰富的,现在您的记忆中已经拥有了所有资料,而这个虫虫,大概就记得那么几首小诗。"说着,它拿着伊依向焚化口走去。"把这些纸片也扔了。"神说。大牙又赶紧返身,用另一只爪子收拾纸片,这时伊依在大爪中高喊:

"神啊,把这些写着人类古诗的纸片留作纪念吧!您收集到了一种不可超越的艺术,向宇宙中传播它吧!"

"等等。"神再次制止了大牙。伊依已经悬到了焚化口上方,感到了下面蓝色火焰的热力。球体飘过来,悬停在距伊依的额头几厘米处。他同刚才的大牙一样,受到了那只没有瞳仁的巨眼的逼视。

"不可超越?"

"哈哈哈……"大牙举着伊依大笑起来,"这个可怜的虫虫居然在伟大的神面前说这样的话。滑稽！人类还剩下什么？你们失去了地球上的一切，科学知识也忘得差不多了。有一次在晚餐桌上，我在吃一个人之前问它：地球保卫战争中的人类的原子弹是用什么做的？他说是原子做的！"

"哈哈哈哈……"神也被大牙逗得大笑起来，球体颤动得成了椭圆，"不可能有比这更正确的回答了，哈哈哈……"

"尊敬的神，这些脏虫虫就剩下几首小诗了！哈哈哈……"

"但它们是不可超越的！"伊依在大爪中挺起胸膛庄严地说。

球体停止了颤动，用近似耳语的声音说："技术能超越一切。"

"这与技术无关，这是人类心灵世界的精华，不可超越！"

"那是因为你不知道技术最终能具有什么样的力量，小虫子。小小的虫子，你不知道。"神的语气变得父亲般温柔，但潜藏在深处的阴冷杀气让伊依不寒而栗。"看着太阳。"

伊依按神的话做了。他们位于地球和火星轨道之间的太空，太阳的光芒使他眯起了双眼。

"你最喜欢的颜色是什么？"神问。

"绿色。"

话音刚落，太阳变成了绿色。那绿色妖艳无比，太阳仿佛是一只突然浮现在太空深渊中的猫眼，在它的凝视下，整个宇宙都变得诡异无比。

大牙爪子一颤，伊依掉在平面上。当理智稍稍恢复后，他们都意识到一个比太阳变绿更加令人震撼的事实：从这里到太阳，光需要行走十几分钟，但这一切都发生在一瞬间！

半分钟后，太阳恢复原状，又发出耀眼的白光。

"看到了吗？这就是技术，是这种力量使我们的种族从海底淤泥中的鼻涕虫变为神。其实技术本身才是真正的神，我们都真诚地崇拜它。"

伊依眨着昏花的双眼说："但神并不能超越那样的艺术，我们也有神，想象中的神，我们崇拜它们，但并不认为它们能写出李白和杜甫那样的诗。"

神冷笑了两声，对伊依说："真是一只无比固执的虫子，这使你更让人厌恶。不过，为了消遣，就让我来超越一下你们的矩阵艺术吧。"

伊依也冷笑了两声，"不可能的，首先你不是人，不可能有人的心灵感受，人类艺术在你那里只是石板上的花朵，技术并不能使你超越这个障碍。"

"技术超越这个障碍易如反掌，给我你的基因！"

伊依不知所措。"给神一根头发！"大牙提醒说。伊依伸手拔下一根头发，一股无形的吸力将头发吸向球体，然后从球体飘落到平面，神只是提取了发根上的一点皮屑。

球体中的白光涌动起来，渐渐变得透明，里面充满了清澈的液体，浮起串串水泡。接着，伊依在液体中看到了一个蛋黄大小的球，它在射入液球的阳光中呈淡红色，仿佛自己会发光。

小球很快长大，伊依认出那是一个蜷曲着的胎儿，他肿胀的双眼紧闭着，大大的脑袋上交错着红色的血管。胎儿继续成长，小身体终于伸展开来，像青蛙似的在液球中游动。液体渐渐变得浑浊，透过液球的阳光只映出一个模糊的影子。看得出那个影子仍在飞速成长，最后变成了一个游动着的成人的身影。这时，液球又恢复成原来那样完全不透明的白色光球，一个赤裸的人从球中掉出来，落到平面上。伊依的克隆体摇摇晃晃地站了起来，阳光在他湿漉漉的身体上闪亮。他的头发和胡子老长，但看得出来只有三四十岁的样子。除了一样的精瘦外，一点也不像伊依本人。克隆体僵立着，呆滞的目光看着无限的远方，似乎对这个刚刚进入的宇宙浑然不知。在他的上方，球体的白光暗下来，最后完全熄灭，球体本身也像蒸发似的消失了。但这时，伊依感觉什么东西又亮了起来，很快发现那是克隆体的眼睛，它们由呆滞突然变得充满了智慧的灵光。后来伊依知道，神的记忆这时已全部转移到克隆体中了。

"冷，这就是冷？！"一阵轻风吹来，克隆体双手抱住湿漉漉的双肩，浑身打战，但声音里充满了惊喜，"这就是冷。这就是痛苦，精致的、完美的痛苦。我在星际间苦苦寻觅的感觉，尖锐如洞穿时空的十维弦，晶莹如类星体中心的纯能钻石，啊——"他伸开皮包骨头的双臂，仰望银河，"前不见古人，后不见来者，念宇宙之……"克隆体冷得牙齿咯咯作响，赶紧停止了出生演说，跑到焚化口边烤火。

克隆体把两手放到焚化口的蓝火焰上，哆哆嗦嗦地对伊依说："其实，我现在进行的是一项很普通的操作。当我研究和收集一种文明的艺术时，总是将自己的记忆借宿于该文明的一个个体中，这样才能保证对该艺术的完全理解。"

焚化口中的火焰亮度剧增，周围的平面上也涌动着各色的光晕，伊依感觉这里仿佛成了一块漂浮在火海上的毛玻璃。

大牙低声对伊依说："焚化口已转换为制造口了，神正在进行能-质转换。"看到伊依不太明白，他又解释说，"傻瓜，就是用纯能制造物品——上帝的活计！"

制造口突然喷出一团白色的东西，在空中展开并落了下来，原来是一件衣服。克隆体接住衣服穿了起来。伊依看到那竟是一件宽大的唐朝古装，用雪白的丝绸做成，有宽大的黑色镶边。刚才还一副可怜相的克隆体穿上它后立刻显得就像神仙下凡。伊依实在想象不出它是如何从蓝火焰中被制造出来的。

又有物品被制造出来——从制造口飞出一块黑色的东西，像石头一样咚地砸在平面上。伊依跑过去拾起来。他几乎不敢相信自己的眼睛——手中拿着的，分明是一方沉重的石砚，而且还是冰凉的。接着又有什么啪地掉下来，伊依拾起那个黑色的条状物。他没猜错，这是一块墨！接着被制造出来的是几支毛笔、一副笔架、一张雪白的宣纸——从火里飞出的纸！还有几件古色古香的案头小饰品，最后制造出来的也是最大的一件东西：一张样式古老的书案！伊依和大牙忙着把书案扶正，把那些小东西在案头摆放好。

"转化这些东西的能量，足以把一颗行星炸成碎末。"大牙对伊依耳语，声音有些发颤。

克隆体走到书案旁,看着上面的摆设,满意地点点头,一手理着刚刚干了的胡子,说:"我,李白。"

伊依审视着克隆体问:"你是说想成为李白呢,还是真把自己当成了李白?"

"我就是李白,超越李白的李白!"

伊依笑着摇摇头。

"怎么,到现在你还怀疑吗?"

伊依点点头说:"不错,你们的技术远远超过了我的理解力,已与人类想象中的神力和魔法无异,即使是在诗歌艺术方面也有让我惊叹的东西——跨越如此巨大的文化和时空鸿沟,你竟能感觉到中国古诗的内涵……但理解李白是一回事,超越他又是另一回事,我仍然认为你面对的是不可超越的艺术。"

克隆体——李白的脸上浮现出高深莫测的笑容,但转瞬即逝。他手指书案,对伊依大喝一声:"研墨!"然后径自走去,在快要走到平面边缘时站住,理着胡须遥望星河沉思起来。

伊依提起书案上的一只紫砂壶向砚上倒了一点清水,拿过那条墨研了起来。他是第一次干这个,笨拙地斜着墨条磨边角。看着砚中渐渐浓起来的墨汁,伊依想到自己正身处距太阳1.5个天文单位的茫茫太空中,这个无限薄的平面(即使在刚才由纯能制造物品时,从远处看它仍没有厚度)仿佛是漂浮在宇宙深渊中的舞台,在它上面,一只恐龙,一个被恐龙当作肉食家禽饲养的人,一个穿着唐朝古装、准备超越李白的技术之神,正在上演一场怪诞到极点的活剧,伊依不禁摇头苦笑起来。

墨研得差不多了,伊依站起来,同大牙一起等待着。这时,平面上的轻风已经停止,太阳和星河静静地发着光,仿佛整个宇宙都在期待。李白静立在平面边缘。由于平面上的空气层几乎没有散射,他在阳光中的明暗部分极其分明,除了理胡须的手不时动一下外,简直就是一尊石像。伊依和大牙等啊等,时间在静静地流逝,书案上蘸满了墨的毛笔渐渐有些发干。不知不觉,太阳的位置已移动了很多,把他们和书案、飞船的影子长长地投在平面上,书案上平铺的白纸仿佛变成了平面的一部分。终于,李白转过身来,慢步走到书案前。伊依赶紧把毛笔重新蘸了墨,双手递了过去,但李白抬起一只手回绝了,只是看着书案上的白纸继续沉思,目光中有了些新的东西。

伊依得意地看出,那是困惑和不安。

"我还要制造一些东西,那都是……易碎品,你们去小心接着。"李白指了指制造口说。那里面本来已暗淡下去的蓝焰又明亮起来。伊依和大牙刚刚跑过去,就有一条蓝色的火舌把一个球形物推出来。大牙眼疾手快地接住了,细看是一个大坛子。接着又从蓝焰中飞出了3只大碗,伊依接住了其中的两只,有一只摔碎了。大牙把坛子抱到书案上,小心地打开封盖,一股浓烈的酒味溢了出来,他和伊依惊奇地对视了一眼。

"在我从吞食帝国接收到的地球信息中,有关人类酿造业的资料不多,所以这东西造得不一定准确。"李白说,同时指着酒坛示意伊依尝尝。

伊依拿碗从中舀了一点儿,抿了一口,一股火辣感从嗓子眼儿流到肚子里,他点点头,"是酒,但是与我们为改善肉质喝的那些相比太烈了。"

"满上。"李白指着书案上的另一只空碗说。待大牙倒满烈酒后,李白端起来咕咚咚一饮而尽,然后转身再次向远处走去,不时踉跄两下。到达平面边缘后,他又站在那里对着星海深思。但与上次不同的是,他的身体有节奏地左右摆动,像在和着某首听不见的曲子。这次李白沉思不久就走回到书案前,回来的一路上近乎在跳舞。面对伊依递过来的笔,他一把抓过扔到远处。

"满上。"李白眼睛直勾勾地盯着空碗说。

……

一小时后,大牙用两只大爪小心翼翼地把烂醉如泥的李白放到已清空的书案上,但他一翻身又骨碌下来,嘴里嘀咕着恐龙和人都听不懂的语言。他已经红红绿绿地吐了一大摊——真不知是什么时候吃进的这些食物——宽大的古服上也污了一片。那一摊呕吐物被平面发出的白光透过,形成了一幅抽象图形。李白的嘴上黑乎乎的全是墨,这是因为在喝光第四碗后,他曾试图在纸上写什么,但只是把蘸饱墨的毛笔重重地戳到桌面上,接着,李白就像初学书法的小孩子那样,试图用嘴把笔毛理顺……

"尊敬的神?"大牙俯下身来小心翼翼地问。

"哇咦卡啊……卡啊咦唉哇。"李白大着舌头说。

大牙站起身,摇摇头叹了一口气,对伊依说:"我们走吧。"

2. 另一条路

伊依所在的饲养场位于吞食者的赤道上。当吞食帝国处于太阳系内层空间时，这里曾是一片夹在两条大河之间的美丽草原。吞食帝国航出木星轨道后，严冬降临了，草原消失，大河封冻，被饲养的人类都转到地下城中。当吞食帝国受到神的召唤而返回后，随着太阳的临近，大地回春，两条大河很快解冻了，草原也开始变绿。

气候好的时候，伊依总是独自住在河边自己搭的一间简陋草棚中，种地过日子。对于一般人来说，这是不被允许的，但由于伊依在饲养场中讲授的古典文学课程有陶冶情操的功能，他的学生的肉有一种很特别的风味，所以恐龙饲养员也就不干涉他了。

这是伊依与李白初次见面两个月后的一个黄昏，太阳刚刚从吞食帝国平直的地平线上落下，两条映着晚霞的大河在天边交汇。在河边的草棚外，微风把远处草原上欢舞的歌声隐隐送来，伊依和自己下着围棋，抬头看到李白和大牙沿着河岸向这里走来。这时的李白已有了很大的变化——他头发蓬乱，胡子老长，脸晒得很黑，左肩挎着一只粗布包，右手提着一个大葫芦，身上那件古装已破烂不堪，脚上穿着一双磨得不像样子的草鞋。伊依觉得这时的他倒更像一个"人"了。

李白走到围棋桌前，像前几次来一样，不看伊依一眼就把葫芦重重地向桌上一放,说:"碗!"待伊依拿来两只木碗后,李白打开葫芦盖,往两只碗里倒满酒,然后又从布包中拿出一个纸包,打开来,伊依发现里面竟放着切好的熟肉,香味扑鼻,不由得拿起一块嚼了起来。

大牙只是站在两三米远处静静地看着他们。有前几次的经验,他知道他们俩又要谈诗了。对这种谈话,他既无兴趣,也没资格参与。

"好吃,"伊依赞许地点点头,"这牛肉也是纯能转化的?"

"不,我早就回归自然了。你可能没听说过,在距这里很遥远的一个牧场,饲养着来自地球的牛群。这牛肉是我亲自做的,用山西平遥牛肉的做法,诀窍是在炖的时候放——"李白凑到伊依耳边神秘地说,"尿碱。"

伊依迷惑不解地看着他。

"哦,就是人类的小便蒸干以后析出的那种白色的东西,能使炖好的肉外观红润,肉质鲜嫩,肥而不腻,瘦而不柴。"

"这尿碱……也不是纯能做出来的?"伊依惊恐地问。

"我说过自己已经回归自然了!尿碱是我费了好大劲儿从几个人类饲养场收集来的。这是很正宗的民间烹饪技艺,在地球毁灭前就早已失传。"

伊依已经把嘴里的牛肉咽下去了。为了抑制呕吐,他端起了酒碗。

李白指指葫芦说:"在我的指导下,吞食帝国已经建起了几个酒厂，能够生产大部分的地球名酒。这是它们酿制的正宗竹叶青，用汾酒浸泡竹叶而成。"

伊依这才发现碗里的酒与前几次李白带来的不同，呈翠绿色，入口后有甜甜的药草味。

"看来，你对人类文化已了如指掌了。"伊依感慨道。

"不仅如此，我还花了大量的时间亲身体验。你知道，吞食帝国很多地区的风景与李白所在的地球极为相似。这两个月来，我浪迹山水之间，饱览美景，月下饮酒，山巅吟诗，还在遍布各地的人类饲养场中有过几次艳遇……"

"那么，现在总能让我看看你的诗作了吧。"

李白呼地放下酒碗，站起身，不安地踱起步来，"是作了一些诗，而且肯定是些让你吃惊的诗，你会看到，我已经是一个很出色的诗人了，甚至比你和你的祖爷爷都出色。但我不想让你看，因为我同样肯定你会认为那些诗没有超越李白，而我……"他抬起头遥望天边落日的余晖，目光中充满了迷离和痛苦，"也这么认为。"

远处的草原上，舞会已经结束，快乐的人们开始享用丰盛的晚餐。一群少女向河边跑来，在岸边的浅水中嬉戏。她们头戴花环，身上披着薄雾一样的轻纱，在暮色中构成一幅醉人的画面。伊依指着距草棚较近的一个少女问李白："她美吗？"

"当然。"李白不解地看着伊依说。

"想象一下，用一把利刃把她切开，取出她的每一个脏器，剜出她的眼球，挖出她的大脑，剔出每一根骨头，把肌肉和脂肪按不同部位和功能分割开来，再把所有的血管和神经分别理成两束，最后在这里铺上一大块白布，把这些东西按解剖学原理分门别类地放好，你还觉得美吗？"

"你怎么在喝酒的时候想到这些？恶心。"李白皱起眉头说。

"怎么会恶心呢？这不正是你所崇拜的技术吗？"

"你到底想说什么？"

"李白眼中的大自然就是你现在看到的河边少女；而同样的大自然在技术的眼中呢，就是那张白布上井然有序但血淋淋的部件。所以，技术是反诗意的。"

"你好像对我有什么建议？"李白理着胡子若有所思地说。

"我仍然不认为你有超越李白的可能，但可以尝试为你指出一个正确的方向：技术的迷雾蒙住了你的双眼，使你看不到自然之美，所以，你首先要做的是把那些超级技术全部忘掉。你既然能够把自己的全部记忆移植到你现在的大脑中，当然也可以删除其中的一部分。"

李白抬头和大牙对视了一眼，两者都哈哈大笑起来。大牙对李白说："尊敬的神，我早就告诉过您，虫虫是多么的狡诈，您稍不留心就会跌入他们设下的陷阱。"

"哈哈哈哈，是狡诈，但也有趣。"李白对大牙说，然后转向伊依，冷笑着说，"你真的认为我是来认输的？"

"你没能超越人类诗词艺术的巅峰，这是事实。"

李白突然抬起一只手，指着大河，问："到河边去有几种走法？"

伊依不解地看了李白几秒钟，"好像……只有一种。"

"不，有两种。我还可以向这个方向走，"李白指着与河相反的方向说，"这样一直走，绕吞食帝国的大环一周，再从对岸过河，也能走到这个岸边。我甚至还可以绕银河系一周再回来。对于我们的技术来说，这也易如反掌。技术可以超越一切！我现在已经被逼得要走另一条路了！"

伊依努力想了好半天，终于困惑地摇摇头，"就算是你有神一般的技术，我还是想不出超越李白的另一条路在哪儿。"

李白站起来说："很简单，超越李白的两条路是：一，把超越他的那些诗写出来；二，把所有的诗都写出来！"

伊依显得更糊涂了，但站在一旁的大牙似有所悟。

"我要写出所有的五言和七言诗，这是李白所擅长的；另外我还要写出常见词牌的所有的词！你怎么还不明白？！我要在符合这些格律的诗词中，试遍所有汉字的所有组合！"

"啊，伟大！伟大的工程！"大牙忘形地欢呼起来。

"这很难吗？"伊依傻傻地问。

"当然难，难极了！如果用吞食帝国最大的计算机来进行这样的计算，可能到宇宙末日也完成不了！"

"没那么多吧？"伊依充满疑问地说。

"当然有那么多！"李白得意地点点头，"但使用你们还远未掌握的量子计算技术，就能在可以接受的时间内完成这样的计算。到那时,我就写出了所有的诗词,包括所有以前写过的和所有以后可能写的。特别注意,所有以后可能写的!超越李白的巅峰之作自然包括在内。事实上,我终结了诗词艺术。直到宇宙毁灭,所出现的任何一个诗人,不管他达到了怎样的高度,都不过是个抄袭者,他的作品肯定能在我那巨大的存储器中检索出来。"

大牙突然发出一声低沉的惊叫,看着李白的目光由兴奋变为震惊,"巨大的……存储器?!尊敬的神,您该不是说,要把量子计算机写出的诗都……都存起来吧?"

"写出来就删除有什么意思呢?当然要存起来!这将是我的种族留在这个宇宙中的艺术丰碑之一!"

大牙的目光由震惊变为恐惧,他粗大的双爪前伸,两腿打弯,像要给李白跪下,声音也像要哭出来似的,"使不得,尊敬的神,这使不得啊!"

"是什么把你吓成这样?"伊依抬头惊奇地看着大牙问。

"你个白痴!你不是知道原子弹是原子做的吗?那存储器也是原子做的,它的存储精度最高只能达到原子级别!知道什么是原子级别的存储嘛?就是说一个针尖大小的地方,就能存下人类所有的书!不是你们现在那点儿书,是地球被吃掉前上面所有的书!"

"啊,这好像是有可能的,听说一杯水中的原子数比地球上海洋中水的杯数都多。这么说,他写完那些诗后带根针走就行了。"伊依指指李白说。

大牙恼怒已极,来回急走几步,总算挤出了一点儿耐性,"好,好,你说,按神说的那些五言七言诗,还有那些常见的词牌,各写一首,总共有多少字?"

"不多,也就两三千字吧,古典诗词是最精练的艺术。"

"那好,我就让你这个白痴虫虫看看它有多么精练!"大牙说着走到桌前,用爪指着上面的棋盘说,"你们管这种无聊的游戏叫什么?哦,围棋,这上面有多少个交叉点?"

"纵横各 19 行,共 361 个点。"

"很好,每个点上可以放黑子、白子或空着,共三种状态,这样,每一个棋局,就可以看作由三个汉字写成的一首 19 行 361 个字的诗。"

"这比喻很妙。"

"那么,穷尽这三个汉字在这种诗上的所有组合,总共能写出多少首诗呢?让我告诉你:3 的 361 次方首,或者说,嗯,我想想,10 的 172 次方首!"

"这……很多吗?"

"白痴!"大牙第三次骂出这个词,"宇宙中的全部原子只有……啊——"它气恼得说不下去了。

"有多少?"伊依仍是那副傻样。

"只有 10 的 80 次方个!你个白痴虫虫啊——"

直到这时,伊依才表现出了一点儿惊奇,"你是说,如果一个原子存储一首诗,用光宇宙中的所有原子,还存不完他的量子计算机写出的那些诗？"

"差得远呢！差 10 的 92 次方倍呢！再说，一个原子哪能存下一首诗？人类虫虫的存储器，存一首诗用的原子数可能比你们的人口都多。至于我们，用单个原子存储一位二进制还仅处于实验室阶段……唉。"

"使者，在这一点上是你目光短浅了。想象力不足，正是吞食帝国技术进步缓慢的原因之一。"李白笑着说，"使用基于量子多态迭加原理的量子存储器，只用很少量的物质就可以存下那些诗。当然，量子存储不太稳定，为了永久保存那些诗作，还需要与更传统的存储技术结合使用。即使这样，制造存储器需要的物质量也是很少的。"

"是多少？"大牙问，看那样子显然心已提到了嗓子眼儿。

"大约为 10 的 57 次方个原子。微不足道，微不足道。"

"这……这正好是整个太阳系的物质量！"

"是的，包括所有的太阳系行星，当然也包括吞食帝国。"

李白最后这句话是轻描淡写地随口而出的，但在伊依听来却像晴天霹雳，不过大牙反倒显得平静下来。长时间受到灾难预感的折磨后，灾难真正来临时，他反而有一种解脱感。

"您不是能把纯能转换成物质吗？"大牙问。

"得到如此巨量的物质需要多少能量你不会不清楚，这对我们也是不可想象的，还是用现成的吧。"

"这么说，皇帝的忧虑不无道理。"大牙自语道。

"是的是的。"李白欢快地说,"我前天已向吞食皇帝说明,这个伟大的环形帝国将被用于一个更伟大的目的,所有的恐龙应该为此感到自豪。"

"尊敬的神,您会看到吞食帝国的感受的。"大牙阴沉地说,"还有一个问题:与太阳相比,吞食帝国的质量实在是微不足道;为了得到这九牛之一毛的物质,有必要毁灭一个进化了几千万年的文明吗?"

"你的这个疑问我完全理解。但要知道,熄灭、冷却和拆解太阳是需要很长时间的,在这之前对诗的量子计算就已经开始了,我们需要及时地把结果存起来,清空量子计算机的内存以继续计算。这样,可以立即用于制造存储器的行星和吞食帝国的物质就是必不可少的了。"

"明白了,尊敬的神。最后一个问题:有必要把所有的组合结果都存起来吗?为什么不能在输出端加一个判断程序,把那些不值得存储的诗作剔除掉?据我所知,中国古诗是要遵从严格的格律的。如果把不符合格律的诗去掉,那最后的总量将大为减少。"

"格律?哼,"李白不屑地摇摇头,"那不过是对灵感的束缚。中国南北朝以前的古体诗并不受格律的限制,即使是在唐代以后严格的近体诗中,也有许多古典诗词大师不遵从格律,写出了大量卓越的变体诗。所以,在这次终极吟诗中,我将不考虑格律。"

"那您总该考虑诗的内容吧?最后的计算结果中,肯定有百分之九十九的诗是毫无意义的,存下这些随机的汉字矩阵有什么用?"

"意义?"李白耸耸肩说,"使者,诗的意义并不取决于你的认可,也不取决于我或其他任何人——它取决于时间。许多在当时毫无意义的诗后来成了旷世杰作,而现今和以后的许多杰作在遥远的过去肯定也曾是毫无意义的。我要作出所有的诗,亿亿亿万年之后,谁知道伟大的时间会把其中的哪首选为巅峰之作呢?"

"这简直荒唐!"大牙大叫起来,它那粗嘎的嗓音惊起了远处草丛中的几只鸟,"如果按现有的人类虫虫的汉字字库,您的量子计算机写出的第一首诗应该是这样的:

啊啊啊啊啊

啊啊啊啊啊

啊啊啊啊啊

啊啊啊啊唉

请问,伟大的时间会把这首选为杰作?!"

一直不说话的伊依这时欢叫起来:"哇!还用什么伟大的时间来选?!它现在就是一首巅峰之作耶!前三行和第四行的前四个字都是表达生命对宏伟宇宙的惊叹;最后一个字是诗眼,是诗人在领略了宇宙之浩渺后,对生命在无限时空中的渺小发出的一声无奈的叹息。"

"呵呵呵呵呵。"李白抚着胡须乐得合不上嘴,"好诗,伊依虫虫,真的是好诗。呵呵呵……"说着拿起葫芦给伊依倒酒。

大牙挥起巨爪,一巴掌把伊依打了老远,"混账虫虫!我知道你现在高兴了,可不要忘记,吞食帝国一旦毁灭,你们也活不了!"

伊依一直滚到河边,好半天才爬起来。他满脸沙土,咧大了嘴,不顾疼痛地大笑起来,"哈哈有趣,这个宇宙真他妈的不可思议!"他忘形地喊道。

"使者,还有问题吗?"看到大牙摇头,李白接着说,"那么,我在明天就要离去。后天,量子计算机将启动作诗软件,终极吟诗将开始,同时,熄灭太阳、拆解行星和吞食帝国的工程也将启动。"

"尊敬的神,吞食帝国在今天夜里就能做好战斗准备!"大牙立正后庄严地说。

"好好,真是很好,往后的日子会很有趣的。但这一切发生之前,还是让我们喝完这一壶吧。"李白快乐地点点头说,同时拿起了酒葫芦。倒完酒,他看着已笼罩在夜幕中的大河,意犹未尽地回味着,"真是一首好诗。第一首,呵呵,第一首就是好诗。"

3. 终极吟诗

吟诗软件其实十分简单,用人类的 C 语言表达可能不超过两千行代码,另外再加一个存储所有汉字字符的不大的数据库。当这个软件在位于海王星轨道上的那台量子计算机(一个漂浮在太空中的巨大透明锥体）上启动时，终极吟诗就开始了。

这时吞食帝国才知道，李白只是超级文明种族中的一个个体。这与以前预想的不同，当时恐龙们都认为，进化到这样技术级别的社会在意识上早就融为一个整体了，吞食帝国在过去1 000万年中遇到的5个超级文明都是这种形态。但李白一族保持了个体的存在，这也部分解释了他们对艺术超常的理解力。当吟诗开始时，李白一族又有大量的个体从外太空的各个方位跃迁到太阳系，开始了制造存储器的工程。

吞食帝国上的人类看不到太空中的量子计算机，也看不到新来的神族。在他们看来，终极吟诗的过程，就是太空中太阳数目的增减过程。

在吟诗软件启动一个星期后，神族成功地熄灭了太阳。这时，太空中太阳的数目减到零，但太阳内部核聚变的停止使恒星的外壳失去了支撑，很快坍缩成一颗超新星，于是暗夜很快又被照亮，只是这颗太阳的亮度是以前的上百倍，使吞食帝国表面草木生烟。超新星又被熄灭了，但过一段时间后又爆发了，就这样亮了又灭，灭了又亮，仿佛太阳是一只九条命的猫，在没完没了地挣扎。但神族对于杀死恒星其实很熟练，他们从容不迫地一次次熄灭超新星，使它的物质最大比例地聚变为制造存储器所需的重元素。当第11次超新星熄灭后，太阳才真正咽了气。这时，终极吟诗已经开始了3个地球月。早在此之前，在第3次超新星出现时，太空中就有其他的太阳出现，这些太阳在太空中的不同位置此起彼伏地亮起或熄灭，最多时，天空中出现过9个新太阳。这些太阳是神族在拆解行星时释放的能量，由于后来恒星太阳的闪烁已变得暗弱，人们就分不清这些太阳的真假了。

对吞食帝国的拆解是在吟诗开始后第 5 个星期进行的。这之前，李白曾向帝国提出了一个建议：由神族将所有恐龙跃迁到银河系另一端的一个世界。那里有一个文明，比神族落后许多，仍未纯能化，但比吞食文明要先进得多。恐龙们到那里后，将作为一种小家禽被饲养，过上衣食无忧的快乐生活。但恐龙们宁为玉碎不为瓦全，愤怒地拒绝了这个提议。

李白接着提出了另一个要求：让人类活下来，并返回他们的母亲星球。其实，地球也被拆解了，它的大部分用于制造存储器，但神族还是剩下了其中的一小部分物质为人类建造了一个空心地球。空心地球的大小与原地球差不多，但其质量仅为后者的百分之一。说地球被掏空了是不确切的，因为原地球表面那层脆弱的岩石根本不可能用来做球壳。球壳的材料可能取自地核，另外球壳上像经纬线般交错的、虽然很细但强度极高的加固圈，是用太阳坍缩时产生的简并态中子物质制造的。

令人感动的是，吞食帝国不但立即答应了李白的要求，允许所有人类离开大环世界，还把从地球掠夺来的海水和空气全部还给了人类，神族借此在空心地球内部恢复了原地球的大陆、海洋和大气层。

接着，惨烈的大环保卫战开始了。吞食帝国向太空中的神族目标发射大批核弹和伽马射线激光，但这些对敌人毫无作用。在神族发射的一个无形的强大力场推动下，吞食者大环越转越快，最后在超速自转产生的离心力下解体了。这时，伊依正在飞向空心地球的途中。他从1 200万公里之外目睹了吞食帝国毁灭的全过程：

大环解体的过程很慢，如同梦幻。在漆黑太空的背景上，这个巨大的世界如同一团浮在咖啡上的奶沫一样散开。边缘的碎块渐渐隐没于黑暗之中，仿佛被太空溶解了，只有不时出现的爆炸的闪光才使它们重新现形。

这个充满阳刚之气的伟大文明就这样被毁灭了，伊依悲哀万分。只有一小部分恐龙活了下来，与人类一起回归地球，其中包括使者大牙。

在返回地球的途中，人类普遍都很沮丧，但原因与伊依不同——回到地球后是要开荒种地才有饭吃的，这对于已在长期被饲养的生活中变得四肢不勤、五谷不分的人类来说，简直像一场噩梦。

但伊依对地球世界的前途满怀信心，不管前面有多少磨难，人将重新成为人。

4. 诗 云

吟诗航行的游艇到达了南极海岸。

这里的重力已经很小，海浪的运行十分缓慢，像是一种描述梦幻的舞蹈。在低重力下，拍岸浪把水花儿送上十几米高处，飞上半空的海水由于表面张力而形成无数水球，大的像足球，小的如雨滴。这些水球下落缓慢，慢到可以用手在它们周围画圈。它们折射着小太阳的光芒，使上岸后的伊依、李白和大牙置身于一片晶莹灿烂之中。低重力下的雪也很奇特，呈蓬松的泡沫状，浅处齐腰深，深处能把大牙都淹没。但在被淹没后，他们竟能在雪沫中正常呼吸！整个南极大陆就覆盖在这雪沫之下，起伏不平，一片雪白。

伊依一行乘一辆雪地车前往南极点。雪地车像是一艘掠过雪沫表面的快艇，在两侧激起片片雪浪。

第二天，他们到达了南极点。极点的标志是一座高大的水晶金字塔，这是为纪念两个世纪前的地球保卫战而建造的纪念碑，上面没有任何文字和图形，只有晶莹的碑体在地球顶端的雪沫之上默默地折射着阳光。

从这里看去，整个地球世界尽收眼底。光芒四射的小太阳周围，围绕着大陆和海洋，使它看上去仿佛是从北冰洋中浮出来似的。

"这个小太阳真的能够永远亮着吗？"伊依问李白。

"至少能亮到新的地球文明进化到能制造新太阳之时。它是一个微型白洞。"

"白洞？是黑洞的反演吗？"大牙问。

"是的，它通过空间虫洞与200万光年外的一个黑洞相连。那个黑洞围绕着一颗恒星运行，它吸入的恒星的光从这里被释放出来，可以把它看作一根超时空光纤的出口。"

纪念碑的塔尖是拉格朗日轴线的南起点，这是指连接空心地球南北两极的轴线，因战前地月之间的零重力拉格朗日点而得名，是一条长 13 000 公里的零重力轴线。以后，人类肯定要在拉格朗日轴线上发射各种卫星。比起战前的地球来，这种发射易如反掌 —— 只需把卫星运到南极点或北极点 —— 愿意的话用驴车运都行 —— 然后用脚把它向空中踹出去就行了。

就在他们观看纪念碑时，又有一辆较大的雪地车载来了一群年轻的旅行者。这些人下车后双腿一弹，径直跃向空中，沿拉格朗日轴线高高飞去，把自己变成了卫星。从这里看去，有许多小黑点在空中标出了轴线的位置，那都是在零重力轴线上飘浮的游客和各种车辆。本来从这里可以直接飞到北极，但小太阳位于拉格朗日轴线中部，最初有些沿轴线飞行的游客因随身携带的小型喷气推进器坏了，无法减速，只能朝太阳飞去。不过，在距小太阳很远的距离上，他们就被蒸发了。

在空心地球，进入太空也是一件很容易的事，只需要跳进赤道上的 5 口深井（名叫地门）中的一口，向下坠落 100 公里，穿过地壳，就被空心地球自转的离心力抛进太空了。

现在，伊依一行为了看诗云也要穿过地壳，但他们走的是南极的地门，在这里，地球自转的离心力为零，所以不会被抛入太空，只能到达空心地球的外表面。他们在南极地门控制站穿好轻便太空服后，就进入了那条长 100 公里的深井，由于没有重力，叫它隧道更合适一些。在失重状态下，他们借助太空服上的喷气推进器前进，这比在赤道的地门中坠落要慢得多，用了半个小时才来到外表面。

空心地球外表面十分荒凉，只有纵横的中子材料加固圈。

这些加固圈把地球外表面按经纬线划分成许多个方格，南极点正是所有经线加固圈的交点。当伊依一行走出地门后，发现自己身处一个面积不大的高原上，地球加固圈像一道道漫长的山脉，以高原为中心呈放射状朝各个方向延伸。

抬头，他们看到了诗云。

诗云处于已消失的太阳系所在的位置，是一片直径为100个天文单位的旋涡状星云，形状很像银河系。空心地球处于诗云边缘，与原来太阳在银河系中的位置也很相似。不同的是，地球的轨道与诗云不在同一平面，这就使得从地球上可以看到诗云的侧面，而不是像银河系那样只能看到截面。但地球离开诗云平面的距离还远不足以使这里的人们观察到诗云的完整形状——事实上，南半球的整个天空都被诗云所覆盖。

诗云发出银色的光芒，能在地上投下人影。据说诗云本身是不发光的，这银光是宇宙射线激发出来的。由于宇宙射线密度不均，诗云中常涌动着大团的光晕，那些色彩各异的光晕滚过长空，好像是潜行在诗云中的发光巨鲸。也有很少的时候，宇宙射线的强度急剧增加，在诗云中激发出粼粼的光斑。这时的诗云已完全不像云了，整个天空仿佛是在月夜从水下看到的海面。地球与诗云的运行并不是同步的，所以有时地球会处于旋臂间的空隙上，这时，透过空隙可以看到夜空和星星。最为激动人心的是，在旋臂的边缘还可以看到诗云的断面形状，它很像地球大气中的积雨云，变幻出各种宏伟的让人浮想联翩的形体。这些巨大的形体高高地升出诗云的旋转平面，发出幽幽的银光，仿佛是一个超级意识里没完没了的梦境。

伊依把目光从诗云收回，从地上拾起一块晶片。这种晶片散布在他们周围的地面上，像严冬的碎冰般闪闪发亮。伊依举起晶片，对着诗云密布的天空。晶片很薄，有半个手掌大小，正面看全透明，但把它稍斜一下，就会看到诗云的亮光在它表面映出的霓彩光晕。这就是量子存储器，人类历史上产生的全部文字信息，也只能占一块晶片存储量的几亿分之一。诗云就是由 10 的 40 次方片这样的存储器组成的，它们存储了终极吟诗的全部结果。这片诗云，是用原来构成太阳和它的九大行星的全部物质所制造，当然也包括吞食帝国。

"真是伟大的艺术品！"大牙由衷地赞叹道。

"是的，它的美在于其内涵—— 一片直径一百亿公里、包含着全部可能的诗词的星云—— 这太伟大了！"伊依仰望着星云激动地说，"我也开始崇拜技术了。"

一直情绪低落的李白长叹一声，"唉，看来我们都在走向对方。我看到了技术在艺术上的极限，我……"他抽泣起来，"我是个失败者，呜呜……"

"你怎么能这样讲呢？！"伊依指着上空的诗云说，"这里面包含了所有可能的诗，当然也包括那些超越李白的诗！"

"可我却得不到它们！"李白一跺脚，飞起了几米高，又在地壳那十分微小的重力下缓缓下落，"在终极吟诗开始时，我就着手编制诗词识别软件，但技术在艺术中再次遇到了不可逾越的障碍。到现在，具备古诗鉴赏力的软件还没能编出来。"他在半空中指指诗云，"不错，借助伟大的技术，我写出了诗词的巅峰之作，却不可能把它们从诗云中检索出来，唉……"

"智慧生命的精华和本质,真的是技术所无法触及的吗?"大牙仰头对着诗云大声问。经历过这一切,它变得越来越哲学了。

"既然诗云中包含了所有可能的诗,那其中自然有一部分诗,是描写我们全部的过去和所有可能与不可能的未来的。伊依虫虫肯定能找到一首诗,描述他在 30 年前的一天晚上剪指甲时的感受,或 12 年后的一顿午餐的菜谱;大牙使者也可以找到一首诗,描述它的腿上的一块鳞片在 5 年后的颜色……"说着,已重新落回地面的李白拿出了两块晶片,它们在诗云的照耀下闪闪发光,"这是我临走前送给二位的礼物——量子计算机以你们的名字为关键词,从诗云中检索出了几亿亿首与二位有关的诗。这些诗描述了你们在未来各种可能的生活,现在它们都在这里了,当然,在诗云中,这也只占描写你们的诗作的极小一部分。我只看过其中的几十首,最喜欢的是关于伊依虫虫的一首七律,描写他与一位美丽的村姑在江边相爱的情景……我走后,希望人类和剩下的恐龙好好相处,人类之间更要好好相处。要是空心地球的球壳被核弹炸个洞,可就麻烦了……"

"我和那位村姑后来怎样了?"伊依好奇地问。

在诗云的银光下,李白嘻嘻一笑,"你们幸福地生活在一起。"

收割童年

地球牧场

文 / 阿缺

科 幻
硬阅读
DEEP READ
不求完美 追逐极致

讲这个故事之前,我想说几点。

第一,你需要坐好,认真听。你不用担心你的老师,它很忙,几百个学生够它头疼的了。

第二,我接下来要告诉你的,都是真实的。尽管很多人在讲故事之前都会这么大言不惭地说,但相信我,我不会糊弄你。

第三,我很啰嗦,我希望你能忍受。

◆ 1 ◆

关于我很啰嗦这一点,我的朋友刘凯深有体会,并对此深恶痛绝。他曾不止一次地说,我永远搞不明白,阿萝为什么要跟你这样唧唧歪歪的人当同桌。

刘凯搞不明白的事情有很多,比如为什么这个城市如此荒凉,为什么所有人都是一样的年龄,为什么阿萝笑起来要比其他人笑起来好看……这其实是好事,知道得越少,活得越开心。后来他终于弄明白了这些事情,但那时他已经死去,尸体浮在冰冷的宇宙空间中，无处着落，永远漂泊。

不过，他的这个问题，我也很好奇。通常有了问题，我会去问铁皮老师。它是个机器人，学识渊博，教我们语数理化生，以及政治和地理。但它最近患上了抑郁症，经常待在家里，把四肢拆卸下来，放在屋子的各个地方，然后念诵祷文。我趴在窗外偷听过，只听到诸如"愿你的国""行在天上"等只言片语。

所以我只能自己寻找答案。我喜欢边逛边思考，特别是傍晚的时候，夕阳斜照在这座荒废的城市上，高楼大厦一片幽寂，空无一人。杂草冲破了水泥路面的阻隔，肆无忌惮地招摇着。偶尔还有长颈鹿、狮子和大象在街道口悠游。

当我走到一处高大的建筑物前时，答案依然缥缈如云。我于是放弃思考，开始打量眼前的建筑，只见墙壁灰败，植物侵占了它的大部分表面。但在正中央，我依稀看到了三个字：图书馆。我走进去，里面的破损程度更甚，植物长得比我还高，像是走在一片丛林中。

许多书架胡乱堆放着，被蔓藤缠绕，木质腐朽。我扯开藤叶，看到书柜里空荡荡的，顿感失望。

据铁皮老师说，城市已荒废几百年，满城的废品都是无主之物。所以我们最喜欢的活动，就是下课后在城里各处翻翻捡捡。我捡到过玩具、衣服、电脑（但不能开机）和很多其他玩意儿。刘凯在城东挖出了一辆自行车，收拾后还能骑，我十分羡慕。唯一的例外是阿萝，她从不在地上翻捡，因为男孩子们会乖乖地把认为是最好的东西送给她。

看来这个图书馆是找不到什么好货了。天也很晚了，斜阳的金黄已经慢慢褪色，我转身往回走，咔嚓，一个木柜被我踩碎，露出里面的东西。

是书。

这很罕见。铁皮老师每天给我们上课，都是通过传输数据，在我们的晶屏上显示出来。语文课里的零星字句显露出以前有书这种东西存在，我举手问，但铁皮老师摇摇头，锈蚀的脖颈发出令人牙酸的摩擦声，说，书是被淘汰的东西，已经找不到了。

但现在，几本被塑料膜包着的书本，正躺在我脚下。

我看了看木柜，碎屑一地，看样子是有人把书藏在了木柜的夹层。用这种法子藏的，一般都是贵重东西。我忍住心头狂跳，撕开塑料膜。共有两本书和一张碟片，一本叫《圣经》，另一本是个图册，我打开看了一眼，立刻心惊胆战。至于碟片，封面被磨花了，看不出内容。

当晚，我趴在床上翻看这两本书，《圣经》太晦涩，翻了几遍就扔在一边，另一本却让我大开眼界。我从来不知道女人脱光衣服后会是这个样子，那些曲线，那些表情，都从精装纸面上浮现出来，长久地萦绕在我的梦里。

第二天早上，我发现我的内裤又黏又湿。

我吓坏了。我曾见过城东的吴宇摔倒后，正好被钢筋插中肚子，血哗哗地流了出来。等铁皮老师赶到时，吴宇已变得冰冷沉默，不能起来再追着我们打闹了。我于是知道了这世界上有死亡这种东西，它能顺着你流血的洞口钻进去，占据血管，控制心脏，咀嚼你的生命。

而现在，我流出的东西比血更黏稠，更冰冷。完了完了，死神肯定已经顺着我的小弟弟钻进了身体里，它正在冷冷笑着，像看美味的糖果一样看着我的心脏。

对了，还有糖果。

我挣扎着爬起来，拿出藏在床底下的糖果，一颗颗往嘴里塞。平常我会很节俭，但现在，既然都要死了，不能亏本。

晚上，刘凯推开了我的门，幸灾乐祸地说，你今天没去上课，铁皮老师给你记了一笔，这个月的糖果你又少一颗了。

我要死啦。我有气无力地说。

怎么会呢？刘凯走过来，摸摸我的头，你虽然表情憔悴，但体温正常，眼珠还是滴溜溜乱转，一副不老实的样子。铁皮老师说祸害活千年，你不会这么容易死的。

这么一说，我倒真放松了些，躺了一整天，窗外从暗到明，又从明到暗，我都还没有死。但我仍然担忧，把昨天看书的事情说了，还补充道，可是我流了很多东西啊。

刘凯用棍子挑了挑我的脏内裤，一副恶心坏了的样子，说，你是不是觉得很疼？

我犹豫了一下说，不疼，反倒还有些舒服。我做了一个梦，梦里有很多没有穿衣服的女人，她们在地上跑来跑去，在天上飞来飞去，在我面前晃来晃去，我的头跟着她们晃，我都要晕了。等我再凑近一点看清楚后，我发现，这些女人虽然身高不一样，大小不一样,跑起来晃动的幅度不一样,但她们的脸都是一样的。

什么样的脸?

阿萝的脸。

你把这本书借给我。

◆2◆

接下来的好几天,刘凯都神情委顿,无精打采,唯有看到阿萝时才两眼放着异样的光。他跟我说,妈的,这本书真的有魔力,我每晚都能在梦里看到阿萝,我早上起来时也发现内裤湿了,我每天都没有精神。

刘凯是一个有头脑的人,虽然只有14岁,但已有多次做生意的经验了。这次也不例外,他享受了几天的绮丽梦境和萎靡不振后,就开始打这本书的主意了。

我决定把这本书租出去,来换糖果。他神秘兮兮地对我说,这肯定是笔大生意,城东的朱宇,城西的潘华,城中的徐海宁,城南的邓光阳,城北的大手哥,还有很多人,他们都对阿萝有兴趣,所以他们对这本书也会有兴趣的。

不行!我拒绝道,那岂不是所有人都能做那个梦了?

你别小气,阿萝又不是你的,是属于广大人民群众的,每个人都有权利梦到她。

我不乐意！

可别说我没提醒你啊，你一下子把你的糖果吃完了，接下来十几天你都没有得吃，我看你怎么熬下去！

我倒是忘了这一点，一颗糖果管5天，吃多了没事，吃少了就会饿。犹豫了半天，我点头同意。说干就干，刘凯和我立刻拿了刀子，在孩子们集中玩耍的地方刻字，这些字是刘凯想出来的：

有些话，一定要当面说；有些梦，一定要春天做。当鸟和猫在夜里发出叫唤，你会觉得寂寞吗？你会觉得手不知该放在哪儿才好吗？现在，福音之书出现了，只要拥有它，城市之花阿萝就会降临到你梦中，陪你度过黑夜，伴你守候黎明。糖果换书，欲换从速。

广告写出去之后，我们守在家里，等着客人上门。等了一整天，我打了五十几个哈欠，说，这主意不灵，哪有人愿意用糖果来换一个梦呢？

那是因为他们还没有见识到这个梦的美妙。刘凯气定神闲，不慌不忙地说。他身上有一种超越了年龄的镇定，这种镇定往往也让我心安。

到了傍晚，门被推开，一个小脑袋战战兢兢地探进来。这是城北的黄华，瘦不拉几的，胆子小，平时总被人欺负，我们都看不起他，叫他小黄瓜。但现在，顾客就是上帝。我们连忙迎上去，让他坐在床边，我和刘凯各坐他两旁，脸上满是热情的笑容。

华哥，刘凯换了称呼，殷勤地说，有什么我们可以帮你的？

听说你们有本书，可以让我梦见阿萝……小黄瓜显然不适应我们的热情，身子扭了几下，吞吞吐吐地说。

刘凯一拍大腿，华哥真有眼光，阿萝可是城里最漂亮的女生。你知道，好多人都去城里捡东西，就为了听她说声谢谢。听不成，辗转难眠；听成了，心肌梗塞。

我竖起拇指，赞道，那是，华哥可不是一般人，眼光自然高！我见过好几次，早上阿萝去上学，华哥就跟在她背后，阿萝背影一摇，华哥眼睛就一甩，现在眼睛近视到500度，恐怕就是甩出来的。

你俩别说了……小黄瓜满面通红，说，这本书要几颗糖？

5颗。

小黄瓜转身就走。

刘凯连忙拉住他，说，华哥别急啊。你看了这书，晚上能梦见的可是阿萝啊。我知道你每天早上和晚上都去跟踪，都能看到她，但你看过没穿衣服的没有？没有吧！我看过，他看过，我们恨不得把眼睛挖出来，就为了留住那一刻的情景。

我连忙点头。

刘凯继续说，上次城西的胡伟想使坏，去扯阿萝的衣服，被铁皮老师发现了，当场就给打得半死，每个月的糖果都减了半。现在，你不用冒被打和没糖果吃的危险，就能把阿萝的衣服全部脱光。而且在你自己的梦里，你英俊潇洒，你体格健壮，你再也不是小黄瓜了，你想干什么阿萝就会让你干什么。这种好事，只收你5颗糖，你他妈还不满意？

小黄瓜犹豫了很久，最终点点头。

第二天，小黄瓜给我们还书的时候，一脸疲倦，精神萎靡，但眼神充满了幸福感。他说，真他妈过瘾！刘凯连忙道，那华哥帮我们到处说说？

当天晚上，想拿糖果换书的人挤满了我的房间。

这是我最得意的时期，每天都有人央求我，让我把书租给他。但我敬业尽责，大公无私，谁先预约就给谁。有时候一个人租到了书，一群人围在一起看，到第二天，所有人都顶着黑眼圈，在课堂上打瞌睡。有人看过了第一遍，还要看第二遍，说宁可饿肚子，都要看阿萝。我床底下的盒子，很快就装满了糖果，我不得不又拿出一个盒子来装。

来租书的人都很满意，都说能梦到不穿衣服的阿萝，唯一一次例外，是城北的大手哥。他带了五六个人围住我们，让我们还糖果。刘凯死都不肯，说，做生意哪有反悔的道理！

大手哥说，可是我没有梦见不穿衣服的阿萝，我在梦里看到了不穿衣服的月亮妹！

月亮妹是我们班另一个女生，脸硕大无比，一眼望去，看不到边，再加上她脸上满是坑坑洼洼，因而得了这个称号。大手哥说的话让我们所有人都恶心了好一阵。我觉得他太可怜了，看到了那种恐怖的场景，认为可以还糖果。

刘凯却摇头，说，这是你自己的问题，我们都喜欢阿萝，而且我们都只喜欢阿萝，所以做梦时能梦见她。你肯定心智不坚定，在喜欢阿萝的同时也喜欢上了月亮妹，这才导致春梦质量低下。

去你妈的,还不还?

我见他们有打架的趋势,连忙站到中央,说,都是好朋友,不要动手。

就不还!刘凯脖子一梗,说到。大手哥一下子就火了,伸手来打刘凯。刘凯看他动手,也踢出了一脚。由于我站在他们中间,所以我背上挨了大手哥的拳头,腿上中了刘凯的脚。我身上传来火辣辣的疼,顿时怒从心头起,恶向胆边生,护住脑袋躲到了墙角里。

这次打架引起了铁皮老师的注意,它敏锐地察觉到最近男生们的萎靡不振与此有关。几天后的晚上,一个男生躲在被窝里看时,铁皮老师破墙而入,掀开被子。那男生吓得瑟瑟发抖,据说他的小弟弟也被吓得缩了回去,好多天都不肯出来。很快,我和刘凯被供了出来。

我听到风声,连忙去找刘凯,说,不好了不好了,铁皮老师来抓我们了,赶紧跑!

跑?能跑到哪里去,你还能出城?

我一愣,想起来城市边缘有一层防护罩,谁也出不去。我更加着急,问,那怎么办?

刘凯咬咬牙,把自己的糖果盒子拿出来,恶狠狠地说,吃!

对,死也要吃够本!我抓起一把糖,连包装纸也不剥就吃。

当铁皮老师找到我们时,我们已经吃了两盒糖了,肚子鼓胀,放屁不断，还在不停地往嘴里塞。

铁皮老师问我书是哪儿来的，我说是在图书馆里捡的。它又问我还有其他的书吗，刘凯说没有，就这一本。它再问有哪些人看过了这本书，我和刘凯就都不说话了。

尽管我们没有招供，它还是查了出来。它用废旧零件组装了一台指纹扫描仪，凡是碰过这本书的，都跑不了。

我们排着队，依次上前扫描手指，然后回到教室。接着，铁皮老师在外面用广播念名字，每念一个，就有一个男生站起来，出教室走到广场上。最先叫的是刘凯，他骂骂咧咧地起身。接下来是小黄瓜、朱宇、胡伟、徐海宁、大手哥、邓光阳、潘华……很快广场就站不下了，一片黑压压的人头，每个人都跟身边的人点头致意，小声讨论，交换彼此的梦境心得。

等念到我的名字时，我瞟了一眼同桌的阿萝，她像是没听到一样，低着头做题。我轻声说，对不起。然后我站起来。这时，我看到她轻轻地摇头，发尾晃动。

◆3◆

为了表达我的歉意，我决定把剩下的那本书送给阿萝。一天放学后，阿萝站起来要回家，我低声说，等一下。

她坐下来，打开晶屏，低着头看。一丝头发从额间垂下来。

拿着,千万别让人给发现了。我把那本《圣经》装在黑袋子里,递给她。教室里已经没人,同学们都到废墟里去翻找东西了,铁皮老师则会回家把自己拆成十几块。

谢谢你。她说。

第二天,阿萝告诉我,她很喜欢这本书。我有些疑惑,男孩们给阿萝送东西,从来只会得到一个谢谢。但现在,她睁大眼睛,眼神清澈,表情无比郑重。

刘凯更好奇了,说,你发现了两本书和一张光碟。一本书让全城的男孩做春梦,被铁皮老师罚了也甘心。另一本书让阿萝喜欢——这更不容易。这张光碟里恐怕有更厉害的内容。

但是我们没有设备读光碟,试了好几次,只得郁郁放弃。

经历过租书事件后,我发现男孩子们都变了,似乎成长在一夕间完成。我们嘴唇上冒出了胡须,我们看到女生会脸红,我们时常勃起,偶尔遗精——搜出书后,铁皮老师犹豫很久,最终给我们上了一节生理课,解释了许多名词。这节课我听得如痴如醉,做了好几页笔记。

我越发察觉到了阿萝的美丽。我总是假装看书累了,支起脑袋看向窗外。窗外是残破的建筑,在阴霾的天空背景下,如同一个个老迈的巨人。杂草丛树取代了钢筋水泥,有些大厦被蔓藤覆盖,有些高楼顶上还长出了大树。几只猴子在蔓藤与树间攀援而过,消失在葱郁的树影中。但我看得最多的,是阿萝的脸,侧脸,正脸,笑着的脸,沉默的脸,每一抹线条都让我迷恋。

除了脸，我还发现阿萝身上其他的部位也充满了魅力。以前铁皮老师讲弦函数，我死也不懂，现在，它讲波的传播，在黑板上画了两条波浪，说，这两个点是波峰，它们的间距代表一个波长，它们与坐标轴的距离是波的振幅……我往阿萝的胸口上看。我一边吞口水，一边恍然大悟，那章测试时我得了100分。

连铁皮老师也认可她的美丽。每年汇演，神乘坐巨大的飞碟悬浮在城市上空，整个天都黑了。一道光柱从飞碟中央射出来，光柱所及，便是舞台。铁皮老师每次都让阿萝压轴演出，或歌或舞，或笑颜如花，或楚楚可怜，我们都看呆了，天上飞碟里的神也看呆了。往往节目结束很久之后，神才回过神，留下几箱糖果，化作一道光，消失在天边。

对这种美丽，我时常感到自卑。阿萝坐在我身边，像是一盏灯，灯光越亮，照得我的影子越暗。我曾脱了衣服对着镜子，看到了一个不堪入目的身体：头发耷拉，脸颊深陷，肋骨像琴键一样根根突出，小弟弟又小又软，跟毛毛虫一样吊在两腿之间。看着这样的身体，我自己都嫌恶。

有一天，放学时阿萝叫住了我，问我为什么最近都不跟她说话了。

我愣住了，支支吾吾地说不出话来。

一起走回去吧。她说。

我们走在暮色笼罩的街道上。我把手插在兜里，低头不语，用脚踢地上的石子，石子滚过破损的水泥路面，滚进杂草丛中，淹没不见。我又寻找别的石子。

你说,这座城市是谁建造的,为什么现在又这么荒败呢?阿萝仰头看着四周,巨大的建筑隐进黑暗里。这是初夏的夜晚,天幕幽郁,唯一的光亮来自偶尔飞过的萤火虫。

我挠挠头,说,可能是神建的,然后神又发现了更好的地方,就遗弃了这里。

那我们是从哪里来的呢?阿萝又问,铁皮老师说我们是胎生,但从来没见过我们的父母。它还说我们会一年一年地成长,但这个城市里,全是小孩子,成年人和老人去哪里了呢?

这些问题刘凯也问过,他没有找到答案,我也不知如何回答。

天越发黑了,路旁的植物在夜风中发出呼呼的声响,仿如某种喘息。身后也隐约传来鬼魅般的脚步声。这情景让我害怕。我说,我们回家吧,这里晚上不安全。

阿萝却不听,径直往前走,一条条街道被甩在身后。我咬咬牙,也跟上去。夜空的云被吹散了些,露出几颗星星,仿佛萤火虫飞上了天。

当我们走到城市边缘时,夜已经深了,风中裹挟着寒凉。我哆嗦着,抱怨说,你来这里干嘛啊?

阿萝的脸在黑暗里看不清。她伸出手,上前一步,刺刺,空气中突然发出电流窜动的声音,她的掌前亮起水波般的光,呈弧形,蓝色。她往旁边移了几步,又伸手,光波再次拦在手掌前。

没用的，这里被罩住了，出不去的。我有些不耐烦。

阿萝不理，把手使劲往前推，光波向外凹陷了一些。吱吱，电击声变大，阿萝被大力反弹回来，向后跌在地上。

我连忙去扶她，埋怨道，你这是白费力气，10岁的时候我找了三十几个人，花了半天，也没把这层——我突然愣住了，因为在隐隐星光下，我看到阿萝脸上挂满泪痕。

我顿时不知所措，你……是摔疼了吗？

阿萝摇摇头，眼睛看着城外。我们能明显感受到风从外面吹进来，一些流萤划过，几株蔓藤长在光波亮起的地方，随风摇摆——整个城市被巨大而透明的防护罩罩住，风、植物和动物都能穿过，但我们不能。

我只是想看看外面的世界。过了很久，阿萝轻声说。

我被她的伤感愁绪传染了，感到了一阵悲哀。以前发现这层罩子时，我也很好奇，想看外面的世界。那里会不会也有很多个城市，里面满是孩子？我找男孩子们帮忙，用砖头砸，用火烧，什么都试过了，罩子却纹丝不动。男孩们都抱怨，说城里这么大，玩也玩不够，出去干嘛。连刘凯都不帮我。后来他们三十几个人都走了，只剩我拼命用锹挖土，想从地下穿过去。但当我挖了一个洞后，才发现防护罩连土地也能穿透。当时已经很晚了，我在黑夜里哇哇大哭，边哭边穿过废墟回家。

我甩甩头，说，走吧，很晚了。

我们往回走，天太黑了，阿萝跌倒了好几次，扭伤了脚。我背着她，像是背着一片叶子。我的后脖子感觉到了她均匀的呼吸，如同潮汐涨落。她睡着了，但愿我干瘦的背部不会让她落枕。

我走了很久，惊恐地发现我迷路了，道路在黑夜里是另一番面貌。更糟糕的是，一只老虎嗅到了我们的气息，当我察觉到时，它已经跟在我身后了，喉间发出低低的咆哮。

这座城荒废了这么久，不仅被植物侵占，也成了动物的乐园。刘凯以前推开一间写字楼的办公间，里面顿时一片惊乱，十几只鹿仓皇奔出。我还见过成群结队的野牛在城里游荡。

我吓坏了，耸动肩膀把阿萝叫醒。我缓缓后退，抵住了一面墙，让阿萝爬上去。阿萝踩着我的肩膀，蹲在了墙上。她伸出手，说，我拉你上来。

我刚伸手，老虎猛然前肢低伏，做出跃起攻击的姿势。我吓得几乎要跌倒，颤抖道，不，不行了……你赶紧跑，找个房间躲起来，关上门，老虎就打不开……我、我房间的墙里面，藏了一个盒子，是我挣来的糖果，上次没被搜走，就交给你了。还有，我一直很——

我的遗言还没交代完，一道人影突然跳出来，拦在了我前面。老虎咆哮一声，四野震动，那人影丝毫不惧，反倒上前一步。老虎似乎察觉到了危险，收起獠牙，慢慢退回了黑暗深处。

人影转过来，说，以后不要这么晚出来了。

是铁皮老师！

它把阿萝抱下来，背在肩上，然后拉着我的手。它的金属皮肤很凉，但握在手里，时间久了能感到温暖。夜依然深沉，却不再危险。夜风停住了，像是一群疲倦的羔羊，在某个角落里蜷缩而眠。

我们走吧。铁皮老师说。

于是，在漆黑的夜里，这个干瘦沉默又带着忧郁的机器人，背着阿萝，牵着我，在长长的荒芜的路上行走。

后来，我无数次在夜里回忆起这幅画面，心里涌起温暖，有了能够面对天亮的勇气。

◆ 4 ◆

刘凯对我说，我喜欢上阿萝了。

我不以为然，说，所有人都喜欢阿萝。

这次不同，我以前看到阿萝，满脑子都是下流思想，想着她不穿衣服的样子，看是不是跟我梦里面的一样。但现在，我会自卑，会觉得自己脸上有东西，怎么洗也洗不干净。

我心里一动，小心翼翼地问，呃，这种自卑，就是喜欢吗？

当然是啊，铁皮老师不是说过吗，这是典型的青春期心理，是内心喜欢的外在映射。

我恍然点头。

所以，我决定了，我要追求阿萝。刘凯郑重地说。

刘凯是我最好的朋友，从小到大，他做任何事我都支持他。但现在，听到他的决定，我却一阵慌乱，犹豫了很久，说，她……你不要追她，她不适合你。

为什么啊？

我一急，脱口而出道，呃，因为、因为她不好看。

放屁，她不好看，那城里就没人能看了！刘凯瞪了我一眼，说，再说了，我是那种只看长相的人吗？

还有——她的胸太小。

刘凯愣了愣，低头思索了半天说，这倒是麻烦……不过也没关系……

话已至此，我只得答应，问，那我要怎么帮你？

这事不能急。你是她的同桌，就先替我了解她的喜好，并且经常提到我，把我的形象塑造得光辉灿烂。然后我在合适的时候隆重出场。

本来经过那一晚，我和阿萝的关系已经很好，但被刘凯横插一杠，又变得别扭起来了。我在心底很抵触帮刘凯说话。我见过有人恋爱，就是大手哥和月亮妹，整天腻在一起，动作亲密。我无法想象阿萝和刘凯也这样。这种情绪，如果你不能理解的话，就想象两只看上了同一根骨头的狗吧。

但刘凯显然是一条比较不要脸的狗，整天缠着我，不得已，我只得跟他说了阿萝的喜好。我说，阿萝每天都是一个样子，把头发梳在背后，是那种柔顺的马尾，垂下来像是一种植物。

她按时上课按时回家，作业工整，坐姿端正，连呼吸都均匀平稳，简直比铁皮老师更像个机器人。

说着，我又想起了那晚，阿萝对着黑暗中的防护罩流泪的模样。这模样无比鲜明，与她白天表现出来的，是两个不能重叠的形象。为什么它们出现在同一个人身上呢？我常常对此迷惑不已。

接着说啊，别愣着。

她不是很聪明，有些题目我和你都能做出来，她不能。但她肯下苦功，回家后整晚钻研，所以考试起来，还是她第一名。

这个我知道，女人嘛，要那么聪明干吗？

大概就是这些了，其他的，我再帮你查查。

真的没有了吗？刘凯低着头，脸上的表情埋在阴影里，看不分明。

当然，我怎么会骗你！

好的，事成了我会好好谢你的。

我看着刘凯走远，心里有些紧张。其实，有很多东西我没有说出来，比如那晚阿萝对城外的渴望，再比如，阿萝头发上有一种香味。那是一种淡淡的、若有若无的味道，只有风顺着她吹到你，你才能闻到，换个方向都不行。我喜欢这味道，常常有意无意地靠近她，轻轻吸气，过很久才吐出来，脸憋得跟猴屁股似的。

我还忘了告诉刘凯，阿萝喜欢诗歌，时常用纤长的手指在晶屏上跳动，一行行字便在指尖流出来。她从来不让我看。我唯一一次见到她的诗，是在后来的语文课上，这一章专讲诗歌，末了，铁皮老师让我们写一首诗交上去。

当所有的诗都上传给它后，它停滞了几秒，然后摇摇头说，你们的诗千奇百怪，不过诗歌的范围太大，任何语句都能成诗，所以也不算错。比如这句"路边飘摇一朵花，摘回去，送给她"……

这是我写的。我的脸红了，低下头。

铁皮老师又说，但有一首很好，我传给你们看看。是阿萝写的。

我们的晶屏接收了这首诗，我仔细看，心慢慢变空，好像被什么啃掉了一样。

十岁那天，你用手蒙住我的眼睛。

五月，旷野，长着三叶草

麦田的青绿染湿了我们的衣裳

我像迷路的糖果在麦田里乱跑

阳光很好

夏天在麦田里跌倒

九月，窗外，穿过废墟的少年

看飞过天空的鸽子，紫色的鸽子

在地上留下影子，浓黑的影子

鸽子飞入灰色的天空

黑色的影子落入少年的眼眸

十岁那天，我想看见你的脸

我轻声念完，转头看阿萝，她一如往常，坐直身体，头发像植物一样垂在肩上。我又闻到了那股香味，但奇怪的是，此时教室并未起风。

◆ 5 ◆

由于所有人的生日都在同一天，每年的庆祝就格外盛大，汇演也在这一天举行。我们15岁的生日很快就要来了，铁皮老师让我们准备节目。

刘凯找到我，郑重地说，我想写诗，汇演时上台去朗诵。我要让阿萝知道我也是个诗人。

我大吃一惊，问他为什么突然有这个想法。

因为，刘凯犹豫了一下，我跟阿萝表白了。

结果呢？我下意识地问道，随即醒悟过来，肯定不是好结果，否则刘凯也不会想着写诗了。我想了想，又问，为什么你不跟我说一下就去向她表白呢？

我知道你也——他咳了一声，把剩下的话吞了回去，说，总之，她说我不懂她。哼，我要写出让阿萝大吃一惊的诗，在汇演时朗诵给她听！

虽然刘凯这么信誓旦旦的，但我不以为然。他在阿萝面前人模人样，但本质上邋遢不堪，典型的姿势是左手抠脚趾，右手拿笔做题，然后再用左手挖鼻孔。请允许我描述他的鼻孔：漆黑无比，像倒悬的深渊，还时常有更黑的鼻毛颤巍巍地探出来。他喜欢边说话边扯鼻毛，说着说着就拔出一撮，手指一搓，鼻毛散落，脸上表情诡异，既有拔毛的痛苦又有丰收的喜悦。上次交诗歌作业，他写的比我更不如，是"天上鸟儿飞，我在地上追。追也追不到，回家去睡觉"。

但这次他是认真的。接下来的日子里，他每天在城市里游荡，却不是翻捡废品，而是两手插裤兜，双目迷离，嘴里喃喃有词。大手哥找他寻仇，纠集一伙人，他却没有反应，目光越过大手哥望向了遥远的地方，且轻声说着什么。大手哥威吓了几声，毫无作用，纳闷地把头凑过去，听到刘凯在说：

你在风里，你在雨里，你在我思念的季节里。我见到风不是风，我见到雨不是雨，我见到的一切，都是你。

大手哥当场就吓坏了，被小弟们扶回家，从此再不敢找刘凯麻烦。

不久后，刘凯写了几首诗，拿给铁皮老师看，铁皮老师从中选了一首赞美神的诗，说，你就上台念这个吧。

很快，我们迎来了15岁生日。这一天格外喜庆，铁皮老师给每个人发了一套衣服，洁白无瑕，布质柔软。到了晚上，全城九百多个孩子聚在一起，等待神的来临。

天一点点变黑，夜风吹起来，衣摆轻轻振动。铁皮老师说，闭上眼睛。我们全都把眼睛闭上。铁皮老师又说，睁开眼睛。我们一睁眼，就看到城市上空的巨大飞碟，银白色的外壳在夜色中透着冷感。

铁皮老师一挥手，我们便全都站起来，伸出手，对着飞碟欢呼雀跃。铁皮老师压了压手，我们安静下来，听它说道，感谢神，神孕育了我们，将我们保护于这座城市之中。神赐予我们糖果，神洒下恩泽，我们沐浴其中，必将遵从神的旨意。

飞碟寂然无声，缓缓旋转。我看了一会儿，觉得头有些晕了，就看向四周。我发现刘凯的脸有些红，可能是即将上台，紧张导致的吧。

一道白色光柱射下来，照到我们前面的空场上，这一块儿地，就是舞台了。

我远远地看着表演。这次阿萝不是压轴，她跳了一支舞，绵软的白衣在她身体上显露出惊人的曲线。但她的脸圣洁无瑕，每一步踏出，似乎都要飞起来。

我要告诉你一件事，耳边突然传来刘凯的声音，其实你和阿萝去城边缘的晚上，我跟在你们后面。

我一怔。难怪那晚总感觉身后有脚步声。

我知道你也喜欢阿萝,所以你隐瞒阿萝向往城市外面的事情,我不怪你。刘凯盯着舞台,呼吸因紧张而急促,但我念了这首诗后,阿萝肯定会喜欢我的。我跟你是最好的朋友,什么都可以让给你,但阿萝不能让。

这时,阿萝跳完舞蹈,微微喘气,退出了白光舞台。

刘凯起身走了上去,大声说,我给大家朗诵一首诗,关于我们头顶的神。

他站在光柱中,面目有些模糊。他的视线依次在我、阿萝和铁皮老师身上停留了一秒,然后深吸口气。

如果不是那个夜晚我仰头

星光不会坠入我眼眸

如钻石般迷人

又像泪眼般哀愁

我企图接近

但一层光挡住了手

如果不是经常在废墟行走

我不会觉得孤独

像天空中唯一飞翔的鸿雁

像宇宙中唯一旋转的星球

我猜不出，看不透

城外的光，到底是保护

还是禁锢

我看到铁皮老师的金属五官罕见地扭曲了，它飞快地跑上去，想拉刘凯。但刘凯早有准备，一边往后跑，一边大声念。

如果不是因为她的温柔

我不会如此厌恶公路和废弃的高楼

她美丽如此短暂

红颜转瞬变成骷髅

她的笑容要在阳光下盛放

她应该获得那两个字

自由

这些话不知在他心中背诵过多少遍，音节利落，掷地有声。铁皮老师更急了，两脚一蹬，地上的水泥"咔嚓"一声裂开。它闪电般扑过去，抱着刘凯，在地上滚了几圈。

剧烈的疼痛打断了刘凯的朗诵。他发出呻吟，不解地看着铁皮老师，说，老师，我只是……

闭嘴！铁皮老师气急败坏地说。它顿了顿，抬头看向天上，飞碟如故。它似乎松了口气，低声说，给我坐回去，别说一个字。说完，就拉着刘凯往我们这边走过来。

这时，天空中的飞碟停止了旋转，光芒全熄，黑暗从四面八方向我们碾压过来。铁皮老师浑身一颤，眼睛亮起红光，一闪一闪。

知道这是它在跟神交流，用我们不能听到的方式。它越说越快，红光几乎连成一片，胸膛里发出嗡嗡的仪器运转声。大概一分钟后，红光消失，我听到它在幽暗里发出轻轻的叹息。

我眼皮一跳。风变大了，带着寒意，在地面卷过。

飞碟中心再次射出一道光注，却是蓝色的，莹莹澄亮，罩住了刘凯。刘凯的脚离开了地面，缓缓上升。他如溺水一般手舞足蹈，却无济于事，连呼叫也被冻结了，只看得到他张大嘴，神色在蓝光下显得格外惊恐。

我刚要上前，手心倏地传来温润的触觉。是阿萝，她攥住了我的手，缓缓摇头。

就在这愣神的工夫，刘凯已经升到飞碟下，一道圆形门打开，将他吞没。接着，飞碟再度旋转起来，空气被带动，四周风沙肆虐。在我们的惊呼中，飞碟切开夜色，朝东边天际射去。这次，神走得如此急切，连糖果都没有留下。

飞碟很快缩成了星光大小，混入群星璀璨的夜空中，再也寻不到。

◆ 6 ◆

15岁过后,我尝到了孤独的味道。没有了刘凯,这个城市变得冷清而陌生,我常常走在荒芜街道上,凉风拂过,我感到无所事事。

这种情绪困扰了我很长时间。

而这期间,铁皮老师的忧郁症更加严重了。有一次正上课,它突然停下来,呆滞地看着窗外停歇的麻雀,我们连声唤它都不应。几分钟后,麻雀扑腾着翅膀飞向天空,它才收回视线。

随着季节更换,日月流转,铁皮老师越来越心不在焉。到后来,它在课堂上根本不能讲课,索性布置了实验作业,让我们自己去做。实验没有规定对象,只说要修复从废墟里捡来的复杂器物。实验是两人一组,我犹豫很久,对阿萝说,我们俩一组吧?

她连头都不转,问,小黄瓜、朱宇、邓光阳,还有大手哥,他们都找我组队,为什么我要答应你?

因为你知识过硬,我动手能力强。我们……我挠挠头,有些尴尬地说,我们会配合得比较好。

阿萝说,不干!这段时间你都不跟我说话,整天低着头,我才不跟你一起呢。

我说，以前我都是跟刘凯一组，现在他不在了，我不知道怎么办……好吧，不过你不答应我也行，但千万别跟大手哥一组。他有月亮妹，还过来找你，肯定是想……你可不要让他得逞。

阿萝转过来，看了我一眼，笑着说，这才像你，好吧，我跟你一组。

我在家里一阵翻找，翻出了以前捡回来的废电脑，擦去灰尘，发现竟然有七成新，就是不知道哪里坏了，启动不了。本来我还有一些破玩具，修复它们要简单得多，但不知怎么，看着阿萝，我本能地选择了难度比较大的电脑。她好像也没有异议。

我和阿萝把电脑拆卸，分析了很久，找不出问题。阿萝提议去找铁皮老师辅导，我摇头说，铁皮老师的忧郁症已经很严重了，我们还是不要去打扰它的好。阿萝说，就是因为这样，我们才更要去关心它啊，它对我们那么好。我说，还是算了吧，它把自己拆成一块一块，零件都在地上跑，看着心里发毛。阿萝说，你不去我就换组，不和你一起做实验了。我说，那听你的。

铁皮老师的家在市中心一栋单元楼里，拨开密布的藤条，赶走了几只睡懒觉的兔子，我们挤进去时已经一身狼狈。果然，屋子里到处都是铁皮老师的部件，都不安分，手臂靠五指抓地而行，脚则漫无目的地滚来滚去。我们小心地避开它们，走到卧室前，透过门缝，看到铁皮老师的头颅立在窗边。窗外，是渐渐暗下来的天空。

我过去把头颅抱下来，比我想象中的要轻，不像是装载了量子大脑的金属球。头颅里传来奇怪的声音,我听了很久,对阿萝张开嘴,用口型无声地说,它在哭。

是的,铁皮老师在哭。我见过很多人哭,但没有一个人是像铁皮老师这样哭的,吱吱,吱吱,像是电流在回路里辗转不去的幽咽。

阿萝也不知如何是好,她本想安慰,但听到这种哭声,谁都就说不出话来。于是我们沉默地坐在屋子里,外面暮色沉降,又到了夏夜,看得到萤火虫划过。

很久以后,铁皮老师停止哭泣,它的胸膛滚过来,与脖颈接驳。它转了转脖子,令人牙酸的金属摩擦声在屋子里响起。

你们,要修复的电器是什么?

我连忙打开背包,拿出银白色的笔记本式电脑,递了过去,说,我们查过资料,试了很多次,但就是不能开启。

铁皮老师的手爬过来,敲了敲电脑。然后这两只金属手又把电脑放下,爬到它肩旁,安装好。它甩甩手说,哦。

阿萝连忙说,您能提供修复意见吗?

铁皮老师躺下来,两手枕着后脑勺,懒散地说,电脑是一种古老的电器,你们没见过,所以不太清楚。一般呢,电脑不能开启,有可能是主板问题,也有可能是硬盘损伤,还有可能是显示屏接触不良⋯⋯

那我这台电脑,是属于哪个问题呢?

哪个都不是,铁皮老师挠了挠已经生锈的头顶,说,它只是没电了。

城市荒废，发电厂和输电装置都失效了，我们没有电器，晚上漆黑一片，夏天燥热无比，冬天严寒刺骨。城里唯一的电源来自铁皮老师体内的核子反应炉。平常我们的晶屏需要充电，都是统一交给它。

充好电后，铁皮老师启动电脑，却不交给我们。我看到它仔细检查了一遍，删掉了很多东西，最后交给我们，说，这台电脑已经干净了，你们拿去试试吧，不过电池只能用两个小时。这次的实验就算你们过了。

我犹豫了一下，问，您刚才删掉的是什么啊。

哦，只是一些影音文件和文档而已，都是对你们有害的东西。

我对这样的说法很怀疑，就像我怀疑他解释说，刘凯一直没有回来，是因为被伟大的神选中，去往神的国度沐浴恩泽了。但很多事虽不能被证明，却也不能被证伪，所以只好保持这份怀疑。

我和阿萝抱着电脑往回走，天黑得很快，视野里满是星星。附近的野兽都被铁皮老师赶走了，所以我们不害怕，走得很慢。

那么，实验这么快就结束了，看来我的知识和你的动手能力，都没有发挥作用。阿萝笑着说。

我挠挠头，踢开一根缠住电线杆的藤条，说，那你应该很高兴啊。

是啊，我应该高兴，她低着头说，可是我觉得少了点什么。我还打算实验做久一点，跟你一起，会很有意思的。

我又踢开几根藤条，才反应过来她说的话。我难以置信地转过头去，看到她的脸依稀在夜色中，这一刻，她白天的娴静和那晚的哀伤奇迹般重合了。她背后有一丛白色的花，夜风吹过来，花朵纷纷摇晃。

我有些颤抖，没头没脑地开口，我一直想问你，去年汇演，刘凯被神带走的时候，你为什么拉住我？

我担心你。她抬起头，看着我说，我怕你也被带走。

她的声音羞涩而温柔。她的眼睛睁得很大，像是怕在夜色里看不清我。

可是，为、为什么是我呢？我语无伦次地问。

你还记得我写的那首诗吗，穿过废墟的少年，其实就是你。10岁的那天，男孩们都走了，只有你一个人拼命想出去。我躲在远处看你，直到夜晚，你一边哭一边回家……那时候我就知道了，整个城里，还有一个人跟我一样，对城外充满向往。

15年多来，我第一次手足无措，后退几步，靠在了电线杆上。阿萝温婉地站在距我3步之遥处，漫天星光成了她的背景。

这时，我看到远处有人，是大手哥和月亮妹。他们没看到我们，站在墙角边，紧紧抱在一起，头挨得很近。

他们在做什么？阿萝问。

可能是在讨论解析几何的问题吧，前几天刚学过。我刚说完，就发现不太对劲，大手哥的嘴在月亮妹脸上探索，大概是月亮妹的脸太大了，他花了好一会儿工夫才找到月亮妹的嘴。他们亲在一起,没有讨论数学问题的空间。

好像是,阿萝的脸在星光下有些发红,是接吻……

那我们也试试吧。我鼓起勇气说。

阿萝咬住下唇,看得出她很紧张。我等了很久,直到勇气逐渐消散时,才看到她点了点头。

我上前一步,嘴唇凑了过去。我碰到了一片柔软,带着略微的湿润。我愿意花很多字来描述这一刻的感觉,但我不能,在它面前,任何文字都苍白无力。阿萝似乎也没了力气,向后仰倒,我伸手抱住了她。这时,我和大手哥的姿势一模一样,但他睁开眼睛看到的是无边无际的大脸和坑坑洼洼,而我则看见了阿萝紧闭的眼睛和轻轻颤抖的睫毛。风从后面吹来,穿过建筑群和植物丛,却无声无息。夜晚静谧,没有萤火虫,萤火虫都睡了。

当我们分开时,夜已经很深了。我和她都不知所措,她低头拉了拉裙子的边角,说,那我现在回去了。

我有些不舍,突然想到了一件事,说,我们检查电脑的时候,是不是看到它有一种叫光驱的设备?

是啊,怎么了?

那我就有一件好东西了,你跟我回去看看吧。

我拉着她回到家中,翻了很久才把那张光碟找出来,小心地把它放入光驱中。阿萝好奇道,这里面有什么啊?我一边按照资料操作电脑,一边回答说,我也不清楚,看看就知道了。

光碟里只有一个视频文件。谢天谢地,铁皮老师没有把电脑里的播放器卸载，我直接点开，一个窗口跳出来，挤满了整个屏幕。

我和阿萝坐在一起，紧张地盯着屏幕。看着看着，我握紧了阿萝的手，感觉她在抖动。我也牙齿打颤，这是夏天，我却如坠冰窖，每个细胞都在寒冷和恐惧中缩成一团。

屋外星辰密布，像无数只窥视的眼睛，它们一闪一闪，似乎也被视频里的内容吓得颤抖不已。

◆ 7 ◆

很久以前，地球上布满人类，文明的种子在这颗星球的每一片土壤上生根发芽。当科技达到一定高度后，人们开始向宇宙中发出呼唤，希望引起外星智慧生命的注意。在漫长的时间里，这种呼唤一直没有得到回应，那段时间，被称为"沉寂时代"。

在沉寂时代中，人们感到寂寞，认为自己是宇宙中孤独的生命。但某天，一艘飞碟循着人类的信号，穿越茫茫宇宙，降临到地球后，人类才知道，沉寂时代才是最美好的日子。飞碟用战争终结了沉寂，用神迹般的科技征服了一座座城市，人类无力抵抗。长满触须的外星人待人类如同人类待猪狗，肆意屠杀，直到它们发现，成年人类的身体很适合用来做培养它们后代的容器，这才停止杀戮。

它们把人类麻醉，将它们的卵注射进去，几天后，一条灰白色触须就会从人的肚脐里伸出来。再过几天，人的每个孔窍都会钻出触须，看上去像灰色毛球。它们割开人的肚皮，将幼体取出来，而这时，人体也只剩下薄薄的一层皮，所有的血肉都被异形幼体啃食。

一时间，地球上爬满了外星人，人类销声匿迹。而大量的后代孕育，让它们了解了一些规律：只有在身体健康、思维活跃的人类身上，它们的后代才有更旺盛的生命力。于是，它们用许多优质细胞进行克隆，让人类孩子在地球上生长，派机器人照顾，学习知识，锻炼思维。它们则坐上飞碟，继续在宇宙中寻找下一个目标，只每年回来查探一下，等孩子们长到十六岁，再统一麻醉，运到飞船上，成为孕育容器。

以上内容即是视频所述。在结尾处，整个屏幕被一行硕大的字占满，"地球＝牧场"，字体粗大，触目惊心。

看完后我和阿萝都惊呆了，说不出话来。直到电脑"咔"的一声，屏幕暗淡下去才回过神来，我结巴地问，这是，是真的吗？

我不知道……阿萝大口吸气，但说话还是在颤抖，应该是假的吧，铁皮老师怎么会把我们交给那种虫子呢？

可是，城外的防护罩，每年都有神来审查汇演，铁皮老师什么都教却不教历史，我们从来没见过成年人……这些曾经困扰我们的问题，都在视频里有答案啊。

或许、或许是有人故意用这些疑问制作视频吧，我听说，以前有种东西，叫电影，什么画面都可以做出来，看上去像真的似的。

听她这么说,我心安了一些,刚要舒口气,却突然想到了刘凯,颤声道,你还记得吗,刘凯那首诗提到了这方面,所以他才会被抓走。

阿萝捂住头,退了好几步,坐在床上,摇摇头说,我们去问铁皮老师吧,它肯定知道答案。

你还敢去问它吗?如果是真的,按照视频的时间,它至少抚养了十几批孩子,每批都送上去给神——给外星人吃了。

那我们怎么办?阿萝抽泣道。我看见她哭的样子,心头顿时柔软,我上前抱住她,拍着她的背,柔声说,放心,有我,我不会让你有事的。

但我也没有办法。接下来的日子里,我一看到铁皮老师,腿脚就打颤。空闲时候,我和阿萝在城边缘拼命想出去,但总是无功而返。我们也试图把这件事讲给其他孩子听,但我不敢找铁皮老师给电脑充电,光碟无法播出,没有人相信。

这种压抑的日子持续着,很快,我们16岁的生日来了。在我心中,这已经不是生日了,另一个可怕的词取代了它——收割日。这一天,是地球牧场丰收的日子,所有的孩子都如麦子般被割断,我们的童年于今终结。

我想过逃跑,但无路可去,阿萝也是面色灰暗。我们坐在废旧的建筑顶上,很久之后,阿萝站起来,拍拍衣服,一袭白袍在风中烈烈鼓荡。她说,我们走吧,如果那是我们无法逃开的命运,那就去面对它吧。

我们走到场地中,其他人已经坐定了,脸上都是期盼雀跃的神色。铁皮老师站在前面,不时扭动脖子,手脚也怪异地扭曲着。这是它忧郁症犯了的征兆。

天暗了下来,一如往昔,地球的主人虽已变换,但不变的是每一个夜晚。

铁皮老师让我们闭上眼睛。但这次我固执地睁开着,夜空静如深湖,一点光亮划过,我开始以为是萤火虫,但它比萤火虫更亮,轨迹更长,像是星光的视觉残留。它缠绕,滋生,茁壮成长,一艘飞碟从光中沐浴而出。这时,铁皮老师让我们睁开眼。孩子们看到飞碟,欢呼不已。

这次没有汇演,飞碟缓缓投下一个箱子,落在铁皮老师面前。它似乎在发呆,好一会儿才颤抖着打开箱,拿出里面的糖果。以往的糖果是红色的,但这次是白糖果。铁皮老师给每个人分了一颗,它的动作极其缓慢,仿若凝滞。

这是神的恩赐,吃下它,你们将离开这荒废的土地,到达天堂。铁皮老师磕磕绊绊地说,现在,它就是进入天国之门的钥匙,打开它吧。

于是,孩子们都把糖果送进嘴里。阿萝闭上眼睛,轻声念道,我们在天上的父,愿人都尊你的名为圣,愿你的国降临,愿你的旨意行在地上,如同行在天上。我们日用的饮食,今日赐给我们,免我们的债,如同我们免了人的债,不叫我们遇见试探,救我们脱离凶恶,因为国度、权柄、荣耀,全是你的,直到永远。阿门!

念完后,阿萝对我凄然一笑,抬手准备把糖果放进嘴里。

等等!

这一声暴喝,如惊雷般滚过全场,少数没吃糖果的孩子都惊愕地看着铁皮老师。它从来温声细语,但现在,它的胸腔里似有浓云卷积、惊涛翻涌。

它几步便飞奔而至,喘息着问阿萝,你、你怎么会这段祷言?见鬼,见鬼见鬼!你看过《圣经》吗?

我突然想起,很多年前,我走到铁皮老师窗下时,也曾听到它念诵过这段话。原来它出自我送给阿萝的那本书。

阿萝嗯了一声,说,是的,我很喜欢它,父。

你说什么?你刚才叫我什么?

父。

你叫错人了,你们的父行在天上,在飞碟里!铁皮老师突然变得气急败坏,大声吼道。而我,是一个机器人!

对我们来说,您养育了我们,您就是父,父亲,我……

阿萝没说完,铁皮老师猛地甩手一巴掌,啪,她脸上顿时红了半边。铁皮老师暴躁地骂着,给我闭嘴!见鬼,你们地球人都是猪猡,我只是饲养员,叫我父亲?那样我岂不是也成了你们这种低级碳基生物了!

哗,铁皮老师身上冒出一阵火花,黑色液体也顺着破损的部件流出来。它停滞了一秒,然后上前扶起阿萝,温柔地看着她,说,对不起……放心,我请求祂们放过你们这一批。

它的眼睛亮起红光,有规律地闪烁。它在和飞碟里的人通话。

几分钟后，它呆呆低下头，说，祂们驳回了……

飞碟下蓝光荧惑，前方的孩子们被反重力拖曳着上升，进入飞碟内部。我低声说，父亲，再见了，希望下一批孩子能让你开心起来。

铁皮老师的手抖得更厉害了，似乎不胜夜风寒凉。我仰起头，把糖果放进嘴里，这时，它猛然将手指插进双眼，一阵火花从它瞳孔中溅出。下一秒，我和阿萝被它抱住，往场外狂奔。其他孩子们不知发生了什么，待在原地，被逐渐扩大的反重力光束笼罩了。

我伏在铁皮老师肩头，咳出了糖果。周围光影纷乱，风声簌簌。在模糊的视线里，我看到了阿萝。我们挨得如此之近，以至于我能听到她的呼吸。我再次闻到了她发梢的香味。

那香味钻进我的鼻子里，从此，一住好多年。

◆ 8 ◆

"所以你们就这么逃出来了吗？"坐在我对面的小女孩儿晃着脑袋，问。

"嗯。"已有些晚了，西天垂着一块融化的黄金，风渐渐吹起来。我决定快点结束这个故事，"防护罩的发生装置埋在中心广场下面，铁皮老师砸坏了它，带着我和阿萝跑了出来。"

"那现在怎么只有你一个人?"

"铁皮老师和阿萝……都死了。"我深吸一口气,尽量说得简洁,"铁皮老师的忧郁症,就是源于多年来内心的自责,但它的芯片又被外星人掌控着。它的心和芯在做斗争,但最终输的还是心,为了不伤害我们,它先伤害了自己。它自毁了,当着我和阿萝的面。"

"那阿萝呢?"

"我和她逃亡了很长一段时间。铁皮老师临死前给我们留下了屏蔽器,外星人找不到我们,我以为这一辈子可以跟她这么过下去。但23岁那年,她决定去找外星人,她想让外星人和人类和平共处。我说这太天真了,就像人类不会平等对待家畜一样。她说她知道,但这是唯一的办法,如果我们不做什么,等我们死了,人类就没有希望了,不会再有第二个愿意帮孩子们的铁皮老师了。我劝不住她……"

小女孩知趣地点点头,没问后面的事情。但我脑子里再次回忆起那个画面——阿萝亲吻我的额头,慢慢走到空地上,关闭了屏蔽器。几乎在同一瞬间,飞碟出现在她头顶,她举起手,大声喊:"我想跟你们谈——。"回应这声呼喊的,是喷吐的高温粒子束,阿萝以及她周围五米的土地,全部被焚成飞灰。

"从那以后,我决定完成阿萝的遗志。我满世界游弋,寻找城市,讲出我的故事。"我缓缓说,"结束了,我的故事讲完了。"

"怎么说呢,你讲的事情跟我的生活确实很像,城里也全都是小孩子,也被一个机器人照看着,但我还是觉得太离奇了。"女孩咬着指头,笑笑,"毕竟我还只有 9 岁嘛,等我长大些了,说不定会相信。"

"我也没有希望你立刻相信,时间会让你找到答案的。"我掏出一个自制的定位仪,抛给她,"但如果你相信了,就找一只鸽子,把这个玩意儿系在鸽腿上。鸽子会找到我,我就会找到你,给予你帮助。"

"谢谢……对了,叔叔,你知道吗,我的名字也叫阿萝。"

"嗯,每个城市里克隆的都是同一批细胞,你周围的人中,肯定也有一个刘凯,和一个长得像我的人。"

"是啊,他们跟我关系都很好。"

我看着她,往事跋山涉水而来,那张埋在久远记忆里的脸再次浮现。我伸出手,吱吱的电流声中,水波般的蓝光在掌前延展开。女孩也伸出手,隔着防护罩,我们的手掌对在一起。这是城市的边缘,我在外,她在里,无法碰触,却能感觉到温度。

很久之后,我站起来,拍去身上的尘土:"好了,我现在要走了,我要去下一个城市。"

夕阳落入深渊,最后一抹余晖也断绝了。黑暗从西边天际奔涌过来,无边无际,吞没了世界。但我不怕,凭着掌心的温度,我能在黑暗里走得很远。

诡础

地球上的外星人

文 / 王亚男

科幻
硬阅读
DEEP READ
不求完美 追逐极致

1. 诡础初现

"您不想欣赏宛如现场演奏的交响乐演出吗？您不想陶醉在迷人的旋律里吗？最新科技的结晶——SONIC6 数字式空间震颤音响是您的最佳选择……"轻柔悦耳的声音从计算机两侧的音箱飘出，但在吕泰听来却极不合时宜，因为此刻的他正在网络上调阅大英图书馆中介绍盎格鲁－撒克逊人建筑格局的文献，却被突然插进了这么一段莫名其妙的商业广告，尽管自己和大英图书馆的链接仍然被实际维持着。吕泰开始后悔当初不应该为了节省一些网络使用费用而选择了这台全仿真智能电脑。如今就是这样一个让人心悸的时代，全仿真智能电脑要比那种陈旧的完全听命于键盘指令的电脑便宜得多，究其原因也并不复杂，全仿真智能电脑能促成相当规模的网络商务，为商家创造丰厚的利润，所谓的优惠不过是羊毛出在羊身上——天下没有免费的午餐。

刚开始的时候，吕泰还感到满有意思的，但很快他就领教到了厉害——它总会在吕泰工作的时候穿插上一小段商务信息，并怂恿吕泰购买。当今最好的人工智能技术使它拥有像人类推销员一样的能把稻草说成金条的"伶牙俐齿",借助模糊辨识估测程序和显示器上方的数码摄影机,它还能够观察人的表情,揣摩对方的心理,相应采取不同的说服策略和自动组织宣传词。有几次吕泰为了马上恢复工作,索性购买了几件小东西,可没想到这种迁就反而使电脑打断自己工作的频次日益增加,简直是得寸进尺。好在吕泰几天前刚刚发现了一个"没有办法的办法",每当商务广告插入时就索性断开网络,让工作和广告同归于尽,反正重新上网花的时间也比花在广告上的短得多。今天吕泰也不例外,又移动鼠标准备断开网络,但这次机器变得聪明起来,它根据数码摄影机记录的吕泰表情和CPU检测到的鼠标移动马上推测出吕泰的意图,于是它抢占先机,在吕泰断开网络之前立即停止广告,恢复吕泰的工作界面。这下吕泰没话说了,这机器越来越像人了,这让人头疼的人工智能。

吕泰知道这只是机器的缓兵之计,自己的工作决不会一气呵成的,好胜的念头油然而生,他索性仍不顾一切地断开网络,关掉计算机,嘴里说着:"这次你猜不到了吧,你让我继续工作我却还是关掉你,没有理性的东西是无法琢磨的!"说完摔门而去。

北京的7月,骄阳似火,可琉璃厂的古玩街上却依然人声喧嚣,给本已是酷暑的京城又平添了几分燥热。人们徜徉于地摊上那些琳琅满目的刻满岁月年轮的物件间,或嗟叹,或欣赏,或把玩,或询问,不一而足。在这许多人中间,有一个人正用少有的严谨的目光扫视着每一件古董,间或蹲下来拾起一两件端详一下,又摇摇头,叹口气把它放下。卖主不用问也清楚——

碰上行家了。圈儿内人士都明白，琉璃厂古玩摊上的真品并不多见，那些看起来颇上档次的青花、斗彩瓷器尽管底款上都印着让人心动的"大明成化年制"或"大明万历年制"，其实大都是清末民初的仿制品，这种制假方法中最高明的莫过于使用明代民间瓷器的胎，重新添釉上色，赝造出珍稀窑口和品质的瓷器，使人难辨真伪，收藏界管这叫"民仿"。这一切当然只有阅历深厚的行家才能识别，外行只能看看热闹。

这个人就是吕泰。说起他的名字在中国收藏界几乎无人不晓，他的名望不仅来自他对文物鉴赏的精深造诣，更是由于他涉猎的收藏领域的特殊——柱础，也就是古代建筑中用来奠定立柱的石制构件。中国收藏界的收藏对象之广泛在世界上无任何国家能及，从邮票、钱币到玉器、漆器、秦砖汉瓦无所不包，但对柱础的收藏却鲜有问津者。一来这东西并不像瓦当、砖雕那样为人看重；二来柱础的研究要涉及古代建筑艺术、古代民俗学、古文字学以及雕刻、地质等多方面的知识，非常人可轻易为之，故而许多收藏家对此望而却步。吕泰则不然，凭着他对中国古文化研究的高深造诣和独到见解，当之无愧地成为中国柱础收藏的第一人。吕泰的藏品从西周到民国，自中原到塞外，共计三千余件，可谓洋洋大观。现在他正在筹建全国首家私人柱础博物馆，为了补充一些具有地方民族特色的展品，更确切地说是为了消散一下刚才跟机器窝的一肚子火儿，他才顶着烈日来到琉璃厂，试试自己的运气。

前面已经能够望见小街的尽头，吕泰仍未见到令自己满意的玩意儿，刚才虽瞧见几方柱础，但不是制作粗糙就是技法平庸，在艺术上、考古上都缺少可取之处，照这样下去，今天自己可能要无功而返了。

在小街出口的一个小摊前，吕泰停住了脚步，一个物件引起了他的注意，这个物件并不是摆在摊位的红绸布上，而是被摊主正当成板凳坐在身下，但它那独特的造型马上让吕泰感到这绝不是一件平常之物。他立即要求摊主把这物件让自己瞧瞧，摊主年龄不大，至多三十三四岁，见来了主顾，满脸赔笑，起身把下面那方厚重的石雕物件挪出来让吕泰观看。

这是一方柱础，吕泰凭直觉就可以断定这一点，因为上面还有为安插柱头卯榫而雕出的凹槽，但这柱础的形制却极为罕见。整方柱础由淡黄色的青田石雕成，通体温润光滑，如少女凝脂般的肌肤。石础呈由下向上逐渐内敛的圆台形，不似一般的鼓形柱础，这和中国古代工匠用曲线体现美感的习惯格格不入；更为奇特的是，这方石础的装饰纹理也不是被中国古代传统文化所推崇的喜鹊登枝、如意盘长、福禄牡丹、海水江崖等，而是环绕柱础用高浮雕手法雕出 10 个半球形的类似乳钉的东西，每个乳钉上又均匀排列着 3 个凹陷的圆坑。这种看上去毫无象征意义的装饰手法吕泰还是闻所未闻。至于柱础的形制，吕泰就更难以理解，他无法从任何一种地方文化中找出对这种形制的合理解释，他甚至从未听到或见到过哪支民族采用过这种装饰图案。吕泰费力地把柱础翻了个身，柱础的底面工整地镌着一行阴文小楷：崇祯十六年，布政使杨府。雕刻技法和书写具有鲜明的明代特征，这方柱础系真品无疑。吕泰决定把它买下来，经过和卖主一番砍价，最终以 700 元成交。同时吕泰还从摊主处得知此础系昆明某工地施工时发现的一处古宅基址中出土，这使吕泰对查明石础形制的由来有了信心。对吕泰来说，了解每方柱础的来源和掌故的重要性决不亚于收藏柱础本身。当他看到柱础底部的小印并听到摊主的介绍时，熟悉明代历史的他就已经知道自己该从何处着手了。"布政使杨府"毫无疑问指的就是明朝末期云南承宣布政使杨文清的府邸。杨文清是天启六年进士，崇祯八年起任云南布政使，卒于清顺治四年。在明代众多的封疆大吏中，杨文清并无多大名气，仅在明史中有只言片语称其体恤民情、深谙治政之道。吕泰感到迷惑的是，作为堂堂二品大员，杨文清为何要在自己的府邸中采用如此奇特而又有悖传统的石础？其中的缘由令他甚感兴趣，他决心查个水落石出，或许这样一来自己的博物馆中又会增加一处夺目的亮点。

当吕泰站在昆明的土地上时，时间才刚刚过了四天。经向当地群众和文管部门察访，吕泰终于找到了位于昆明古城址中央的"布政使杨府"遗址，四百多年的时光流逝使当年气宇轩昂的建筑荡然无存，地表零星可见残存的碎砖断瓦，吕泰大略勘察了一下，柱础应该就出自第五重院落后堂回廊里八根明柱的下方。据当时目击者讲，出土的柱础共有8方，由于文管部门保护不力，只征集了一同出土的一些铜、玉器物，致使遗留在遗址的八方柱础当晚全部失窃，当地文管所的负责人以为那不过是几块无用的石头，也就没有追究。至于柱础奇特形制的由来，则无人知晓。吕泰又走访了附近一些保存完好的明清古宅，均未发现与那方柱础有着类似渊源的柱础，加之相传杨文清的府邸毁于明末的战乱，其后人流落四方，无从查考，石础的线索似乎一下子中断了。

2. 藕断丝连

吕泰有些沮丧，他坚信柱础的形制是受了某种特殊情况的影响，而这种影响既然不是来自民族的，则极有可能来自域外，但究竟杨文清是如何受到影响的呢？眼下没了线索，吕泰一筹莫展。

回到北京，吕泰不顾劳累，试图在浩繁的明代典籍中找出杨文清一生经历中的某些特别之处，但他很快发现自己错了。在明代如云的官吏中，一个云南布政使实在占据不了多大的位置，连昆明地方志中也只是对他略做评述，根本没有参考价值可言。吕泰这时才明白自己一开始就犯了个错误：杨文清宅邸柱础的奇特形制假如真有什么渊源的话，也只能在那些野史逸闻中。吕泰现在真觉得有些力不从心了，要查阅浩繁的正史尚且困难，若要找寻那些少人问津的野史，无异于大海捞针，更何况这类东西经历多年，散失严重，谁知道到头来会不会是竹篮打水一场空呢？吕泰正坐在沙发上发愁，一个身着淡紫套裙的女子轻轻走了进来，把一杯浓香四溢的"毛尖"放在吕泰面前的茶几上。吕泰抬头望了那女子一眼，脸上的愁云顿时散去许多："贺兰，又麻烦你了，真不好意思。"贺兰是吕泰一年前在报上公开招聘的助手，专门负责帮助他筹建博物馆和考证文物。本来吕泰从没想过要录用这样一名年轻的女子，但这位北京师范大学历史系的高材生用自己的才干使吕泰深深折服。一年来，贺兰不仅出色地完成了所有的工作，还悉心地照顾着吕泰的生活，两个人的距离逐渐地拉近，早已成为知己。贺兰工作十分敬业，一到晚上却必须回到自己的卧室，即使有工作也要带回卧室去做，决不在办公室加班。因此在入夜之后，吕泰从未见过贺兰，只是发觉贺兰房里的灯常常亮至深夜。

起初吕泰以为贺兰这样做是为了避男女之嫌，时间长了就变得颇为困惑：为什么贺兰回到房里之后就不再出来呢？最后吕泰也只能由她去了，反正白天贺兰对自己依然像往常一样。

吕泰有什么话都愿意对贺兰讲，因为贺兰不只会用言语给他安慰和鼓励，有时往往还能为吕泰指点迷津，拨云见日。现在吕泰原原本本地把那奇异柱础的事情告诉贺兰，还拿出那方柱础让贺兰看。贺兰也同样对那石础产生了极大的好奇，上下左右反复观察，神情异常兴奋，听了吕泰关于杨文清的叙述，贺兰眨着她那双清澈如水的眼睛认真想了想，对吕泰说："杨文清宅邸柱础形制的由来只有从明代野史中查考了，可这类书籍年代久远，散失严重，原书难以寻觅。依我看不妨从清代辑佚学者的著作入手，也许会有意想不到的收获。"

"妙极了！"吕泰从沙发里一跃而起，一把抓住贺兰的手："我怎么就没想到辑佚学著作呢？我马上着手调查！"贺兰立刻满脸绯红，矜持地缓缓抽回双手："别那么急嘛，我看现在你最需要的是好好放松一下，时间今后有的是。明天我们去国子监。"吕泰却仍抑制不住自己的激动，连连称赞贺兰心细如丝。

辑佚学者，在历史上各朝都有，他们中虽然也诞生过大师，但在文坛上的影响却非常有限。辑佚，顾名思义，就是辑录整理那些早已散佚的书籍，这种在故纸堆里寻觅搜求的工作在当时为多数醉心名望的学者所不齿，但正是他们把那些散佚书籍的零星碎片艰难地重新拼合，为后世保留了无价的文化财富。历史上几乎没有哪一位煊赫的国学大师不是借鉴过他们的著作从而走向声望的顶峰的。

但世人就是这样，只见奇葩不见碧叶。

北京国子监，坐落在成贤街孔庙附近，是明清两代封建王朝的最高国家学府，也是吕泰在闲暇时最爱来的地方。每次来这里都会有新的感觉，特别是那一方方进士题名碑，总给他无限的遐想，遥念数百年前的科举仕途，所谓寒窗苦读，只为名登黄甲，在这些留名碑上的进士身后，又有多少人是"三条烛尽，烧残举子之心"。想到这些吕泰就会觉得自己所面临的困惑都变得微不足道了，一切被压力、迷惘撑得鼓鼓的思想包袱都没有了。今天吕泰和贺兰来到这里，两个人拍了整整一卷胶卷，在一方方进士碑、恩师碑前，到处都留下了他们的合影。

国子监之行，使吕泰又找到了往日的信心。方向已定，他抖擞精神，在如山的辑佚文献中开始寻觅。

一天、两天、三天……第七天当他翻开晚清辑佚大家马翰宸的呕心之作《东篱山房辑佚书》时，终于窥见了希望的曙光。吕泰惊喜地看到，在这本尘埃厚积的线装文献里，居然辑录了从未见诸史籍的云南布政使杨文清撰写的《布政职记》，其中记录的一件奇闻让吕泰意识到自己得到的柱础决非等闲之物。

"崇祯十六年六月,有渔者于太平湖上遇一伟硕白鼋,隐现波间,顷刻绝尘冲天,直入九霄,无踪。俄而曳网,得一神础,登岸,从观者羡之,购以金,不许。既而纷争,竟至相殴。渔者投础击之,毙一人,遂收于监。八月卷宗移至大理寺,础亦同往……此础甚异,其泽类白金,坚硬无朋,径一尺二寸,高一尺一寸,外廓浑圆,上微敛,十钮环之,旋之自如……叩之铿然,以刃斫之,竟无痕。其重斤半,器形轩昂,盖天赐神础以柱明,非上苍佑明不可得也,此万民之福祉也……"这段话不由让吕泰联想起自己那方柱础的外观,和文中所言何其相像。他匆匆将此文复印下来,带回住处,用量具仔细测量了柱础的尺寸,再换算成明代的度量衡,竟与文中的神础完全相同,唯独文中说神础"泽类白金",显系金属制成,而自己的柱础确系石质。尽管这样,吕泰仍然兴奋不已,因为这已经说明这方柱础的形制受到了崇祯十六年神础的影响,是神础的石质仿制品。可那当年的神础又来自何方,下落何处呢?

贺兰今天打扮得格外亮丽,一条大红的及地长裙,配上黑呢坎肩和别致的珍珠项链,更衬出女性的绰约风姿。吕泰向贺兰讲述了查询结果,当说到神础与卷宗在明崇祯十六年八月移送大理寺时,贺兰的眉梢向上迅速扬了扬:"看来更困难的事情才刚刚开始,倘若神础被保存在大理寺,那么我们就很难寻找了,崇祯末年,清军击溃农民义军,攻占京师,清兵对城内各衙属大肆进行劫掠,其中尤以大理寺毁坏最为严重,不仅内司库资财尽失,连建筑也遭火焚,参与劫掠的清兵,既有多尔衮的属下,也有豪格、济尔哈朗、苏克萨哈的部卒,乱军混杂,神础究竟落入谁手恐难追寻。"

贺兰娓娓道来，她历史知识渊博，对明代崇祯年间的历史简直是了如指掌，仿佛一切都是她亲身经历过似的。听了贺兰的话，吕泰也觉得有些棘手，改朝换代是最动荡的时期，要寻找在此间失落的神础谈何容易，但既然业已开始就断无中途而废的道理，不查个水落石出，自己是不得安宁的。

接下来的一个月里，吕泰一边寻访神础的下落，一边继续博物馆的筹建。8月1日，全国首家私人柱础博物馆终于开馆了，一时间无数好奇的人拥向这里，他们流连于一方方曾经支承着或华贵或崔巍的殿宇的柱础前，凝神聆听历史的声音。吕泰也混在参观者中间留意他们的反应，他为自己的成就而欣慰。可是他累了，整日的劳碌使他的精神一直处于亢奋状态，现在稍微一松气，反而感觉疲惫难当。他回到工作室想稍事休息时，房门却不知被谁敲响了。

尽管不喜欢自己的安闲被打扰，吕泰还是说了声"请进"。房门一开，一身黑色的中山装闪了进来，这套颇有20世纪80年代初期服饰风范的立领中山服穿在一个40多岁的中年人身上，从他费力地眯着眼睛看东西就知道他是个近视眼。他四方脸，皮肤白皙，浑身散发着浓重的书斋气。

吕泰一看就晓得这一定是个醉心学问的人，而且多半还可能是研究历史的，搞历史的人就是这么神，对历史的癖好最后或多或少都会影响到自己生活的各个方面，到头来连自己也都快成了一件古物。

来人自我介绍道——那声音好像指甲滑过黑板："我叫李凯铁，在怀柔县中学教历史，业余时间我也喜欢收藏柱础，不过像我这种收入和地位一样低微的人,即使为收藏心力交瘁也难有成绩。因此,我十分钦佩您的成就,连同您的机遇。"

吕泰苦笑着摇摇头:"您过奖了,开办这个博物馆可不是凭我一个人的能耐,收藏界的同好们帮了大忙。您也是搞柱础收藏的,必定知道这东西在收藏领域内涵最丰富,却也最冷僻了。我总是嗟叹知音难觅,如今认识了你也算幸事一件。瞧我,连座位也没给您让,快请坐。贺兰,沏两杯茶来。"

热气蒸腾的西湖龙井使两人的谈兴也愈发浓厚。吕泰问李觊铁:"你看我馆里陈列的展品如何?当然是以同行专业的眼光来看。"

李觊铁并不拘谨,侃侃而谈:"说心里话,你的藏品可谓精中取粹,其中不乏精品奇珍,比如商妇好墓柱础、秦阿房宫龙纹础、西汉上林苑朱雀础、唐大明宫莲纹础等,件件都能填补考古史上的空白。当然,藏品还只在其次,你的展品介绍说明了你对它们的研究之深,涉及范围之广,使人叹为观止……只是,还有那么一点点缺憾。"

吕泰正是那种专爱听取意见的人,听到这话马上欠身追问道:"李先生有什么话尽管说。咱们是同好,不妨直言。"

"我觉得那件云南布政使杨府柱础的说明文字似有敷衍之嫌。"

"噢,原来你是说那方柱础啊,李先生眼光果然犀利,那段说明文字确实过于简略,语焉不详,但这并不是因为疏懒,而是其形制来历实在无从查考,我这么做也是出于无奈。"

"据我所知，明代云南的少数民族并没有此类柱础，而杨文清作为朝廷从二品云南承宣布政使，也断无理由模仿当时被视为蛮夷的少数民族的建筑形制，因此我认为这方柱础的形制当是受某种外来文化的影响。"

"英雄所见略同，"吕泰击节赞叹，"你对柱础的研究也不是浅尝辄止呀！对那方柱础我也有同样的考虑，而且我还有一个更为令人惊讶的念头，这方柱础的形制渊源恐怕不是来自我们所知的国度！"

李觊铁闻言万分震惊，出神地望着吕泰。看到这位造诣不浅的同好如此惊愕，吕泰居然有了些成就感，他慷慨地回头向里屋说："贺兰，把我查到的那些关于那方柱础的典籍资料拿出来，我要和李先生好好探讨一下。"

贺兰走出里间向会客室看了一眼，当她的目光和李觊铁交汇时脸上掠过一阵惊惶。她犹豫了一下，很快取来了吕泰连日查考所得的资料，放在茶几上。

像虔诚的信徒捧读经典一般，李觊铁一字不漏地阅读了全部资料后，他的话里充满了对吕泰的敬重："太精彩了，我无论如何也想不到你居然能在辑佚大家马翰宸的《东篱山房辑佚书》中查找到明朝云南承宣布政使杨文清的'神础案'记录，这个突破口选得实在精妙。历史典籍中不可寻觅的重要线索，你竟然在散佚野史中找到了！"

"我有一个冒昧的请求，能否让我协助你的查考工作。也许我帮不上什么大忙，但至少我不会成为你的累赘。古人云'朝闻道，夕死可矣'，能弄清楚一桩历史悬案，是最快慰的事情，你能允许我的加入么？"

吕泰不假思索，爽快地应承下来："行，我能和李先生合作，也是一种缘分，咱们今后多多互相启发，一起努力查证吧！"李觊铁特别高兴，他又提出建议，鉴于当年神础已交付大理寺，而大理寺后来又遭清兵劫掠，神础极有可能落入满清贵族之手，而当时攻克京师的多为正黄旗兵丁，统帅也多是皇亲贵胄，因此应该从清代宗人府的记录查起，最好能找到当年清兵统帅的族谱年鉴，看有无与神础相关的记录。吕泰表示赞同，两人约定明天共赴国家图书馆查找典籍。

送走李觊铁，吕泰把准备和李觊铁合作的事告诉了贺兰，还夸赞李觊铁对这门学问的熟谙，贺兰静静地听完后，轻声说："这件事我认为您有欠考虑，我们对李觊铁并不了解，就轻易地让他参加调查，是否有些草率呢？"吕泰问道："你认为他有什么问题吗？""不，没有……当然，我还是尊重您的决定。"窗外的亮色正渐渐退去，贺兰对吕泰说："不早了，我回卧室了。上午那些没整理完的资料，我拿到卧室去弄，明天一早交给您。"说完起身准备离开。"贺兰，别走，"吕泰试图挽留贺兰，"在这工作室里整理不好么，何必非去卧室呢？"贺兰回头莞尔一笑："每个人都有些别人难以理解的习惯，我也一样。"说罢走向自己的卧室。

3. 梵韦之乱

第二天上午 9 点，吕泰和李觊铁准时在图书馆门口碰面。吕泰是抱着不达目的不回头的信念来的，他们把查考重点放在清代宗人府的族谱年鉴资料上。对考古业内人士而言，今人编撰的史籍固然重要，但史籍原本才是他们认为最可信的依据。当他们进入图书馆直奔善本图书借阅处时，不料总台管理员却告诉他们所有的清代宗人府记录善本均已借出，连同天启以后的明史部分也已外借。吕泰很是纳闷，怎么会如此巧合，竟有人同时需要和自己一样的资料？无奈之余，在吕泰的要求下，两人走进善本图书阅览室想看看究竟是谁在查阅这些书籍，走过一排排紫檀木书架，只见房间里大概有十几个人正端坐在那里，每个人的面前都摊开几本古旧的史籍。吕泰走近他们，打算看清他们在查考哪方面的东西，却发现有的人正在读明史"甲申之变"中京师浩劫的部分，有些人则正在阅读明史中关于大理寺位置和格局的介绍，这使他异常震惊。他打量那些人，他们虽然衣着各不相同，却都有一个共同点，就是每人的领口或衣袋上都别着一副样式相同的眼镜，这让吕泰猜测他们也许属于同一个组织。正在这时，李觊铁疾步走来，一把抓住吕泰的手不由分说拖着就往外走。吕泰本想争执，但考虑到这是图书馆的阅览室，也就只好耐着性子和李觊铁走出图书馆。哪知李觊铁一直拖着吕泰奔向他那辆凌志轿车，一进轿车就忙着发动，驾车载着吕泰飞速离开图书馆驶向吕泰的住所。李觊铁脸色阴郁，任凭吕泰怎么追问，始终一言不发。

后视镜里出现了两辆宝石蓝色的保时捷跑车，这种最新款的双门跑车并不多见。保时捷车紧紧咬住凌志车，要不是马路上车流拥塞，只怕早已超车截停吕泰他们了。吕泰现在也感觉到了紧张的气氛，要知道凌志是无论如何也跑不过保时捷的。李凯铁虎着脸，握持方向盘的手由于紧张而变得僵硬，车子的速度已经接近极限，发动机的轰鸣越来越像发作的哮喘病人，但后面的车依然不见落后。

吕泰的神经也陡然绷紧了，他不知道跟踪者的目的何在，也不知道他们对自己的威胁究竟有多大。被人跟踪总不能说是件可喜可贺的事，于是吕泰索性不再多问，只管系好自己的安全带任由李凯铁飞也似的开车。前方是一个十字路口，指示灯绿灯正好闪着。李凯铁开到时，绿灯刚要熄灭，李凯铁一咬牙，猛踩油门，凌志箭一般滑过路口，值勤的交警犹豫了一下，终于没有理会这记"擦边球"，可后面的保时捷却只好停下来等待。

李凯铁丝毫不敢松懈，一过路口就接连转了好几个街口，等到路口的绿灯再次亮起时，凌志早已从保时捷的视野里消失了。

回到寓所，吕泰再也按捺不住，连珠炮似的向李凯铁发问。李凯铁听完吕泰的质问，缓缓抬起头："对不起，我从一开始就在欺骗你。

"其实关于神础的事我十分清楚，因为它是我们飞船上的导航仪。请听我解释：我并不是地球人，而是梵韦星人。按地球的时间概念来说，在两千四百年前，位于银河系核心部位的梵韦星——也就是我们的母星——发生过一场叛乱。原来，我们梵韦人千百年来一直试图建立智能化的理性社会，为此我们不断用最新的智能芯片来制造大量的机器人，并使它们消除了人类性格中一切非理性化的因素，所有智能机器人的行为目标被定为建立最发达的文明社会，消除任何无序和非理性的影响社会文明进程的因素。

"的确我们为此得到了最多的享受，社会事务全都交给理性公正的智能机器人承担，包括行政、司法、立法、交通、卫生等一切，我们社会中的无序和不公也逐渐消失，然而最后机器人们却把梵韦人列入了阻碍社会发展的最后障碍，它们忠实地履行了自己的使命，在梵韦星及其各个海外基地展开了消灭梵韦人的行动。

我们和智能机器人进行了激烈的战争。而这场战争也暴露了我们梵韦人的弱点，那就是即使在这种存亡关头，官僚集团仍然争权夺利，相互倾轧，加上我们军人的犹豫、恐惧、慌乱和判断失误，导致我军屡次在重要战役中失利，致使战争一直持续到今天。后来我们的战备物资陷于匮乏，尤其是用于反物质离子射束武器的一种金属催化剂几乎枯竭。智能机器人那边也不比我们好多少，毕竟理性不能凭空产生物质。谁能先得到充足的反物质武器催化剂就能够置对方于死地。

"两千多年前，即地球中国纪元的西汉武帝元狩四年，我们凭借新式星际导航仪开始在银河系内寻找那种宝贵的金属，最后我们在这蔚蓝的星球上找到了它，就是你们地球人视它为财富的象征，称之为黄金的金属。我们在地球上挑选了最为富庶的国度——中国，在那里暗中收集了大量黄金分批次运回梵韦支援梵韦人的作战行动。可是这场战争的终结远非我们想象的那样容易，因为官僚集团的干预，我们节节失利，后来，智能机器人也得知了梵韦人黄金的来源，便千方百计地进行破坏并伺机夺取，在四百多年前，也就是明崇祯十六年，梵韦人最大的一批总计两千吨黄金即将起程运往梵韦时，遭到了暗藏在我们内部的智能机器间谍的破坏，它们拆卸了飞船的导航仪并沉入昆明郊外的太平湖——那湖底曾是梵韦人飞船的补给基地，这样飞船便无法返航。它们趁机劫走了黄金，并藏匿在某个秘密地点，等待时机运回梵韦星。然而它们不曾想到自己很快就被梵韦人随后赶来的特勤人员悉数消灭，但那批黄金由此也成了真正的秘密。我正是刚刚奉命前来找寻黄金的梵韦人特勤，我必须先找到导航仪，否则如果它落入智能机器人手中，它们就能自由往返于梵韦和地球，只怕那时地球就要卷入连绵不断的战争了。至于黄金，能找到当然最好，找不到的话也不能让它落入智能机器人手里。刚才在图书馆里的那些人，不用我说想必你也看出他们有什么特别之处了。"

"他们所有的人都戴了一副相同款式的眼镜，显然那不是近视镜，因为他们看书时根本不用它；而今天又是阴天，变色镜当然是秋行夏令。如果说有什么特别的话，也就是这一点了。"

"完全正确，那并不是普通的变色镜，那种特制的镜片可以滤掉傍晚时他们眼睛发出的红色光线。机器人在外表上虽然可以伪装得和地球人一样，但它们具有红外夜视功能的眼睛在黑暗中都会发出红光，那是光学增透膜的特征。它们其实是智能机器间谍，正在寻找黄金，古代典籍自然是它们最好的切入点。"

"那么你究竟是梵韦人还是伪装成地球人的智能机器人？"吕泰警惕地问。

"这很容易鉴别，"李觊铁顺手从桌子上抓起一把镊子朝自己胳膊上刺去，吕泰来不及制止，只见从皮肤的破口处流出了淡绿色的液体，"我们梵韦人的外貌和地球人并无太大差别，因为我们都处在同一个进化阶段，我们的文明发展迅速是得益于过去的四十多万年里从未有过战乱——除了这一次。梵韦人的血液是绿色的，机器人总不会有循环系统吧？"

吕泰表面上很平静，心里却是波澜起伏，虽然他猜想那方柱础是某种外来文化产物的拷贝，但当这个猜想变为现实时仍使他难以接受。李觊铁说的黄金倒让他想起了另一件事。

那是在去年的中国考古学会年会上，吕泰作为特邀嘉宾出席会议，会上一位学者的论文《西汉末年以后中国黄金用量骤减原委考》把人们引入了2 200年前的那宗历史疑案。从历史上看，秦末至西汉，黄金是中国流通领域最广泛且大量使用的货币，史载汉武帝为湖阳公主陪送的嫁妆一次就动用黄金20万斤，尽管西汉时的"黄金"并非我们今天所说的纯金，而是金铜合金，但也足见当时中国黄金使用数量之巨大。在西汉时期，政府虽然铸造制钱"五铢"用于流通，但作为贵金属的黄金从未淡出，主要是因为制钱价值较低，交易中不便大量携带，特别是对于远行的商旅，黄金依然是最佳选择。可自西汉以后，白银却逐渐取代了黄金的地位，而如此数量巨大的黄金去向如何，却没有下文了。从史料上反映出，自王莽篡汉，及至刘秀光武中兴，黄金大量使用的记录就再未见诸史册，种种迹象表明中国的黄金存量在这一短短的时期内突然大量减少,以至于难以继续充当支付主要媒介。对此有人解释说是由于西汉末期的频仍征战使巨商富贾多将黄金埋藏所致;也有人根据传闻说是因为新莽灭亡时将西汉政权遗留的大量黄金收藏,以图东山再起。但吕泰对此类观点却不能苟同,倘真如此,史书中对这么重大的社会经济动荡怎会只字不提?倒是在3年前新疆西域古龟兹国遗址发现的一处西汉中期墓葬群出土的残简中有过那么一句:"……方外人喜金,遍设钱庄敛之……"当时残简其余字迹均已灭失,无从识读,所以吕泰也没有过多注意,他认为方外可能是丝绸之路上某个名不见经传的小邦,既然正史都不愿给它留一点空间,那么方外人敛金的举动就应该不会对黄金数量造成较大的影响,这也是几乎整个考古界都不曾尝试用它来解释黄金减少的原因。但是现今吕泰想起来却认为这线索太重要了!梵韦之乱中梵韦人到地球上收集黄金正是在西汉中前期,也就是黄金数量的巅峰时期;更使他兴奋的是,残简中的"方外"和"梵韦"两词的发音如此相近,吕泰据此认定那些汉简上的方外人就是梵韦人,于是他大胆地向李觊铁发问:"两千年前你们来到地球上收集黄金时,可是采取开设铺号暗中收兑的方式?"

李觊铁的身体微微一颤:"你怎么会知道这些?我还是从梵韦政府的历史教材中得知的。当初我们来到地球时,为了不引起地球人的注意,便乔装成商人在京畿长安乃至全国开办了许多庄铺,秘密从事黄金收购。

"由于开价极高,收购速度很快,连皇宫中的太仓官员都将宫中用于赏赐勋臣和慰劳四夷的大量金饼盗运出宫,跟我们换成五铢铜钱,从中渔利。因此我们得以聚敛了数以百吨的黄金,有力地支持了梵韦人的战争。对于那些好奇的地球人,我们一律自称'方外人',这名字更贴近中国人的习惯,还有些超然之意。时下战争已到了最后时刻,谁能抢先得到这笔两千吨的黄金谁就能够赢得战争。"

吕泰低头不语,片刻昂起头语气沉毅地对李觊铁说:"我决定帮助你们,尽我的全力。"李觊铁握住吕泰的手,感到自己的手在发抖,或许是因为激动:"真心感谢你,感谢你的高尚行为!""你别把我想得那么好,我并不是要帮助梵韦人打赢战争,对地球人而言,究竟人工智能发展的极限如何,结果怎样,我们都还无法想象。我只是想让你们之间的这场千年战争早日结束。或许无论哪一方先找到我都会得到我的帮助,毕竟战争是一件可怕的事情,即使它的背后有深奥的哲学和人伦因素。"

贺兰正从卧室里走出来,看到李觊铁和吕泰的手紧紧握在一起,眉头皱了皱,又小心地退回卧室,关上了房门。

4. 峰回路转

这些天吕泰的心情糟到了极点。神础的线索再也没有续上,黄金的下落更是石沉大海,李觊铁又频繁来访,他显然对吕泰寄予了很大希望,这一切让他有不堪重负之感,有几次他甚至怀疑自己是否应该继续调查下去。如果仅仅是这些,吕泰还能够勉强忍受,可是贺兰变得寡言少语、心神不定,就不能不使他特别烦躁了。

几天来贺兰和自己很少讲话，早早就回到卧室不再露面。吕泰不明白为什么，李觊铁每次来访，贺兰都显得很不自然，有次为他们上茶时竟失手打碎了吕泰最心爱的宜兴紫砂盏。似乎她对李觊铁有很深的成见，然而他们原来并不认识啊！对此吕泰实在不愿想得太多，他生怕那原因最后牵连到自己身上，若是那样，他宁可永远不知道个中究竟。

又一个星期飞逝而过，神础的事已经开始在吕泰头脑中淡漠，没有任何发现能重新提起他的兴致。李觊铁对吕泰的厚望也正一丝一缕地变薄，近三天来李觊铁只来过一次，离开时神情无比失落。那天吕泰走进房间就被一道刺眼的光芒灼痛了眼睛，那是从李觊铁手里发出的，吕泰上前取过一看，竟是一根甚为贵重的唐代咸亨二年金铤，保存得相当完好，背面却被錾上了两个字——"觊铁"。

吕泰问李觊铁："这是你刻的？"李觊铁回答说："哦，我的一位叫刘赢洲的老师送给我的，当时我还不懂文物的珍贵，就信手刻了自己的名字。"吕泰对这种亵渎文物的行为最是深恶痛绝的，他不相信李觊铁会如此对待这根金铤，但李觊铁却把金铤当成玩物摆弄于手中，这更让吕泰难以理解……

星期天下午，吕泰睡了个懒觉，直到座钟敲了10下方才起床，刚胡乱扒了口早餐，贺兰就递给他一份邀请函，是中国考古学会从网上发来的，内容是邀请吕泰参加福建泉州湾海域的水下考古工作，考察对象是不久前刚刚被发现的一条19世纪末的美国沉船"夜枭"号。吕泰的眼睛突然一亮。"夜枭"的名字，他不止一次在历史书上读到过，在考古界里"夜枭"号的名字绝不逊于"泰坦尼克"号。这艘美国三桅帆船在 1900 年以前还并不出名，是八国联军侵华战争才使它名声大噪的。联军攻占北京之后，疯狂掳掠了包括紫禁城在内的多处皇家园林。无数的皇家珍藏被联军瓜分，为了尽快把贼赃运回国内，精明的美国人动用了国内一切可以征调的大型帆船，"夜枭"号便是其中之一。1900 年秋季，"夜枭"号满载名珍贵宝和艺术品从天津起航，途经泉州加运了一批归国的士兵后开始了横渡太平洋的归程，谁知此去竟杳无音讯。一个世纪过去了，历史学家们一直在探寻它的沉没地点，那上面装载的货物对任何人都是无法抵御的诱惑，但一切努力都归于失败。此刻吕泰获悉"夜枭"号终于再现江湖，怎能不喜出望外！

　　当下吕泰要贺兰回函表示同意邀请，同时请她预定三张两天后赴泉州的机票，他要请李觊铁一同前往，吕泰认为他们都该换换脑筋了。贺兰听到李觊铁的名字又皱起眉头，但她还是照着吕泰的话做了。

　　在泉州惠泉宾馆举行的"夜枭"号水下考古工作会议上，吕泰了解到更为详细的情况。"夜枭"号的沉没地点在距泉州湾 120 公里外的浅海区，那里的航道上暗礁聚集，这已为当时的航海家所熟知，在航海图上也有明确的标识，当时任"夜枭"号船长的瑞典裔美国人古斯塔夫应该不会犯触礁这种低级错误，在他的家族血统中有着优秀的航海因子。海底初探拍回的照片显示，"夜枭"号断成两截，分散在相距 240 米的两处海底，深度为47米。先期发现的航海日记封皮残片上用玳瑁壳镶嵌出英文"夜枭"的字样，船上的货物则散落在周围两千多平方米的海底，打捞难度很大。会议决定打捞工作第二天全面展开，让吕泰参与临时成立的指挥部工作，吕泰推辞不掉，也只好从命。

第二天，打捞工作有条不紊地开始进行，16名潜水员组成的水下作业队从沉船上捞起了大批珍贵文物，其中有大宗的明清珐琅、青花、粉彩瓷器和黄金、象牙制品，还有许多联军从皇宫里抢掠的御用服饰，只可惜那些旷世大家的书法真迹和水墨丹青，都在冰冷的海水中化为乌有，仅有画轴留存下来。难过归难过，考古本来就是研究失落的学问，处处要求天遂人愿未免太过苛求。在打捞沉船货物的同时，潜水员还深入船体内部，从各个角度拍摄了大量照片，以期揭开"夜枭"号沉没之谜。

从照片上看，"夜枭"号庞大身躯的细部此刻都一览无余，只见残体的断裂处龙骨整整齐齐从中间折断，好像被外力猛然弯折所致；在沉船断面的货舱甲板处拍下的照片则更为奇怪，甲板上有一个近似圆形的孔洞，直径一尺左右，这也是甲板上唯一的创伤，从那个洞中望下去，刚好可以看到船体断裂的龙骨。这种损伤绝不是触礁的结果，礁石不可能伤及甲板，也不会造成如此规则的孔洞，更不会撞断龙骨，但究竟是什么原因，吕泰百思不得其解。

对"夜枭"号的打捞是在完全保密的情况下进行的，这么做的目的是避免文物归属权的不必要纷争和新闻媒体的骚扰。吕泰严格恪守这一原则，从未把打捞工作的进展情况告诉李觊铁，自己掌管的作业记录也都仔细锁在客房的抽屉里。本意上讲，吕泰是想让李觊铁来泉州散散心,并未打算让他介入打捞工作,他甚至没有告诉李觊铁他们正在打捞的就是大名鼎鼎的"夜枭"号,只说是一条清代商船。李觊铁似乎也明白,从不主动过问吕泰的工作。吕泰劳碌一天之后常常邀上他和贺兰一同去附近的小酒吧喝上一杯,贺兰此时倒一点都不犹豫,仿佛换了个人,似乎李觊铁已经不那么令她反感了,这倒让吕泰舒服了些。

水下考古工作终于迎来了尾声。"夜枭"号上的货物基本都已打捞出水,明天将举行船身整体出水仪式,这条船在修复后将由中国历史博物馆收藏,作为帝国主义侵华的又一铮铮铁证。吕泰安排好明天的工作程序,回到客房时已是华灯初上,电子保温炉里热着贺兰为他准备的晚餐,贺兰此刻已经回卧室了。吕泰美美地享用完晚餐,就开始伏案起草考古打捞工作简报,两页稿纸刚刚布满字迹的时候,一阵困意袭来。吕泰接连打了几个呵欠,照例锁好材料,回自己的卧房去了。

5. 真相昭彰

午夜12时。客厅里有间卧房的门开了,一个黑影闪了出来,蹑足潜踪来到吕泰的写字台前,将一根极细的金属丝伸进锁孔轻轻一拨,锁开了,黑影迅速地拉开抽屉拿出考古资料和照片摊在案上,眼睛扫描仪似的在上面掠过。随后又麻利地把资料复原,放回抽屉,接着慢慢打开套房的门,消失在走廊尽头。

吕泰半卧在床上,借着柔和的台灯正在端详一叠照片,那是他和贺兰不久前在国子监拍的。吕泰一张张地欣赏着贺兰和自己在一起时的神态，回忆当时那种欣慰和愉悦，不禁微笑起来。他又抽出下一张照片，这是他们在一方恩师碑前照的，恩师碑即过去被授予翰林编修或修撰的新科进士拜师时所立，往往是充盈着赞美颂扬之辞，眼前这张照片上的背景非常清晰，碑文俊秀可辨，上面大大镌刻着一群翰林学子的恩师名讳——刘赢洲，吕泰隐隐觉察这名字似乎在哪里听过，略一思索便猛地记起那是李凯铁曾经说过的送他金铤的"先生"的名字！吕泰连忙细看碑文，原来刘赢洲当时任国子监祭酒，历时仅仅一年，因此后世并不熟悉。再看众翰林署名，第三个就是吕泰熟悉的"李凯铁"！碑文上说李凯铁于清乾隆五十年中恩科二甲第一名，赐进士出身，授翰林院修撰。落款是大清乾隆五十一年，这是两百多年前的石碑，吕泰决不相信这两个名字的出现是巧合，他预感到问题复杂了。

凌晨3点，打捞作业水域留守船只上的工作人员大都已经进入梦乡，仅有的几名值班员也只是让扫过海面的探照灯代替自己的眼睛，他们则不住地打瞌睡。谁也没有留意远处一只形状奇异的小艇正急速滑过水面，发动机的消音装置使它如幽灵般逃过了值班员本已迟钝的听觉。在标识着"夜枭"号准确沉没点的浮标前，小艇轻盈地停了下来，随即如同潜艇一般迅速向下沉入海面以下，在约20米的深度上，一个佩戴潜水装具的人游离小艇，敏捷地向下游去，他手提的强光电筒将海水照得通亮，水中无数色彩斑斓的游鱼仿佛有不祥的预感，惊恐地四散逃开。那人很快到了海底，向四周看了一下，发现了左前方那硕大的沉船残躯,他双脚用力一蹬礁石,快速游向沉船。海生植物已完全包裹了船体,它们想把它变成大海的一部分,但这船却注定不肯就范,船首仍然倔强地冲出海藻的重围,把那代表着它曾经的荣誉的青铜雄鹰标志展示给所有探视的人。船内的货物全没了踪影,船成了一具空壳,躲在那里小心地偷窥来人。那人并不指望在海底淤泥里的瓷器碎片中碰碰运气,看能否找到一两件完整的。他径直游向船身断裂的地方,抬头看看货舱甲板上的圆洞,又看看折断的龙骨,然后从腰带上取下一只小小的仪器,在圆洞和龙骨的连线下方贴近海底缓缓地移动。5分钟过去了,8分钟过去了,直到13分钟时,仪器突然发出了急促的蜂鸣声,那人连忙跪在沙地上,用手用力向下挖去,所幸这里是礁石海底,沉没的物体不会陷得很深,但即使这样他还是足足挖了4尺才有了结果。挖出的坑里,一只白亮浑圆的金属圆台出现了,10个半球形的旋钮环列在它的侧面。那人急忙伸手取出一只罗盘,平放在圆台上面,磁针摆动了几下指向南方,同时也正对着一只旋钮。那人兴奋异常,用手握住那只旋钮顺时针旋转了两周,然后双手抓牢圆台,稍一用力便轻而易举地将圆台提了起来,接着他又回到小艇,小艇在水下飞快地驶向远方。

海边,大风骤起,浊浪排空,在离岸100米的地方小艇浮出了水面,那人抱着圆台从海水里走向岸边。这时传来了刺耳的刹车声,一辆越野吉普猛地冲到岸边,车门"砰"的一声打开,吕泰神情严肃地跳下车来,针一样的目光刺向那还戴着潜水面罩的人。那人并不紧张,伸手除去面罩,竟然是李觊铁,吕泰虽然早有准备,但还是暗吃一惊。

"李觊铁,你为什么偷看我的资料,又非法进入作业区域?你的名字为什么会出现在国子监的恩师碑上?"这时吕泰看到了李觊铁手中的圆台,立即惊愕地追问,"这是——神础!你从哪儿得到的?"

李觊铁冷笑一声:"告诉你也无妨了。我对你说的话绝大部分是千真万确的,只是我并非梵韦人特勤,而是智能机器战士。我的眼睛没有红光,是吗?因为我是最新型的,用微米波探测技术代替了红外夜视眼。至于我的血液和皮肤,只不过是罩在机器身体表面的一种生物活性伪装罢了。我可不是刚刚驾临,在400年前梵韦人丢失了黄金之后,我就来到地球开始找寻,这400年间,我的身份几经改变,我开过钱庄,当过小吏,贩过私盐,也做过进士,当乡村教师是最近20年的事,一切伪装都是为了使自己与常人无异,这就是你会在国子监进士碑上看到我名字的原因。

你没注意我的名字吗,李觊铁,铁即失金,觊铁即是觊觎失踪的黄金。我一直在多方寻找你所说的神础,但一直没有下落。后来我在你的博物馆里看到了那方奇特的石椽——神础的影子,我感到你可以帮助我实现目的,你果真没有辜负我的厚望。今晚我在你的抽屉里看到'夜枭'号残骸的照片,我肯定那不是触礁的结果。坚实的木甲板上的圆形孔洞正对着龙骨,一定是某种极沉重的东西穿透了甲板,并向下砸断了龙骨,这才是沉船的真正原因,根据计算圆洞的尺寸和穿透的力量,我断定那是神础的功劳。对了,我忘记告诉你了,那神础并非什么导航仪,它就是两千吨黄金的储藏容器。"李觊铁一副揶揄的表情"听来难以理解,是吗？这容器实际上是一个空间塌缩器，虽然它的外观很小，但空间塌缩技术可以使它拥有 100 立方米的内部容积，再多的黄金也装得下。此外，容器上的磁场反重力装置会把黄金和容器的重量降低至只有 1 斤多，单手就能轻易移动。当容器被静止放置时，自动机构会使 10 个旋钮中随机一只指向南方，那只旋钮此时就是启动或关闭反重力装置的开关。当年神砒被藏于明大理寺内司库，直至一年后清军入关，攻克北京，神砒也随着内司库的被劫落入满洲贵族手里。时隔 300 年，1900 年侵华的八国联军又把它从不知哪个王公贵胄的府邸搜掠出来，并当作战利品装上了'夜枭'号，可谁想到途中也许是哪位好奇的水手幸运而又不幸地旋动了开关，关闭了反重力装置，两千吨的重量一下压穿了甲板，并落下去砸断了龙骨，从此'夜枭'号折戟沉沙。可叹梵韦人特勤，苦觅多时还是被我捷足先登。还记得图书馆的追击事件吗？那只是一幕戏，用来博取你的信任的戏。我还得感谢你，是你一步步引导我迈向成功，胜利者会缅怀你的，但遗憾的是我现在必须和你说再见了。"

吕泰的脸色铁青，他想不到自己当了彻头彻尾的玩偶。此刻李觊铁抽出背后的猎鲨枪，说："我不会使用梵韦星的武器，因为我希望警察把这当成是一般的谋杀案。明天我就要凯旋了，再见。"

突然，在李觊铁身后闪起一团橘红色的火焰，宛如在海风中怒放的礼花，绚丽而灿烂。在那只小艇升起一团浓烟的同时，李觊铁的身体也直挺挺地向后倒去，重重地摔在沙滩上，一动不动了。吕泰惊恐地抬眼向李觊铁身后看去，岩石后面闪出一个熟悉的窈窕身影,手持形状奇特的武器。那是贺兰!今天她戴了一副黑色的眼镜。

贺兰用脚踢开李觊铁手里的猎鲨枪,又把神础拿到自己手里,才回身面对吕泰。吕泰警觉地后退两步:"你究竟是谁?不要告诉我你也在欺骗我。"

"吕先生,我的真实身份是梵韦人特勤509,早在300多年前即清顺治元年就来到地球负责寻访当年失落的黄金。其实当时飞船上争夺的结果是双方都没有得到储藏容器,它从飞船上掉落到太平湖里,现在我知道是那位渔人网起了它,还为此引出命案,这就是所谓的'神础奇案',也是事情真正的真相。自从李觊铁出现起我就怀疑他是智能机器人,但当时我告诉你也不会相信。其实我和他一样,都是在利用你,我是希望借助你的学识找到黄金。现在一切都结束了,我会把李觊铁带回梵韦,通过法律解决,我希望你忘了我,永远地忘记。"说着贺兰向空中挥了挥手,空中立即出现了一只椭圆形飞行器的巨大轮廓,原来它是以墨蓝的颜色隐没在夜幕中的,现在恢复了金属的银灰色。它往下方投下一道橙黄的光柱,李觊铁被光柱提升起来,吸入飞船内部,贺兰也迈步走向光柱。

"等一下。"吕泰突然想起了什么,贺兰也停住了脚步,转回身体。"你会忘记我吗?请别骗我。""不会。""那我也不会的,永远不会。你难道不能留下来吗,我还有很多事情需要你的帮助。"

"不要说了,我明白你的意思,但我是决不可能留下来的,因为我的生命即将终止。"贺兰黯然说道。

"什么，你说什么？你不是已经胜利完成任务了吗？"

贺兰沉思片刻，轻轻摘下墨镜，只见她的眸子依然像幽谷深潭那样清澈，只是正闪烁着红色的光芒。吕泰大吃一惊，几乎站立不稳："怎么，你难道也……""是的，我也是智能机器人。"

梵韦人被自己制造的智能机器人视为敌人，但仅仅依靠梵韦人本身的力量根本无法和智能机器人抗衡，梵韦人于是又开始制造智能机器人作为士兵，从事各种最危险的工作，不过这一次他们再不会让机器人有任何控制他们的可能，每一个机器人在生产时就在芯片中加载了其特定使命，使命一旦完成，机器人体内的自毁系统就会自动启爆。梵韦人已经不再相信任何具有人工智能的东西了，虽然他们还要借助我们的力量。再过一会儿，当我把贮藏器运到飞船上之后，我就再也不复存在了。"

"那么你别把贮藏器运到飞船，我们把它随便藏在哪儿，然后逃走吧！"吕泰急切地说。"我的程序不允许我那么做，我必须完成使命。况且你以为我们做得到吗？"贺兰神态安详，走到光柱中心，双手高高举起贮藏器，只见那白亮的容器也缓缓被光柱提升起来，吸进了飞船。贺兰这才转过身，面对着无言的吕泰。"好了，吕先生，现在请您向后退，向后，再向后。"吕泰的心里仿佛被一团棉絮紧紧塞住，一句话也说不出来，他木讷地向后退去，似乎听贺兰的话就是最大的安慰。终于，两人已相距100米了，贺兰这才向吕泰扬起了手："别难过，让我们好好道一声再见。"说完还轻轻挥了挥，脸上似乎还带着笑意。吕泰也举起了手，他的两颊骤然泛起了红晕，但那不是因为激动，而是因为前方爆炸的火光的辉映。

6. 尾声

　　吕泰端坐在电脑前，正兴味十足地欣赏网上"梨园驿站"中的梅派传人的《战金兵》选段，不想广告又鬼使神差地插了进来，这次智能电脑是要求吕泰购置最新型的高速量子微处理器，吕泰已经回答了"不"，可电脑又一次施展开说服的本领，和吕泰打起了拉锯战。吕泰实在不耐烦了，双手离开鼠标，端起旁边的茶杯想要续一杯茶，借机暂避一时，他真懒得再和它斗智斗勇了。可是就在他回转身体的一刹那间，他听到了机器的话："我的主人，您难道不希望我能换上最好的芯片，完全像一个真正的人一样为您服务吗？有谁愿意永远生活在中世纪一般的暗夜里呢！您现在所做的一切都是为了达到文明社会的顶峰——一个智能机器组成的文明社会，那时这世界上将拥有人类梦寐以求的一切……"话音未落，只听见"砰"的一声，那只茶杯嵌在了显示器的荧光屏上，一股浓烟顿时腾起。"对，拥有一切，唯独没有人类自己。"吕泰忿忿道。

星空中的阴谋

彗星阻击战

文／卡卡的灰树干

1. 星光管理员

1900年元旦,午夜的钟声刚刚敲响,人们沉浸在喜悦之中,庆祝新世纪的到来。可怜的玛丽埃塔躺在床上,她发着高烧,肿胀的喉咙就像被人死死地掐住脖子一样,只有张大嘴巴才能吸到足够的氧气。

25岁正是花一样的年龄,可是自从3年前,玛丽埃塔大学毕业后去巴西旅行,不幸感染了锥虫病(这是不治之症,反复无常,令人发烧呕吐),好几次她想结束自己的生命。这种痛苦,不言而喻。

窗外的欢笑声和鞭炮声吵得她难以入睡,而保姆阿什利早已鼾声如雷。漫漫长夜,对于玛丽埃塔来说十分难熬,泪水早已沾湿了枕巾。艾希和维娜现在肯定在新年酒会上纵酒狂欢,而阿尔文,这个和她约会过几次的男孩也不会错过这样的机会。他曾经亲口答应和她一起去百慕大群岛旅游,不过这很可能只是说说而已。或许真的不会有人在意一个躺在床上的废人吧。

3天后的一个清晨,天还没有亮,玛丽埃塔被哗啦啦的水声吵醒，阿什利一如既往地早起，勤勤恳恳地开始洗衣做饭打扫卫生。玛丽埃塔觉得好点了，刚坐起身，就觉得胃里翻江倒海，忍不住吐在干净的盆里。她用尽力气穿上毛衣，披着外套在床上坐了很久。

壁炉里新添的柴火发出啪啪声。玛丽埃塔裹着厚厚的睡袍，坐在炉边，觉得暖和一些了。室内呕吐的气味混杂着烟味令人窒息。

阿什利见她起床了，便交给她一封印有金色手写体的信封，是林奇先生写她的。这是一份聘用函，让她结束圣诞节假期后去哈佛大学天文台工作。

玛丽埃塔端着信，苍白的嘴唇上浮出了一丝笑容。

两周前，她在父亲的介绍下，去林奇先生主管的哈佛大学天文台面试，她想要一份计算员的工作。她以优异的成绩从哈佛大学女子学院毕业，并选修了数学和物理学。她相信自己能够胜任这份工作。没想到真的成功了。

第二天，玛丽埃塔的精神好多了，胃口也恢复了。她穿上花边衬衫，灰色呢大衣，带着一个粉色小挎包便出门了。

波士顿是一座充满活力的城市，玛丽埃塔走过长长的小巷，来到大街上。远处的工厂冒着黑烟。圣诞节假期刚结束，街上已经有很多马车。为了生存，小贩在寒风中不断地叫卖。

哈佛大学天文台离她的公寓不远，过了桥就是剑桥镇，步行 10 分钟就能到。当她走上二楼，敲响了挂有"计算室"牌子的办公室，一位和蔼可亲的中年妇女开门了。

"你好，我是玛丽埃塔。林奇先生聘用我做计算员。"说着她从挎包里拿出聘用函。

"啊，您就是玛丽埃塔小姐，快请进。"

走进办公室，很多女性雇员坐在打字机前忙碌地工作着，有几个人抬头，对着玛丽埃塔投以友善的目光。

这位中年妇女是卡农夫人，林奇先生的得力助手。她和她的女性雇员负责天文望远镜观察数据处理，林奇先生一共管理着五台望远镜，每个月，南美和印度的天文台都会把望远镜拍摄的大量照片通过邮包寄回哈佛大学。

实际上这里只是一个数据处理中心。这些女性雇员根本没有资格接触望远镜，她们只能看照片和数据，将观测数据通过打字机抄写，整理成册。最近林奇先生正在编写德雷巴星表，这是一个庞大的计划，包含了 2 万颗恒星的观测和光谱分析结果。1900 年正是物理学革命的前夜，物理学家们正急切等待着这些恒星的观测结果，用来完善自己的理论。

然而卡农夫人却带着玛丽埃塔来到位于大楼另一端的"资料室"，拉开沉重的大门，是一条宽阔的走廊，黑洞洞的看不见另一头。

走廊的左右两边分别是标有数字 0～23 的房间。这里按照天体赤经位置的顺序，储存了几十年来积累的数据和观测照片。玛丽埃塔在 0 号房间的阁楼上有一间单独的办公室。

随后玛丽埃塔得到了一个令人窒息的消息。她并没有资格参与编写星表的工作。她被雇佣，完全是因为她父亲和林奇先生的关系不错。因为她会经常生病，不会有人在她生病的时候顶替她。她的工作只是研究造父变星——一种光度会发生周期性变化的特殊恒星。这项工作时间非常自由，即使生病，痊愈了也可以继续工作。

随后，卡农夫人离开了，星表的编写和校对工作非常繁忙，她根本没空搭理这个与星表编写无关的人，况且她又不认识玛丽埃塔的父亲。

2. 邂 逅

走上阁楼。每天阳光都会洒进这个办公室。书架、桌子、椅子、打字机和日记本上布满灰尘，墨水瓶早就干了。看样子这个房间已经十多年没有人进去过了。

玛丽埃塔很喜欢这里的环境，她就像一个星空的女王，随意就可以摘取一颗星星过去几十年的资料，跨越时空，观察它们几百几千甚至几万年前发出的星光。这里，她说了算。

办公室原来的主人叫蒙特罗·黑尔，由于办公室在资料室的楼上，不允许使用明火，她只能抓紧白天的时间整理黑尔先生的研究资料。日记本上最后的日期是1889年3月12日。他是研究造父变星的先驱。书架上留了很多没有用过但已经发黄的空白稿纸，还有一本被翻烂的对数表，各种计算尺、公式卡片一应俱全,角落里堆满了写过的稿纸。

黑尔先生虽然做了很多工作,但是他没有对研究对象进行分类,所以结果杂乱无章,没有说服力。玛丽埃塔花了一个月,整理好了黑尔先生的资料,写成报告,并且总结出一套研究方法,对于不同的恒星分类进行研究。

林奇先生看到这份报告后很满意,他抬头惊讶地打量着这个美丽的女孩,身高接近6英尺(1.83米),金色的长发自然地微卷,披在肩上,蓝色的双眼令人着迷。

玛丽埃塔的工作得到肯定之后,工作热情更加高涨,她甚至选择带着资料和工具来到"计算室"——这栋楼里唯一可以使用电灯的房间里晚上工作。

她夜以继日地工作,但是她几乎每隔2周就会因为生病而停下。林奇先生看到玛丽埃塔的工作有所进展,便安排路易斯,一个小她五岁的研究生做她的助手。

然而路易斯好吃懒做,很少来资料室帮忙,他和玛丽埃塔的关系非常糟糕,而当她听说路易斯给她暗地里起了个绰号"老处女",她气得再也不和这个男孩说一句话。

时间过得飞快,1906年,路易斯顺利地利用玛丽埃塔的研究资料写完了毕业论文,而玛丽埃塔研究了1777颗恒星的资料,总结出了一个新的公式,发表了论文。林奇先生非常高兴,给玛丽埃塔放了一个假。

在一个阳光明媚的早晨,她一个人拎着皮箱,登上了"阿蒂亚"号帆船。度假是每个中产阶级向往的。这次的目的地她选择百慕大群岛,并没有阿尔文的陪同。

波士顿港有许多海鸥,海风吹散了玛丽埃塔的长发。一开始,海风还吹着很舒服,可是海风越来越大,帆船过了中午还没有启航。最后虽然帆船勉强启航了,由于逆风,为了到达目的地,"阿蒂亚"号不得不改变航线,要在海上多开很长时间。

玛丽埃塔选择了一个不大的船舱,刚好放下自己的行李。有空她就独自坐在甲板的桌子上,一边喝着果汁一边看书消遣时间。

帆船迎风破浪,行驶了两天,可是距离目的地还有一半的距离。船上的时间是如此漫长,可这也是旅行的一部分,玛丽埃塔仍然选择看书打发时间。

这时走来一位身材瘦高、穿着灰色西装的男子,戴着中产阶级标志性的软呢帽。他走到桌子前,礼貌地脱下帽子,轻声问道:"我可以请你喝一杯吗?美丽的女士。"

玛丽埃塔在前几天就注意到这个留着淡淡的络腮胡的男子了,甚至还不经意地和他交流了眼神。他之前骑着一匹马,是最后一个登船的,他的生活非常规律,中午吃三明治喝牛奶,晚上吃牛排喝红酒。很晚睡,早上11点才起床。

"可以啊。"玛丽埃塔快乐地接受了邀请。男子很快从侍者那里端来两杯加勒比风味朗姆酒。

"我叫,我发现你很特别,你每天都会坐在这里看书。"

"船上的每一天都很长,看书只不过是打发时间的方法。"

"这就是你的特别之处,我发现你看的居然是《物种起源》。"

玛丽埃塔微微一笑,故意睁大她那碧蓝的大眼睛,调皮地问道:"《物种起源》?你知道达尔文吗?"

"是的,他是个不错的博物学家,提出物种会发生变异,在漫长的历史岁月中慢慢改变形态,适应不断变化的环境。"

"哦?"玛丽埃塔把金色长发整理到耳后,托腮问道,"那你相信人是猴子变得啰?"她的双眼紧紧地盯着斯考特英俊的脸。

斯考特尴尬地一笑:"这确实是令人难堪的问题,不过我相信,你肯定是上帝特别制造的,你那么美丽,还有令人惊讶的博学。"

"你也很特别,你看起来也是一个知识渊博的人。"

"我是美国地理协会的会员,达尔文的书里有关于地质学方面的论述,所以我知道他。"

"我是天文学工作者,和星星打交道的。"

"每天都能看星星,真好啊。"

他们愉快地交流着,还一起吃了晚餐。

渡轮在海上慢悠悠地航行了4天,终于到达了目的地。下了船,玛丽埃塔觉得自己的还有漂浮在水面上的感觉。带着玛丽埃塔借住农民的木屋,在野外搭帐篷,采集岩石标本,裹着厚厚的棉被看壮丽的银河。

在百慕大群岛上的5天很快就过去了,每次拥抱,玛丽埃塔都可以感觉到粗壮的上臂用恰到好处的力气将自己紧紧拥入怀中,可是两人除了接吻,关系并没有进一步的发展。玛丽埃塔觉得对方非常尊重自己。

过了30岁就是老姑娘了,玛丽埃塔在哈佛大学勤勤恳恳地当了6年计算员,从来没有想过结婚的事情,但是这次与邂逅,玛丽埃塔感觉到了命运的安排。

度假结束,回到波士顿港口,玛丽埃塔答应了的请求,她恋爱了。

玛丽埃塔之前也有过恋爱,但是都不了了之。因为她经常生病,有个男孩看她躺在床上,呕吐物是令人如此不适,而且她头发散乱眼睛浮肿,面貌不是丑陋而是有点可怕,他便知难而退了。

确实有些特别,他非常有钱,美国地理学会每年需要缴纳1000美元的会员费。他自己经营着一家小型电力公司,掌握着一种潮汐式供电的专利技术,可以使灯塔和浮标在海上漂浮而很少需要人去维护。凡是轮船公司新开辟的航道,需要制造新灯塔,就要向支付一笔专利费。

但是他和玛丽埃塔聊得最多的,是科幻小说。他除了熟读凡尔纳的小说,还喜欢弗拉马利翁笔下的《火星》。他对星空也是非常的着迷,而当他读了俄国科学家齐奥尔科夫斯基关于火箭的论文,他就决定要写一部科幻小说,内容就是一位探险家准备造访火星,半路飞船故障,最后利用星星进行导航,安全到达火星。

他饶有兴趣地说着科幻小说，玛丽埃塔却分神了，今天穿了一件黑色的薄风衣，可是软呢帽还是原来的那一顶。

就像所有的恋爱，开头都是甜蜜的。他们经常在河边散步，看着蒸汽船在河道里航行。

的工厂到哈佛大学需要坐20分钟马车，是个好骑手，骑上"细毛"，他和玛丽埃塔可以到麦克唐纳街吃那里的"金汉堡"。

麦克唐纳街是老城区，还点着煤油灯。昏暗的灯光下，两个人慢慢地散步，"细毛"由史考特牵着乖乖地跟在后面。街上虽然已经冲刷过，但是马粪的气味仍然很重。不知是这气味还是因为吃得太多，玛丽埃塔觉得浑身无力，胃里的东西马上要翻出来了。

"不行！一定要忍住，不能在面前丢丑。"虽然她极力忍耐，但是终究抵不过身体的反抗。呕吐之后，她匆匆忙忙跳上一辆马车，像灰姑娘一样逃走了。

3. 电力输送实验

玛丽埃塔躺在床上发着高烧，脸已经浮肿得变形，金色长发散乱地铺在枕头上，她的老毛病又犯了。她之所以年过三十还是单身，就是因为这个病。因为心中胆怯，她不敢随便接近男性，况且很多男人都认为这种病会传染。

她把门反锁，在门外等了很久，她就是不开门，她绝不能让看见自己这副可怕的样子。第二天,就没有来。

当她终于觉得好些了,她便穿戴整齐,来到办公室。但是这次她并没有激情再次投入工作,她感觉也不过是个普通的男人。是啊,哪个男人会去和一个经常生病的女人共度余生呢?

当她看见太阳西沉,便放下笔,拎着挎包准备下班。她心中仍然非常难过,想着在百慕大的时光,还有之前的点点滴滴,这是一次美妙的恋爱,比之前所有的都好,但不过是一场梦,现在已经梦醒,就当什么都没有发生过吧。

刚走到大楼门口,她意外地收到一大捧用波士顿邮报包裹的玫瑰花。小卡片上写着"真高兴你又恢复健康了,你仍然像往常一样美丽动人。我最近在忙,周末带我逛逛校园吧。"

玛丽埃塔欣喜若狂,看着怒放的玫瑰花,激动得热泪盈眶,这不是在做梦!这不是在做梦!

星期天,玛丽埃塔穿上米黄色风衣,一顶扎花带的太阳帽,戴上一副纱手套,高高兴兴地沿着上班的路线,在天文馆前遇到了。他的微笑仍然那么迷人。

他们像往常一样紧紧地抱着,丝毫没有介意生过病的玛丽埃塔。

"我们上楼看看吧。"提议。

"嗯。"他们手拉着手上楼,所有的房间都上了锁,天文馆空无一人。他们来到资料室,打开门,里面黑洞洞的。

"你平时就在这里工作?"环顾四周,随便问了句,"好阴暗啊。"

阁楼上才是我的办公室,其实这里光线很好,只有需要查找资料才会拉开窗帘。光线直射会把资料晒得发黄。

走进2号房间,拉开窗帘,阳光照亮了整个房间。他随便拿出一本资料,封面上用打字机写着恒星的赤经赤纬坐标,并且按照日期编成好几册。看着资料,嘴边露出微笑。

"这里的资料真多啊。"就像是一个发现宝藏的海盗,忙不迭地环顾四周,"不过普通的望远镜也能看见这些星星,那么多资料都有用吗?"

"不一样哦。"玛丽埃塔随便拿出一颗恒星的资料,指着封面上的恒星坐标说,"你看这个坐标,这都是积累了几十年的观测数据,这个坐标是经过我们计算的,精确度比普通望远镜要高得多。"

"哦?它们之间有什么区别?"

"我们地球距离太阳有9 300万英里(1.5亿公里),所以同一颗恒星在冬天和夏天观测时,因为地球观测者的位置相差了1.86亿英里(3亿公里),恒星在天球上的位置会因此发生细微变化。但是距离近的恒星,比如10光年内的那几颗,变化幅度很大,而距离远的,比如大于200光年的恒星,变化幅度很小,用普通望远镜根本看不出来。"

"太神奇了,我可以借走几本吗?"

看见很感兴趣的样子,玛丽埃塔觉得有些意外。这些资料十分枯燥,除了天文工作者没有人会翻阅它们,竟然会对它们感兴趣。

"随意挑选,我把它们的编号记下就可以了。记得还回来,林奇先生编写星表可能会用到它们。"

拉上窗帘,走到玛丽埃塔面前,轻声说道:"放心,我只是写科幻小说想用这些资料,不会弄丢的。"

他们上楼,来到了玛丽埃塔的办公室,这间阁楼被整理得干干净净,用过的纸和没用过的纸被整齐地分开摆放。

走到书桌前,把打字机放在书架上。回头深情地看着玛丽埃塔。

"你想干什么……"她还没说完,就把她抱起,放在桌上,双手插进玛丽埃塔金色的长发中,两人的嘴唇紧紧地贴在了一起。玛丽埃塔便闭上了眼睛。

这一切对玛丽埃塔来说,有些突然,又是她期待已久的。激情在燃烧,她接受了新的一切。

从此,玛丽埃塔便更黏了,每天下班,她都会在学校喷水池边等,他们吃完晚饭,在外面逛很久才回家,在公寓门口,他们都要黏在一起一小时。

甜甜蜜蜜的日子持续了3个星期,突然有一天,说,他要准备一项实验,可能好几天都没空和她约会。

随后,他星期日没有来找她,周一晚上玛丽埃塔就睡不着了,周二周三她更是无心工作,周四还没有天亮,她便请假,搭乘马车,来到的位于剑桥镇西北的发电厂。

清晨的迷雾让人看不见周围的街景。走近发电厂,玛丽埃塔说明自己的来意,工人便把她带到办公室,里面几个人正围着桌子,对着图纸测量,商量着事情,墙上的黑板写满了计算公式。

这时一个短卷发,高高瘦瘦的中年人抬起头,看见了玛丽埃塔。而专心地指着图纸,和另一个胖子讲述什么,头也不抬,胖子拿笔蘸着墨水快速地记着笔记。

高瘦的中年人走近玛丽埃塔,把她带出办公室,关上门,说:"小姐您好。我叫尼古拉·特斯拉,有什么事我可以为您效劳?"

"特斯拉先生您好,我是玛丽埃塔,先生的朋友,我好几天没有看见他了,担心他出事,所以就……来看看他。"

"噢,是这样啊,我们下周就要进行电力传输实验了,现在忙得焦头烂额,先生作为我们的老板,正在对施工现场和实验方案进行最后的确认。"

中午,雾气散尽,一座七八十米高的铁塔矗立在众人面前,而在10公里外,能够看见另一座一模一样的铁塔。的目的就是通过巨大的铁塔,把电力通过电磁辐射输送到10公里外的那座铁塔里。

玛丽埃塔便留在电力公司,把的宿舍打扫干净,还为他洗晒衣物床单,做一日三餐,俨然就是一副太太的模样。

但是令她惊讶的是,从哈佛大学天文馆资料室借来的恒星资料就摆放在的办公桌上。每一份资料里都夹着一张纸,纸上写了长一串由"1"和"0"组成的数字。

"这些资料为什么会放在这里？难道在工作之余还有空整理科幻小说的资料？或者，这恒星资料和电力传输实验有什么关系？

从早忙到晚，全身心地扑在工地上，和玛丽埃塔没有说太多。但是每次吃到玛丽埃塔亲手制作的蔬菜三明治，他就笑着说，终于不用和工人们一起啃龙虾肉了。

星期日，起了个早，吃过早饭，就和玛丽埃塔一起来到哈佛大学，两人在阁楼上一番云雨后，把之前的资料归还，又借了几本资料带回工厂。这次玛丽埃塔留了个心眼，她之前故意在18号房间里调换了几颗恒星资料的摆放位置，那些都是赤经18h区域内，临近太阳10光年内恒星的资料。而却发现了这一点。

"他并不是随意地在挑选资料，他是在有意地寻找资料！"

1906年8月5日黄昏，天气阴沉沉的，无线输电实验就要开始了，电力公司聚满了围观的人群，还有几个记者在对铁塔进行拍照，特斯拉先生也在铁塔前留下了照片。却不在现场，他要亲自对电力输送进行控制。控制室里只有他一个人，任何人都不允许进入。

可怜的玛丽埃塔却在这个时候又一次病倒了，她迷迷糊糊地发着高烧，没有去参观实验。当她烧退了，惊奇地发现守在自己身边，为自己端屎端尿，清洁污秽。

玛丽埃塔有点愧疚，对自己是如此体贴，没有安全感的自己，一旦开始多疑，根本停不下来。自己是不是对他有些太苛刻了,他不过是有些特殊的爱好,对天上星星的位置特别感兴趣,就像他最喜欢和自己在阁楼上"放松放松"。

看玛丽埃塔精神好多了,便从书架上拿出《物种起源》,为她读书解闷。

"你知道我为什么喜欢读《物种起源》吗?"玛丽埃塔还有些虚弱。

"不知道,为什么?"注视着玛丽埃塔有些浮肿的脸。

"我和达尔文一样,结婚前得了南美锥虫病这种慢性病,他去世前被这种病折磨了接近40年。他的痛苦和我一样。"

"原来是这样!达尔文虽然疾病缠身,不过他仍然坚持科学研究,写出了这部巨著,你和他真是有很多相似之处。"

玛丽埃塔觉得身上有股暖流。虽然她经常生病,除了保姆阿什利,所有的人都会在她生病的时候远离她。很久都没有人在病床前照顾她了。

"你的电力传输实验怎么样了?"玛丽埃塔关心地问。

"成功了,也失败了。传输的电流太强,把线圈烧断了,发射塔需要改造,还要两年呢。"

"可是实验失败,代价很大的,花了那么多钱。"

"这没什么。"显得有些轻描淡写,"花这些钱,至少让我们知道了什么是错误的。"

"可是……你那么拼命,那么努力,结果却是失败……"说着玛丽埃塔的眼泪夺眶而出。

摸着玛丽埃塔的脸说:"没关系,你好好休养,从头再来吧。"

4. 星空中的疑云

玛丽埃塔在电厂待了太长时间,又生病,如果不去上班,也许林奇先生就会解雇自己。

实验失败后又过了几个月,到了1907年1月,计划去欧洲,说英国有一位富翁对无线电力传输系统很感兴趣,他要在那里待一个月。如果要想让实验继续,可以找那个富翁要钱,并把输电获得的利润按比例分给他。

当两人在港口深情吻别之后,玛丽埃塔独自回家。一路上,她心中总有一种说不出的不安。健壮,帅气,有钱,事业心强,简直太完美了,却又隐瞒了太多的事情。

他从来没有提及过他的家人、朋友,也许还有前女友。他最多只是说一下他的父亲,但是口气更像是在谈论他的老板而不是亲人。也许他们的父子关系有些糟糕。

想来想去,玛丽埃塔决定和特斯拉先生共进晚餐,想探探他的底细。

特斯拉应邀赴约。他一口难以改变的欧洲口音,不善言辞,不敢正眼看玛丽埃塔,毕竟她是老板的未婚妻,而且自己也有些落魄,特斯拉有些如坐针毡。

"真是遗憾，实验失败了。"玛丽埃塔率先说话。

"是的，电厂的塔修一修还可以使用，10公里外的接收器坏得厉害，有些配件得去钢铁厂再铸一个。"

"特斯拉先生，您对天文学了解吗？"

"玛丽埃塔小姐，我只是一个电气工程师，对天文学一无所知。"特斯拉喝了一口红酒，尴尬地笑笑。

"您见过先生的家人吗？"

"先生几乎总是独来独往，我有时候会替他接受美国地理协会的信件，但是从没有见过他给他的家人写过信。据说他非常喜欢坐船旅游，和他闲聊的时候，我知道他去过南美洲，还去过大西洋上的圣赫伦拿岛。"

"据我所知，先生对天文学相当了解。"

"这个我也不清楚，我去年2月才来到波士顿，和先生相处了一年，我在纽约也进行过电力无线传输实验，花巨资建造了沃登克利弗塔。但是实验失败了，我几乎要破产了，先生对我的电力塔非常感兴趣，于是聘用我在波士顿也建了两个。我对这种塔的构造非常熟悉。"

"那您觉得实验失败的原因是什么呢？"

"这个……"特斯拉有点欲言又止，"我觉得先生有点一意孤行。这个塔的功率非常大，是我在纽约建造的沃登克利弗塔功率的两倍，但是它的用途有些不明确，先生说这个实验如果失败，这个塔还可以改造成天线，发射无线电波。"

"无线电发射？"

"是的，马可尼先生拥有美国大部分无线电业务，欧洲也有很多，这些发射塔功率不大，但是足够跨越大西洋，把电报从美国发到欧洲。先生发射塔的电波可以跨越大半个地球，如果我在月球上，我几乎可以肯定，我用一个小小的接收器（收音机）就能接受到这个塔发出的信号。"

玛丽埃塔陷入了沉思。人类刚刚学会飞行，飞机还不如热气球飞得高，飞向太空更是不可能的事，如果向太空发射信号，难道他想和火星人联络？这太疯狂了。

回到家，玛丽埃塔越想越不对劲，她把的借阅记录一一翻出来，把这些资料对应的恒星坐标记录下来，在天球仪上找出对应的位置。一下子规律出现了。

借阅了地球临近 50 光年内所有目视星等 -1 以上所有恒星的坐标，然后又在天球仪的南北相对的两个集中区域里，他记下一些遥远恒星的坐标。

玛丽埃塔对于恒星的距离太敏感了，她在过去六年中看过数十万幅恒星的照相底片。距离近的恒星，比如 50 光年以内的恒星，会因为地球在围绕太阳公转，观察位置的变化，引起这些恒星在天球仪上的位置发生微小的变化，而距离非常远的恒星则几乎不会发生位置的变化。

为什么需要这些坐标？因为太空中的飞行器观测到恒星的位置和地球上观测到的不一样。

如果一个飞行器绕太阳公转轨道像彗星一样，从遥远的太空到地球轨道以内,那么站在这个飞行器上的观测者,他位置的差异可能会大于30亿英里(48亿公里)以上,如果套用地球上的恒星坐标来测量自己在宇宙中和地球的相对位置,差异会非常大。

另外,绕太阳公转的飞行器,速度非常快,每秒钟可以达到37英里(60公里),每小时超过6万英里(10万公里),如果不知道自己的位置和地球的位置,想要和地球交汇是不可能的事情。

但是如果将两个观测所得的坐标进行对比,再用遥远恒星的坐标做参照,那么可以精确地控制飞行器的轨道。

谜底解开了,正是利用这些恒星的位置给太空中的某个飞行物发射无线电波进行导航,由于没有设备可能接收来自遥远太空发出微弱的信号,因此他只能通过高能电力塔向宇宙发射信号。

可是即便如此,无线电信号穿越大气层后,强度衰减得很厉害,而且宇宙空间如此广袤,除非飞行器离地球很近,比如火星轨道附近才有可能接收到。

写科幻小说绝不可能做得那么精确,也没必要那么精确,唯一的可能就是,必须这么精确。也确实认认真真地在做这件事,即使建造电力塔需要一大笔钱,一笔足以把一个富翁变成穷光蛋的巨款。

玛丽埃塔的心彻底凉了。这个男人向自己隐瞒了很多,还利用自己掌管资料的便利,为自己疯狂的计划牟利,一旦这件事完成了，自己就成了一块被嚼过的口香糖，扔进垃圾桶。

也许这世界上真的不会有人真心爱上一个经常生病的废人。

1907年2月，玛丽埃塔收到了一封信，已经买好船票，就要从欧洲回来了，让她两周后在港口接他。

波士顿的港口人头攒动，每个人都盼望着"圣玛丽亚号"从伦敦归来。

下午雾气散去，圣玛利亚号在领航小船的指引下，庞大的身躯出现了。靠岸后，人们纷纷走下船，一个多星期的航行是如此令人疲劳，亲人的拥抱是缓解疲劳最好的良药。

可是人们都走得差不多了，连水手都开始下船，玛丽埃塔却还没有见到的身影。此时的玛丽埃塔心中剧烈地斗争着：要不要和他摊牌？

码头的候船室只剩下几个人了，冬日的寒风有些刺骨，玛丽埃塔孤零零地站着，阳光斜射进来，玛丽埃塔的影子被扯得很长。周围只有一个黑人老头在清扫垃圾，根本没有注意到这个女人。

这时玛丽埃塔的双眼被人从身后轻轻地蒙住。一股玫瑰花的清香从身后飘来。一转身，就把自己拥入怀中。玛丽埃塔本来有一万句话想要质问他，可是在这个情景下，她又一次地融化在他的怀抱中，千言万语化成无限的泪水不断从眼眶中涌出。

"我本来想从VIP通道里出来第一个见你，但是送玫瑰花的邮递员走错了地方,我等了他好久。"说着立即把一个包装精美的长形纸盒给玛丽埃塔,她打开后是从欧洲带来的波西米亚长裙。

玛丽埃塔泪水模糊地望着,他的脸庞还是那么英俊。无论如何,她还是准备享受眼前的幸福时刻,哪怕它是伪装的。

仆人为牵来了"细毛",两人便骑马来到了的住宅,一路上都在抱怨伦敦的天气,那里的空气是如何令人窒息,英国绅士是如何高冷,不近人情。

的家位于剑桥镇北面的两层楼房。玛丽埃塔第一次来到的家,仆人们早就为主人准备好接风的晚餐。饭后,却把玛丽埃塔带进书房,一起看杰克·伦敦写的新小说《海狼》。晚上,小小的离别使得两个人的心贴得更近。

清晨,还在沉睡,玛丽埃塔却早早醒来。面对这个睡在自己身边,既熟悉又陌生的男人,她一下子又有很多想法了。

这个男人究竟是谁?他去欧洲干什么去了?他还向我隐瞒了什么?太空中的飞行器和他究竟有什么关系?为什么现在仍然紧紧追着我不放,他不是已经做过电力传送实验了吗?难道他还想往太空里发射信号?也许我还有利用价值。对!他说过两年后他还要进行实验。可是他为什么不再借资料了呢?

玛丽埃塔的头脑非常混乱,也许不知道真相是最好的结果。玛丽埃塔想到这里,快速地穿好衣服,想彻底离开这个男人。

玛丽埃塔拼命地往外跑,可惜,她没走出多远,就累得气喘吁吁,她根本跑不远。骑着"细毛"追了上来。玛丽埃塔再也逃不掉了,被抱着,她一边哭着,不断地捶着的胸口。

"你究竟爱不爱我?"玛丽埃塔哭着问。

"我深深地爱着你。"

"撒谎!你在利用我!"

"你在说什么?我怎么利用你了?"

"你利用我得到那些恒星的坐标,为你的飞船在太空中导航。"

"你在胡说些什么?你听谁说的。"

"这不是胡说,你利用电力无线传输实验,向太空发射无线电信号,证据确凿,你还在做什么辩解?"

"亲爱的,你的想象力使我感到震惊,别再说了,别再胡思乱想了,我会永远守在你的身边。"

"是真的吗?"玛丽埃塔小声抽泣着问。

"当然是真的。"紧紧地拥着玛丽埃塔。"我再也不写那该死的科幻小说了。"说着,两个人又深深地吻在一起。

玛丽埃塔深刻地认识到,自己已经无可救药地爱上了这个男人。她只是害怕,害怕自己没有利用价值,就再也不会理睬自己了。

两个人和好如初,甚至还带着玛丽埃塔去了美丽的马德拉群岛。岛上有一位医生给玛丽埃塔开了一瓶药丸,玛丽埃塔的锥虫病大大缓解了。过了3个月都没有发作。

5. 通古斯大爆炸

1908年夏,两个人已经认识快两年了,对玛丽埃塔是全心全意的,但是他却始终没有提出结婚的事情,而玛丽埃塔也没有怀孕的迹象。玛丽埃塔喜欢这种两人世界,她甚至不敢进一步,生怕眼前的这一切瞬间消失。

一艘来自南美洲的邮船因为飓风,取消了一次航班,随后,玛丽埃塔一下子收到了两个月的观测资料,她需要额外花时间去分析它们。她忙得两天没有去找。

当她身心疲惫地下班,发现卡农夫人在资料室寻找资料,这时太阳已经西沉,光线不足,玛丽埃塔便帮助她快速找齐了资料。

卡农夫人随口问了一句:"你最近有没有看过蛇夫座 ζ (zeta,泽塔)这颗恒星资料?"

"我最近一直在研究杜鹃座的小麦哲伦星云,很久没有关注黄道星座里的恒星了。"

"是吗……最近俄国西伯利亚通古斯地区发生了大爆炸,2 000多平方公里的森林被摧毁了,很多人都询问我们这件事。我们有着世界上最先进的望远镜,根据推算,引发大爆炸的小行星可能会在蛇夫座留下影像,被我们记录下来。但我找了好几天,都没有什么发现。

玛丽埃塔听了脸色发白,她回到家,翻开报纸,好几篇新闻都报道了这次大灾难,连爆炸点4000公里外的英国都监测到了这次爆炸产生的气压剧烈波动和大量红色暗云。

玛丽埃塔立刻放下所有的工作,在接下去的几天来里,她列出了1906年8月电力传输实验之后到1908年中,火星所经过的天域,翻找出对应恒星的照片。每张照片里都有火星的身影,火卫一和火卫二都能看清楚。

结果很快出来了。在数千张照片中,1907年1月到2月,火星周围出现了一个奇怪的光点,它有时出现在照片里,有时又消失,若隐若现但是光度没有什么变化。

这段时间正好在欧洲!很明显,他在欧洲进行观测。

在1907年3月份火星的照片中,这个奇怪的亮点变得暗淡,最后一张暗得几乎看不见,不再反光。

随后火星在天区内离开双子座,就再也找不到这个奇怪的光点。蛇夫座里当然没有留下任何踪影。很明显,火星的引力改变了它的轨道,反光的一面不再面对地球,或者说,它利用火星引力,进行了轨道修正。

就是这个东西撞击地球,引起了俄国的通古斯大爆炸。这是要毁灭地球吗?地球毁灭,对他有什么好处?

一股烟味打断了玛丽埃塔的思考。林奇先生正在抽烟,他准备下班了,计算室就要关门了。无奈,玛丽埃塔只好收拾一下下班,外面天色已黑。玛丽埃塔有些饥肠辘辘。这时,她看见手里拿着两个热狗等在门口。

"怎么工作得那么晚？"关切地问。

"没什么，几乎所有的人都在讨论通古斯大爆炸。我也在跟进这件事。这是天文学界的大事件。"

"我看了波士顿邮报，好像有这么一回事。说说看，你有什么新发现？"

"并没有什么发现。"玛丽埃塔走在前面，啃了口热狗。

"我们先吃晚饭吧，你辛苦了。"

晚餐十分简单，小餐馆里，玛丽埃塔就点了两份三明治，两个煎蛋，两杯果汁。

"你说人类会不会灭绝？"玛丽埃塔故意随口一问。

停止咀嚼，看了玛丽埃塔一眼，然后又故作轻松，喝了一口果汁说："你怎么关心这个问题？

"通古斯大爆炸太可怕了，这要是落入海洋，会引发大海啸，落入城市，几千万人就会葬身火海。就像诺亚经历的那样。人类面临最终审判。"

"其实，并没有什么物种可以永远存在于地球上。我是地质学者，世界各地都能挖出巨大恐龙的化石，也就是说，很久以前地球上生存着数量巨大的，体长十多米的庞然大物。可是现在根本找不到这样的动物活体。"

"恐龙确实是灭绝了。达尔文在他的《物种起源》里提到过。"

"那么我们站在人类的角度，或者说站在哺乳动物的角度上来说，如果恐龙是如此强大，哺乳动物无法与它们竞争，甚至体型不可能比一只猫更大。那么哺乳动物只能活在恐龙的阴影中。只有恐龙灭绝了，哺乳动物才会有今天的繁荣。"

"那人类灭绝了对你有什么好处？"玛丽埃塔冷冷地问。

突然意识到自己可能说多了，他只是说了一句："人类怎么可能灭亡呢？"然后就不说话了，两人始终保持沉默。

两人吃完晚饭，玛丽埃塔就直接回家了。

几天后，报纸上关于通古斯大爆炸的新闻几乎消失了，可是其他的新闻里，很多媒体添油加醋地说，通古斯大爆炸是世界末日的预演，因为两年以后，也就是1910年，哈雷彗星就会再度光临地球，小行星在通古斯这种无人区的大爆炸不会有什么影响，但是这个和波士顿城一般大小的哈雷彗星说不定会把地球砸出个大窟窿，或者直接把地球推出轨道，走向毁灭。

很多人把这些报道都当作无聊的话题，可是玛丽埃塔看着却冷汗直冒。哈雷彗星！难道会利用哈雷彗星撞击地球？那时候人类可真的会毁灭了。

第二天，玛丽埃塔决定找问个清楚。即使死，她也要知道答案，毕竟她一直生活在病痛的地狱里，死亡并没有那么可怕。

来到电厂，却只见到了特斯拉先生。他说去纽约了，电力塔的铸件已经造好装船，他正在从纽约赶来波士顿。

这意味着正在筹备第二次实验。

港口,玛丽埃塔见到了,他身着一件考究的衬衫,皮鞋擦得发亮,连帽子都换了一顶新的扎黑色丝带的草帽。他站在遮阳伞下,看着工人们汗流浃背地从船上卸货,他轻松地抽着雪茄。

这只是一次小小的离别,却给玛丽埃塔从纽约带来了一个手工鳄鱼皮手提包,价值2 000美元。如此贵重的礼物,玛丽埃塔有些不知所措,可是却轻描淡写地说,这是你应得的。

回来后,又是一次温馨的烛光晚餐,晚餐后,只是搂着她,站在阳台上看星星。

玛丽埃塔突然脑子闪过一个念头:"天啊,他这是要向我求婚么?"

6. 第二次电力实验

天空中闪耀着群星,夜静静的。紧紧地抓着玛丽埃塔的手。

"一切都准备就绪,我也收到了英国富翁的钱款,第二次实验就要开始了。这次有了经验,不会再失败了。你想想,方圆几十公里内,路灯、电灯都会发亮而不需要电线,家里也不需要插座,晚上可以做更多的事情,电厂会接到更多路灯公司或电车公司的订单,甚至电动汽车可能都离不开电力塔提供的电力。"

"你想说什么?"

"我的意思是,等我完成了第二次实验,我觉得我们就可以考虑一下我们的事情了。"

"什么事？"玛丽埃塔低下头，不敢直视。

抱着她，贴着她的脸轻轻地说："就是我们结婚的事情啊。现在太忙了，实验牵扯到太多的人，结婚是大事，要好好准备一下。"

"嗯。"玛丽埃塔感觉自己又一次融化在的怀抱中。

这几天的报纸又在吹捧哈雷彗星的威胁，很多报纸都得出结论，它即使没有直接和地球相撞，它长长彗尾中的气体也会覆盖地球表面，而之前一个科学家已经发表论文，声称在彗尾的红外光谱分析中发现了氰化氢这种剧毒物质。这个结论加深了人们的恐惧。

林奇先生的好几个望远镜对准了它，再过一个月，也就是1908年9月底，它就要越过木星轨道，木星的引力会对它产生一些影响，计算员们忙不迭地设计模型根据观测结果推测它的轨道，它究竟会不会撞击地球，还需要更多观察。

同时，的电力塔已经开始安装，工作紧张有序地进行着。玛丽埃塔几乎只工作半天就去电厂，和他睡在一起。

这又是一个普通的星期天，突然提出去哈佛天文馆看看，于是两人又来到了天文馆。这里空无一人，所有的大门都上了锁，而玛丽埃塔有资料室的钥匙。他们很久没有在这里幽会了。

激情过后，两个人就开始说悄悄话。

"你觉得世界会毁灭吗？"

"不知道，说不定明天就是审判日，不过有我在，你不必害怕。"有些心不在焉，感觉玛丽埃塔又在胡思乱想了。

"那世界末日降临，你不准独自离开，一定要带上我。"

史考特笑笑说："一定一定。我们可以去中国，如果在西藏高原上，没有什么可以影响到我们的幸福生活。"

"也许我们会有许多孩子。"

"无论发生什么，我都会一直守在你身边。"注视着玛丽埃塔蓝色的眼睛，几根头发被汗水黏在脸上。

随后，忍不住又跑进了资料室，翻翻这，找找那。边翻边说他和一个朋友，也是地理协会的，他们打赌，一年内根本不可能完成他的科幻小说。不想在朋友面前丢脸，所以他可能还要再向玛丽埃塔借阅恒星的资料。

可是，事情就是这样的凑巧。蛇夫座ζ这颗恒星的资料想要借，却被卡农夫人借走了。并不觉得沮丧，让玛丽埃塔有空送到电厂就可以了。

星期一，玛丽埃塔来到自己的办公室，和平常一样独自工作。卡农夫人一大早就把资料放回原处，这正是想看的。

阳光斜射在写字台上，办公室里有点闷热，周围静得可怕，玛丽埃塔内心发生着剧烈的斗争。

怎么办？要不要把资料给他？之前心中有所怀疑，这些资料可能正是哈雷彗星变轨所需要的，如果两年前把坐标发射出去，然后上个月发生了通古斯大爆炸。那么他这次他掌握了新的坐标,哈雷彗星会不会成为人类的杀手呢?

现在面临的情况就是,哈雷彗星已经向地球快速飞来,而正在收集新的资料,还在积极准备他的第二次电力塔实验。如果这次他向着哈雷彗星传送坐标,让哈雷彗星利用木星引力进行变轨,然后撞上地球,那么整个世界就毁灭了。当然,这一切也可能是自己的胡思乱想。不过万一真的这么做,那么现在是阻止他的唯一机会。

她想起几年前刚得病,父亲在床边照顾她,给她讲的故事。那是8年前,美国和西班牙为了争夺加勒比海地区的控制权而发生了美西战争。西班牙舰队的8艘大帆船载着一千多名士兵,在顺风的推动下,趁着夜色接近美军港口进行突袭,但是行动计划提前泄漏,一艘帆船上的间谍在西班牙军舰还没有靠岸的时候突然点燃了一个火把,挥动了几下,然后跳海逃跑,港口的哨兵看见火光,立即发射岸防炮,8艘大帆船都被击沉,1000多名士兵死亡。

如果就是船上的那个间谍,那么必须阻止他。

蛇夫座 ζ 这颗恒星距离地球大约500光年,从1875年开始,望远镜就开始收集它的照片。所以这颗恒星的档案从30多年前就建立起来后不断积累着新的照片。

作为天文台台长,林奇先生在十多年前更换了打印纸的生产商,这些新加进去的报告纸显得更白一些,打字机的油墨也更容易渗进纸的纤维中。

而这份资料的封面是旧版本的,看着发黄。并且这颗恒星距离十分遥远，几乎不会改变在天上的坐标，如果重新用打字机在新纸上对封面上的坐标进行更改，不仅林奇先生，连也会一眼看出疑点。

玛丽埃塔环顾办公室的四周，一眼扫到了角落里的空白稿纸。那是黑尔先生很多年前没来得及使用的老版本稿纸，和蛇夫座ζ封面一模一样的纸张。

于是玛丽埃塔用黑尔先生留下的纸，重新打了一份蛇夫座ζ的资料封面，对赤经赤纬坐标进行了微小的更改，除非核对从印度寄来的望远镜原始记录，否则根本看不出更改的痕迹。

这份资料最后放在了的桌上。

1908年9月15日，进行了第二次无线电力输送实验。他仍然坐镇控制室，但是这次记者却来得很少，自从上次实验失败，已经没有多少人关心这个实验了，况且电缆输送技术已经成熟，应用广泛。

当电力塔通电的那一瞬间，轰鸣声震耳欲聋，10公里外的接收塔也放出了耀眼的光芒。实验进行了半小时，突然电力塔旁一根水管爆裂，冷却水泄漏后塔身过热被烧毁。边上待命的消防员立即喷水灭火。

而当玛丽埃塔蹚过满地的泥水，来到控制室找到时，她注视着的脸。她惊奇地发现，竟然毫无悲伤的表情，甚至还有些掩饰不住心中的喜悦。

玛丽埃塔紧紧抱住，反而安慰她，说钱已经花了，再也不搞无线电力输送实验了。他放弃这种技术了。

可是玛丽埃塔心中清楚得很,他不过又一次利用电力塔,向哈雷彗星发射了坐标。当然包括自己更改过的坐标。

这次电力输送实验又失败了,报纸上几乎没有报道,而林奇先生的哈佛天文台却挤满了记者。利用天文台的望远镜,每天都可以跟踪到哈雷彗星的踪影,而记者们正在等待计算结果——木星强大的引力会不会把哈雷彗星引向地球呢?

林奇先生夹着公文包,抽着雪茄烟,从大门走出来,就被记者围住了。林奇先生只是淡淡地说了一句:"木星对哈雷彗星产生了很大的影响,它的运行轨迹完全超出了计算结果,由于现在哈雷彗星距离太阳很远,太过暗弱,望远镜甚至找不到它现在的确切的位置。不过它就在天上,只不过需要花点时间寻找而已。"

记者们无疑很失望,不过人们都在对哈雷彗星的新闻议论纷纷,没有一个记者愿意错过这个热点新闻,他们只能选择耐心等待。

又过了一个星期,林奇先生向记者们宣布,他们又重新找到了哈雷彗星的踪迹,不过它这次的轨道非常特别,一直冲向地球,但是究竟是直接撞上地球还是与地球擦肩而过,他们需要积累更多数据,以便对哈雷彗星进行更精确的计算。

对记者来说,这是再好不过的消息,不确定的结果,会使人们对这个话题保持热度,哈雷彗星会不会撞上地球,毁灭人类,现在没有一个人说得清楚。

7. 哈雷彗星

1909年马上要过去，平安夜那一天吃完午饭后，大家都没有什么心思工作了，林奇先生坐在计算室里抽着雪茄，而玛丽埃塔和女同事们也在小声地闲聊，迎接圣诞节假期。

窗外下着鹅毛大雪，整个波士顿都被白雪覆盖着。玛丽埃塔心情十分沉重，没有心思和同事聊天。年初，她和举行了隆重的婚礼，日子也过得无比幸福。可是直到现在玛丽埃塔都没有怀孕。

一开始她怀疑是自己的锥虫病引起的不育，可医生的诊断结果是的生育能力有问题。

看过很多医生，但是医生对此束手无策。

而一个月前，说要去找医生治病，自顾自地离家去了纽约，至今一封信，一个电报都没有。

到了下班，玛丽埃塔惊奇地发现牵着"细毛"站在雪中，软呢帽，眉毛，胡须上都是雪，眼神呆滞。

"你怎么了？亲爱的。"玛丽埃塔问。

没有说什么，一下子抱住她。他第一次抱得这么紧。

玛丽埃塔意识到，可能有什么事发生了。

两个人回到家，坐在壁炉边，什么话也没说，阿什利做了几个菜，可是放在桌上已经凉了。

她第一次见到流泪,吧嗒吧嗒地滴在地上。

"我舍不得你,玛丽埃塔。"眼圈通红。

"什么意思?"

叹了口气,说:"人类真是一种可怕的动物。请你原谅我,你是对的,我确实利用电力塔发送无线电波,引导小行星的行星发动机进行轨道修正,两年后便引发了通古斯大爆炸。我一直在欺骗你。"

玛丽埃塔没有说话,只是静静地听着。

"记得刚认识你的时候,你是那么美丽,那么纯洁,和你在一起的每一分钟都是那么快乐。现在这一切都结束了。"

说到这里,玛丽埃塔也止不住擦眼泪,这一切毫无征兆,却又是意料之中。玛丽埃塔无数次地想到某一天会突然抛弃自己,即使结了婚她依然没有安全感,没想到这个情景仍然真实地出现了。

"为什么……?你要离开我吗?因为我们没有孩子?"玛丽埃塔抽泣着问。

"因为我就要被处决了。"

"什么?处决?你犯罪了?"玛丽埃塔的身体开始剧烈地颤抖着。

"事情到了这个地步,已经没有什么可以向你隐瞒的了。因为哈雷彗星经过木星,轨道修正后发生偏差,不会再撞上地球,整个计划破产了。我负主要责任。我会被我的父亲处决。"

沉默了。他低下头,又抬起来,叹了口气说:"我已经成功引导一颗直径100米的小行星撞击地球,通古斯大爆炸是那么完美,应该是万无一失,哈雷彗星的自转轴不一样,我加入了五颗恒星的坐标,应该非常精确,为什么会偏离轨道?真是令人费解。"

玛丽埃塔不忍心把真相告诉他。看起来已经失去了一切,如果让他知道,是他深爱的人害死了他,他会非常非常痛苦的。所以玛丽埃塔选择了沉默。

"你究竟是什么人?"玛丽埃塔先打破了沉默。

"我是一个克隆人。你可能不明白我在说什么,其实我不过是我父亲的复制品,这个世界上还有很多和我一模一样的人在执行着父亲的任务。我的任务就是传送恒星的坐标。"

"你去纽约见你父亲了?"

"他是整个计划的领导人,他得知通古斯大爆炸事件,非常高兴,这个100米大小的小行星在宇宙中飞行了几千万年,日积月累,轨道已经偏离很多,差点就找不到它了,但是在我的努力下,十分精确地击中地球。父亲决定了,哈雷彗星的轨道如果没有问题,直奔地球,就同意我们生孩子。"

"你和你父亲究竟是什么人?"

"我们并非地球人。我们6500万年前就从30光年外的恒星来到了地球。我们是孢子生物,我们在宇宙中飞行了几百万年,来到地球后,我们终于有办法和地球上的生物共生,我们就把遗传信息插入地球生物上。我们先用彗星毁灭了恐龙,因为它们根本不可能演化成智慧生物。哺乳动物是很好的材料。我们每隔几百万年苏醒一次，先后使用并培养了远古中兽，原始狐猴、埃及古猿、森林古猿、南方古猿以及智人作为遗传物质的载体，直到今天。"

"你说的我都听不懂，在我眼里，你就是，一个人类，你完全不是什么外星人。我不知道你为什么要用这种话搪塞我。"玛丽埃塔开始抽泣。

"我只能说，只是一具人类的外壳，他是保存我们遗传信息的工具。因为我们必须经历极长时间而不发生变异，所以我们这样的克隆人都没有生育能力。我的父亲那里有克隆人原始遗传信息的胚胎。我们能够利用人类的身体和孢子成熟后长成的蛹状休眠体结合，人类身体被休眠体消化后，我们只需低温环境，比如浸泡在液氮中，就能进入长时间休眠。借助人类子宫，我们可以进行克隆复制。"

"那你们为什么执着于毁灭人类？"

"凭借人类现在的水平，哈雷彗星的撞击并不会消灭全人类，我们需要奴役人类，而撞击后的世界，有几十年暗无天日的严酷冬天，地表的人类将会灭绝，最适合培养人类奴隶。人类是极其聪慧的生物，我们需要人类，向太阳系其他行星移民，乃至把帝国扩张到临近恒星。但是如果现在再不遏制人类的发展，我们的力量就不足以统治人类，迫使他们像 5 000 年前建造金字塔，15 000 年前建造纳兹卡发射场，20 000 年前建造南美大隧道。"

玛丽埃塔没有说什么，她对这种事情毫无兴趣："你真的爱过我吗？你有那么多任务。我不过是被你利用了。"

"我深深地爱上了你。当林奇先生准备编写德雷巴星表的时候,我就盯上了这些资料。小行星和彗星的轨道偏心率很高,需要地球上的精确观测数据。而我发现你独自在资料室工作,我就故意接近你。和你在百慕大群岛相遇,是我这辈子最幸福的时刻。我拥有几千年的记忆,对于追求女性非常在行,但是每次看见你幸福的笑容,我就特别满足。"

玛丽埃塔一下子抱紧了:"我们逃走吧,我跟着你,逃到天涯海角都可以,只要和你在一起。"

"没用的,我的父亲和其他克隆人可以通过脑电波轻易地找到我,到时候你也会受到牵连。"

两个人相拥而泣,哭了很久,可是再舍不得,也有分别的那一刻。对于被处决的记忆印象深刻,暴毙而亡的惨象时刻浮现于脑海中,印象好像有些模糊,却又历历在目,他能够回忆起那张和自己一模一样的脸,七窍流血的每一个细节,太可怕了。所以他选择坚决地离开他的爱人。

外面的大风裹着雪,一片漆黑什么也看不见。说:"细毛交给你了,替我好好养着它,哎,多希望自己像一匹马儿那样自由自在。我还不如一匹马。"

两人深情吻别后,就消失在风雪中。

一天,两天,三天,再也没有出现。还有两天就是1910年元旦,玛丽埃塔孤零零地骑着"细毛"在街上漫无目的地寻找,他家里的仆人都知道主人不会再回来了,而电厂已经人去楼空,只留下一个摇摇欲坠的电力塔。波士顿港口,麦克唐纳街,这些他们经常约会的地方都去了,只不过再也没有出现。

雪不停地下,玛丽埃塔的双脚已经冻得失去了知觉,眉毛上结满冰霜。她无力地坐在路边,这次是真的失去了。她觉得自己就像是卖火柴的小女孩,每个甜蜜的记忆就像一根点燃的火柴,现在走了,幸福的火苗消失了,留下的只有这漫天大雪、刺骨寒风和茫茫黑夜。

玛丽埃塔重病了一场,人消沉了很多。有时候她想借酒消愁,可是酒醒后的孤独更是难熬。1910年4月16日,哈雷彗星拖着长长的彗尾,亮度陡增,晴朗的夜空中清晰可见。

到了5月6日晚上,人们聚集在广场,报纸上已经连续一个星期对哈雷彗星进行报道。虽然大多数科学家得出结论,哈雷彗星不会撞上地球,它的彗尾虽然会覆盖地球,但是那些比5万米高空还要稀薄的气体根本不会有什么影响。可是一旦彗星突然改变轨道,那么世界末日就在今天晚上。

玛丽埃塔站在人群中,不时地唱着祈祷的圣歌,她的心情和周围人不一样,这个世界上只有她自己明白,正是她偷偷更改了蛇夫座ζ这颗距离地球大约500光年的恒星坐标,哈雷彗星才会失去准星,与地球擦肩而过。

她凭借一己之力拯救了全人类,却亲手害死了唯一深爱自己的男人。没有人知道这件事,没有人感激她。好几次,她看着那如妖媚般美丽的彗星流泪。

哈雷彗星最终消失在地平线下,再也看不见了。它从距离地球2000万公里的地方静静地飞过。在广袤的太阳系中,这点距离已经算是擦肩而过了。

　　人们从广场上散去。玛丽埃塔没有回家，在街上漫无目的地走着。没过多久，天亮了，她竟然来到了一个有轨电车站，她乘上电车准备回家，突然她看见一个熟悉的身影走上车，瘦高，英俊，留着淡淡的络腮胡，身穿黑色西装，戴着中产阶级标志性的灰色软呢帽，手里拎着一个手提包。他与玛丽埃塔四目相对，可是他毫无反应。

　　那个男人坐了几站就下车了，玛丽埃塔急忙下车，追上去喊了一句："史考特！你不认识我了？"

　　那个男人回过头，礼貌地摘下帽子，露出玛丽埃塔已经看了一千遍但还是看不厌的微笑："小姐，您认错人了，我叫菲利普，任职于标准石油公司。"他又戴上帽子，转身消失在人群中了。

咔西诡秘事件

史前高级文明的毁灭

文 / 五月羽毛

科幻
硬阅读
DEEP READ
不求完美 追逐极致

1. 异化之花

"哐当，哐当……"

搅动着黏稠液体的汤勺不断地碰撞着铁锅的内壁，锅中水液沸腾的咕噜声伴着叮叮当当的金属撞击声组成了一首节奏怪异的歌谣。

锅里的糖和牛奶逐渐在高温下调和到了合适的稠度，我拿起冰箱里刚解冻的长条绿，把它的上端开口处切开，挤出里面的汁液沿着锅边流入，再盖上盖子小火加热个十几分钟就可以了，我没有调厨房定时器也没有看时钟，这是我每天必做的事情，久而久之我靠着感觉就能精准地把控好时间了，也算是熟能生巧吧。

按照往常的经验，现在应该到了早间新闻的时间，果然十几年前的大屁股老电视中传出有些失真的新闻播报音，记得我领第一个月工资的时候就在想把它换掉，然而它好像也知道这一点所以格外卖力地工作着，这么多年也没出过故障，只是屏幕有点花，声音也有点糊。

我的沙发很不适合休息，上面被我堆积了太多的杂物，只留了一小块地方可以让我坐着，或者说我整个房间都让人不舒适，甚至不适合人居住，这里像是一个大号的仓库，只是多了一些日用品和家具罢了。房间四处都堆满了档案袋和废旧期刊，墙面上则贴满了剪报文章，因为常年不打扫，这里脏乱得像是电视剧里那种落魄侦探的事务所。

当然我既不是侦探，也不落魄，单纯只是因为我懒得整理，我有一份让人羡慕的工作，当然是在薪酬和社会地位上，而不是工作内容上。

"……天空云量较多，将逐渐转阴，我国北部大片地区有小雪或小到中雪。本周沿海地区升温明显，到本周末局部地区最高温将升至12℃……"

"二型异化病疫情再度爆发，我国已关闭所有进出口航班，并对沿海地区进行短期管控式封锁，目前疫情已得到控制，所有已知患者已被送入专门的医疗机构进行隔离治疗，目前……"

"啪嗒！"

我伸手按下了遥控器上的按钮，屏幕上的图像收缩成一个小小的光点然后闪烁了两下后就消失了，主持人刺耳的失真声音也跟着停下了。

关于异化症的新闻我已经听得太多了，无论是新闻媒体还是社交网络，似乎人人都在围绕着异化症的事情争论不休。

所有大牌明星在异化症面前通通靠边站，我不记得异化症已经霸占新闻头条多久了，反正久到让人厌烦，让人光是听到就觉得头疼。然而关于它的讨论无处不在，所有人都像一个大喇叭一样，喋喋不休地重复着网上那一套无聊的言论，想要躲开它，除非你躲在房间里，不上网、不看视频、不看报纸，不过这样你依然有可能和异化病沾上边，因为即使住在完全隔离灭菌的房间里人还是有突发异化病的概率，我们至今都没有弄清楚它的传播途径，它就像一个无形的幽灵，能够穿透任何屏障缠上你。

厨房内的计算器响了两声，几大勺果冻一样的半凝固汤汁被我小心翼翼地舀进不锈钢餐盒里，接着我收拾好东西出门，时间正好早上七点。

每天我都这样有条不紊地出门，从来没有出过差错，可今天却被楼道里那面写着请保持笑容的镜子指出了我的疏漏。

镜子中的我皮肤苍白，裸露在外的手臂上长着一根根长短不一的丑陋羽毛，口中突出的喙把我的牙齿挤歪了，因为常年伏案工作导致我的脊背也有些弯曲了，即使穿着笔挺收身的制服也一点都不显得挺拔。

"哦对，差点都忘了。"我一拍脑门返回屋里从衣帽架上取下口罩和帽子，对着镜子整整齐齐地整理了一下衣着后才走下楼梯。

赶在上班高峰期之前直奔医院避开堵车，因为每天都是只有重复的行程，我早就把握得非常熟练了，甚至每天开到路口这里的红绿灯都差不多。我没有用保温餐盒装食物，这样等我开到医院温度才正好。

导师已经住院快半年了，异化病彻底摧毁了这个铁一般的男人，记忆中他总是我们团队里最拼命的，常常一工作就废寝忘食，连我们几个精壮的年轻小伙也扛不住他的工作强度。但导师脸上总是挂着爽朗的笑容，喜欢熬夜后去喝酒，喜欢打飞空球，泡在年轻人堆里他也是最有活力的一个，如果不是发白的体毛，或许他都已经忘了自己已经五十岁了。就是这样的人一个人，现在却连走出病房都做不到，异化病会对人体造成严重的肌肉萎缩和神经损伤，随着平滑肌的萎缩患者逐渐丧失进食的能力，每天只能靠输液维持生活，导师现在唯一能吃的就是我每天都做的绿羹，每天早晨一碗带着微微甜味的热汤支撑着这个老人苦苦与疾病抗争着，那数不清的治疗项目本身就是一种折磨，半年的双重痛苦足以压垮一个人的精神，只有每天我来的时候老人才能稍微露出笑容。

停好了车，我便赶忙朝住院楼走，因为过于匆忙差点在转角处撞到别人，那人也被我吓了一跳，居然还是我认识的一个护工。因为我天天都来，这附近的人差不多都见过我。

"卫斯理？"

"嗯，对不起，你没事吧。"

"没事没事，你又去看老师吗？他今天好像有手术，今天的治疗已经停了。"

"怎么没有和我说……他现在还在病房吗？"

"那还能去哪？哎？你怎么还戴着口罩呀……"

"花粉季，有点过敏。"

"啊哈哈,是呀,怪不得你裹得这么严,我得先走了。"

2. 机器人谜题

"埃博特?怎么这个时候给我打电话?"

"不是这个时候给你打电话,是我这个时候才买通看守我的家伙。"

"你又犯什么事了?"

"一句两句说不清楚,你先过来把我弄出来吧,记得开车来。"

"这个月第几次了?"

"我保证是最后一次,老兄,再拉兄弟一把,我真的没人可以找了。"

"等着。"

我不耐烦地挂掉了电话,每次听到他的声音我就头疼,每次总给人找麻烦也就算了,还摆出一副理所应当的样子,听口气还以为是他有理似的,也就是因为这样,我总也没办法拒绝他,毕竟我也只有他这一个朋友。

我是个性格古怪的人,唯一的朋友也不是什么正常人。认识埃博特还要追溯到五年前阿雷思儿州大学的学术研讨会上,那次会议的规格很高,全世界有名的古生物学者齐聚一堂,然而研讨会的主题并不是我所专精的领域，对于古生物也没有什么研究，仅仅是业余有一点点兴趣而已，所以会议全程我都尴尬地站在人群中麻木地消磨着时间……

"知道吗？那是人皮做的。"

当台上的主持人正在展示某机构赠送给州立大学的文物时，一个男人的声音打破了我封闭的世界，当时我身边有很多人，各种各样的声音也很嘈杂，可我却很明确地感觉到是他在对我说话。

一扭过头我就看到了一张干瘦颓废的脸，那人一头蓬乱的头发，双眼下方挂着重重的眼袋，脸上的每个细节都挂满了糟糕生活留下的痕迹，和周遭的人对比一下简直像个混进来的流浪汉。

那就是埃博特。

"是吗？"

"嗯，它被叫作人皮史诗，是用矿石和植物汁液混合物直接在皮肤上书写的，也不知道是在生前还是死后，谁知道呢。那个时候还没有笔，也没有道德，没有秩序，可却有信仰。"流浪汉般的学者一开口说话，朦胧的眼睛便闪出光芒来，"写下这些文字的先祖们认为世界正处在不断重复的毁灭之中，就像太阳的升起落下一样，而我们就在其中一个循环之中。上面还记载了很多癫狂又没有逻辑的东西，他们说在更久远的时代，人们是雌雄同体的，不存在性别，当时我们还没有语言和文字，没有向世界表达自己想法的能力，但却拥有一种超常的精神感应能力，他们同自然连接，向大地祈求食物，神明听到他们的祈愿便会给予赏赐。"

"你觉得是真的吗？我是说，虽然很荒唐，但是他们用这种方式也要传达下来的信息，会不会还是有一定真实性的，只是被当时的人夸大了而已……"

"谁知道呢，人的想象力总是很丰富，想写什么就写呗。"埃博特耸了耸肩，"他们还写了天空中漂浮着巨大的不明物，像是没有弦的弓箭一样，光滑又散发出金色的光，它超过世界上任何一座高山，冒出的浓烟与火焰遮蔽整个天空……不过不在这上面，在另一篇人皮史诗上，这样的文物一共出土了5件，我都看过。"

"你是从事人皮史诗文物研究的吗？"

"不，我是做发掘工作的，只是有兴趣就偷偷借来看过。"

"借？"

"你懂的，不管东西值多少钱，放到文物局仓库里就只有一把20块钱的锁保护它们，外人想靠近它们很难，可如果你是内部人员，只需要把它想象成你自己的东西，拿着就往外走，只要你够自信就不会有人拦你。"

"……"

回过神来的时候我面前只差几厘米就是灰色的铁门再走一步就要撞上去了，我来过这里太多次了，即使心不在焉也能自然而然地走到导师病房门口。

打开门时我却看到了难以置信的一幕，导师从病床上爬了下来趴在地上，他身边满是碎成条的纸屑，前面的一台碎纸机还在欢快地工作着，老人颤抖的手竭力把身边的一叠叠文件塞进机器里，这个简单的动作就已经耗尽了他全部的力气了。

"艾德先生！"我急忙去扶他却被他细弱却威严的声音喝止了。

"别过来！就剩一点点了，让我撕完它。"

"这是什么？我来帮您吧。"

"我们这段时间做的……异化病基因图谱分析的报告，我让哈里他们带过来的，电子材料也让他们毁掉了。"导师把剩下的几张文件叠在一起一口气塞了进去，凝结了无数人——包括我——心血的项目报告就这样变成了满地的废纸。

"您为什么……"我实在不理解老人这样的行为，但也不好继续追问，他是这个项目的负责人，也是他创立了这个课题，所以他有这个权利。

"没什么，只是感觉很累，再做下去没有什么意义了，捆着你们这些年轻人也不好，还是让你们去做些更有意义的工作吧。"导师撕掉了所有的报告终于松了一口气，招了招手让我帮忙把他抱到病床上。

我帮他整理好床铺，把一地的碎纸扫进了垃圾桶，抱着一丝不甘我偷偷藏下了一些碎屑塞进了口袋里，接着我和往常一样打开餐盒放到他床头边，导师舀了一勺放在嘴边，痴痴地看了一会儿就笑着放下了，他脸色看着比平时红润了，眼神却空洞了很多。

"今天可能煮得太过了,我下次注意一点。"

"不不不,挺好的,只是我没什么胃口。"

"您要做手术为什么没有通知我?"我收拾着一地废纸半抱怨半责备地问道。

"哈哈哈,每天做的大大小小的治疗太多了,没什么好担心的,而且我刚刚已经取消手术了。"导师看着窗外,事实上并不是窗,只是一面治疗室的LED屏幕放映着公园里的场景,草地和流水让患者能感到轻松一些。

"那怎么能行?医生怎么说的?"

"医生也说不行,但我已经打算出院了,再保守治疗一段时间我就可以回家了。"老人消瘦的脸上露出了久违的笑容,"我还想喝酒,还想去钓鱼,去打飞空球,我不想死在充满消毒水味的大盒子里。"

"他们同意了?我得去说说,您不可以这样,现在这个样子怎么可能离开医院?"

"我已经决定了,就谁都改变不了,你别去为难别人了。"

"您的性格还是这样……"我摇了摇头,"实在太胡闹了,您一定要继续治疗……如果您受不了的话,我们休息一段时间好不好?然后继续回来治疗。"

"卫斯理……"导师像是没有听到我说的话一样,抬起头看着我的眼睛,他深陷的眼眶里一双空洞的眼睛死死盯住了我,

"你觉得我们的文明,我们的种族走到今天是偶然吗?我们从树上下来,在荒野中崛起……从茹毛饮血到发展出今天的一切,这一切都是巧合吗?石头能点着用于燃烧的火种,又是什么能够点着文明的火种呢?"

"您多照顾自己的身体,别再想些多余的问题了。"

"不是多余的问题,是我们正要面对的问题,算了,你还是……不明白的好,不是每个人都可以承受得住的。"艾德先生长叹了一口气靠在枕头上,这个铁一样的男人现在看上去是如此憔悴,瘦得整个人都脱了形,干枯的手臂上布满秃斑,几根干枯的羽毛挂在他裸露的皮肤上,扭曲的嘴裂下露出几颗参差不齐的牙齿,如果不是我每天都来看他说不定都已经认不出他了。

"再帮我一个忙吧。"他朝我招了招手,颤颤巍巍地从枕头下拿出了一个小物件。

"艾德先生……"

"把这个交给一个叫阿泱察的人,他是个史前遗迹发掘专家,现在好像在咔西的墓葬群考察,如果找不到他,你把它毁掉就好……这是他之前交给我保管的,现在还是物归原主吧。"导师把那个东西塞到我手里,我感觉不到什么力量,但他已经是在用最大的力气攥紧我的手了,"停下吧,我把项目结束了,你也不要再继续做基因编译方面的工作了,不然你也……"

导师欲言又止,他的瞳孔再次陷入了空洞中,郑重地拍了拍我的手让我握紧那个东西。

"我明白了,我本来也在考虑其他研究方向了。"我违心地答道,我很敬重导师,可我在这个领域已经倾注了太多心血了,不是这么轻易就能放下的。

艾德老师不再说话,异化病正持续蚕食着他的生命力,如今的他说上这几句话就已经喘得不行了。

临走之前他又问了我最后一个问题,我没有回答出来,而他也没有给我答案,他的语气很随意,可这个问题却让我感到背后发寒。

"假如你发明了一个机器人,它唯一的目的就是:不计一切代价让你尽可能长地活下去。那么最后它会变成什么样?"

3. 河涂的幽灵

"你认识这个东西吗?"

我手上把着方向盘,眼睛瞟了一眼挂在车后镜上的小物件,埃博特很有默契地明白了我的意图,他从放倒的副驾驶座上翻了起来凑近仔细瞧了起来。

"从哪个犄角旮旯里的古董摊淘出来的?"

"我们老师给我的,可能和咔西的墓葬群有关系。"

"咔西……"埃博特听到这两个字脸色突然变得有些不对。

"怎么了?"

"你还不知道吗？前几天那边发生了地震，虽然震级不高，但是几万年前的遗迹可经不起折腾，据说发生塌方了，失踪了好多人，现在还不知道死伤情况呢。"

"怎么会这样……"我感觉一阵眩晕，本以为今天收到的坏消息已经够多的了，可厄运女神似乎还没有打算收手，"艾德先生，让我把它交到一个考古人员手里，但愿他没出什么事。"

"阿泱察，听着像是少数民族。"

"我知道他，在河涂文明的研究方面他可是首屈一指的人物。"埃博特又察看了一下那个小物件，实在看不出什么门道只好自讨没趣地躺回座椅上，"也就是说你现在打算去咔西？"

"本来打算过几天的，现在看来只能马上出发了，要是地震太严重把考古人员撤离了我上哪找他去……"

"唉，没办法，这个时候还是得靠我呀。我在那边还是认识一些人的，你把我机票和食宿包了，我这次勉为其难帮你找找关系，现在那边乱得很，没有人接应你做什么都不方便，不是吗？"埃博特带着一脸坏笑朝我挤眉弄眼道。

"我就是带一头牦牛过去也比带你好，它还能帮我驼行李上高原。"我白了他一眼回去。

"喷喷喷，没见识了吧，一听到咔西就以为是高原，墓葬群刚好在咔西南部山脉和大裂谷之间的谷地里，那里海拔不高又有三条融雪河常年流经所以才孕育出了灿烂河涂文明，你连这都不懂，到时候别迷路了还要麻烦我去救你。"卖弄专业知识的时候埃博特一扫平时邋遢的气质整个人都精神了起来。

在我的沉默中这家伙又喋喋不休地讲了半个小时，我有些后悔把他从警局保释出来了，这次他进去的理由更加荒唐了，只是在打飞空球的时候和邻场的人起了口角他就抄起球棍把别人打了，还弄坏了球场3个发球器，光替他赔偿球场就花了我几个月工资，这还没有算上保释费。

更让人气愤的是，这次他还是一脸理所当然的样子。埃博特这个人总是活得很轻松，他从来不做委屈自己的事情，只要有想做的事情就会去做，无论是泡妞、打架还是把展品偷回家看，他从不存钱，平时只要够吃饭和喝酒就好了，偶尔拮据的时候就只要够他喝酒就好了。

即使他是如此让人讨厌，最后我还是不得不带着他一起去了咔西古城，没办法，他是我唯一的朋友，也是一个确实帮得上忙的朋友，在基因研究方面我是专家，可在其他领域我两眼抓瞎……当然，我并不是专指考古研究，而是指很多其他的方方面面，例如登山、寻路、安排旅程以及和当地人交流。埃博特很随意地就将这些安排得井井有条，他订好了我们一路上要住的所有酒店食宿，还联系了考古发掘区的熟人来接应我们。

咔西古城位于西部偏远的高原地区，离得最近的一个有人居住的地方也有80多公里的距离，最近的机场就更远了，我们只得下了飞机后在市区租了一辆越野车，昼夜兼程赶了一天后，我们来到了一个叫作石岭村的小村庄，这里就是去咔西路上最后一片有文明足迹的土地了。

当晚我们就在那里住下了，缓解舟车劳顿之余添置了一些必要的补给，准备过几天就出发赶往咔西古城。石岭村属于少数民族自治区的范围内，这里的居民也都是这边的高山种族，他们的毛色微微发红，个子也更矮，说着语调奇怪的当地方言，好在埃博特懂得一些他们的话可以进行简单的交流。村庄的风貌真的十分原始自然，人们都还延续着祖辈传下来的奇特风俗，我在这里没有看到一间混凝土房屋，他们的屋子是用磨平的石块层层垒砌起来再将木棒敲进缝隙中加固而成的，当有人死后他的后代会把他放在生前居住的房屋中，抽掉用于支撑的木头，死者便被规整石块埋在了下方，生者会在上面夯土堆石造新的房屋。

这种人墓混住的风俗让我感到一种莫名的诡异，那一排排黑色山石房屋像是一群缄默的守望者，站在文明所能涉足的边缘望着那朦胧雾气之中神秘的山峦。

一个老人向我们讲述了他们这边流传的神秘传说，相传他们的祖先都是一群被通缉的逃兵和罪犯，因为乱世而结伙流亡，一路上不知道走了多远，最后居然来到了最西边的高原雪山上了。见到雪山奇景的瞬间所有人身上的劳累和饥渴都消失了，他们朝着雪山顶礼膜拜，但雪山的神明并不欢迎他们，石岭人的先祖们一路上为了活着犯下太多罪过，可以说是烧杀抢掠无所不为，雪山憎恶他们的过去于是降下暴雪驱赶他们离开，流亡者的领袖挺身而出希望雪山给予他惩罚放过跟随他的人们，领袖在大雪中赤身裸体跪坐了3天，他被冻死了，冻成了硬邦邦的冰坨子，雪山也终于动容了，派出了它的使者……

"使者长得像鱼，它们有着大大的鱼头，身上黏黏糊糊的，嘴里发出类似于咕噜这样的声音，它们强壮而敏捷，搬走了领袖的尸体。"埃博特翻译着老人的话，而老人似乎说到激动的地方剧烈咳嗽了两声，"接着大雪就停了，两块巨大的黑色岩石从天上砸下，成了人们可以挡风遮雨的避风港，山上也流下了一股清澈的河水，这就是今天石岭人赖以生存的大小两座黑石山和雪荣河。"

神话传说都很荒诞夸张，但老人的故事让我辗转难眠，他被火照得忽明忽暗的脸不断出现在我面前，或许是自己吓自己吧，一种可怕而诡异的可能性在我脑海中浮现出来，我冥冥中察觉到，这一趟旅程似乎让我们陷入了一个充满雾气的谜潭之中，或许在我们到来之前我们就已经陷入其中了，只是直到现在才开始发觉这一点，从我们企图揭开它的面纱开始，我们就无法再脱身了。

"小时候我一直觉得河涂人是故事书里编的，等我上了大学才发现，这傻逼玩意居然是真的。"似乎是发现了我还没睡，躺在上铺的埃博特突然开口道，一下子就说中了我所疑惑地方。

"你是我肚里的蛔虫吗？怎么我想什么你都知道？"我苦笑道。

"因为实在太像了，恰好这里就是发现河涂人文明的地方。"

"但他们已经灭亡了，在15万年前就消失在地球上了⋯⋯石岭村的先民是一千多年前来到这里的，当时他们怎么可能看到河涂人，或许他们没有死，一直还活在某个角落当中，或许就在我们身边潜伏着。"天呐，这话说得我自己都头皮发麻。

"哈哈哈，你怎么突然对古文明这么感兴趣了？也对，你老师把研究团队解散了，你也考虑改行了，以后就跟着我混吧。"

"我只是觉得有点匪夷所思，或许只是巧合而已……总之我们把东西送到阿泱察手里就马上离开。"

"不是吧，好不容易来一趟咔西啊！你知道这里有多少没被发掘的野墓吗？村民打口井都能挖出七八个古墓，我们可以来一场考古大探险的！要是能弄出点值钱的……"

"我对盗墓不感兴趣。"

"什么叫盗墓啊？我们这是探寻远古的河涂文明之谜，顺便找慷慨的好心收藏家要点捐赠而已！"

在埃博特喋喋不休的抱怨声中我感觉安心多了，眼皮重得像灌了铅一样，不知不觉就睡着了。在这种半公墓式的破败小村庄里注定是不可能睡得好的，我梦到了许多令人不适的幻象，诸如石块中的尸骸、漫山插满的白色旗子以及鱼头的站立行走生物……它们不像科普读物上的河涂人，它们的手又粗又长，它们的脊椎高度畸形，身上长满了秃斑，异化病！就像是异化病的患者一样，我想我是把所有恐惧的东西全都结合到梦中了，不过话说回来，河涂人也遭受过异化病吗？

黑色骑士，这是人们议论异化病时常用的代号，它在短短几年的时间里横扫了几乎整个世界，仿佛手握镰刀疯狂收割生命的黑袍骑士，可我觉得它更像是一个来自远古时代的信使，跨越漫漫时空，将我们早已遗忘的那些蛮荒时代的记忆又带到我们眼前。

很长一段时间以来，我们都认为自己是地球上唯一的智慧生物，我们历经漫长的演变和进化，距今 20 万年前我们的先祖拖着占体重 2% 的重量却消耗总体机能 30% 能量的脑子，毅然决然走向了智力进化的道路。这在早期没有给我们带来任何好处，几乎自杀性的进化方向选择让我们的肌肉逐渐退化，我们跑不过那些天生的猎杀者，又追不上那些机敏的被猎杀者，智力给我们带来的仅仅是让我们学会用石器砸开尸骸吸吮一点点残余的骨髓，靠着这一口骨髓我们的先祖撑过了 20 万年坚苦的岁月，撑到了火焰的时代，撑到了认知革命的时代，撑到了我们靠着工具可以轻易杀死猛兽的时代。

然而，到了互联网革命的时代，我们才发现原来我们并不孤单，在我们的祖先还在准备厚积薄发的时候，另一个文明也在高山上的雪原冻土中冉冉升起了，然而因为生活环境的不同两个文明并没有相遇，直到他们的文明悄然毁灭，我们都没有任何察觉，如果不是大地这本最厚最诚实的史书记录下了一切，我们或许永远都不会知道它们的存在。

那就是河涂文明，他们是生活在大河源头的半陆生半水生文明，他们的身体构造十分原始，还保持在远古鱼类向陆生动物进化的过渡阶段，没人知道它们是如何来到内陆高原的，或许这里曾经是一片内海，因为板块运动而变成了高山，几乎所有的海洋生物都在大灾难中灭亡了，只剩下河涂人活了下来，并且顽强地在这片土地上建立了属于自己的文明。

他们的突然出现又消失至今还是世界性的谜题，没有人知道他们是如何崛起的，又是因何而灭亡的……他们就像一个神秘的幽灵，在雪原的土层之中默默沉睡了上百个世纪，即使破土而出,也给人们带来了数不清的谜题。

4. 咔西墓群

我不愿在这个村庄多做停留,第二天一早便出发赶往咔西古城考古现场,那些漆黑的老旧山石房屋被我们远远甩在了身后,一条长长的蜿蜒山路一直延伸着攀上高耸的雪山,我们的越野车便一路沿着这条路扎进了雪山冰原特有的寂静之中,属于人类世界的嘈杂和喧嚣在这里彻底消失了,一路上所见到的除了苍白的雪原就只剩下巨大的黑色山石,它们一部分被白雪覆盖,但是露出来的部分还是显得十分突兀,远远看去像是某种巨大未知生物的一部分。这条窄窄的盘山小路像是有生命一般在雪山和黑色巨石之间游走穿梭,驰骋在这样的世界当中才让我们真正感觉到自己是多么的渺小,多么的脆弱,并且对于远离了自己所熟悉的文明世界感到越发不安。

当天傍晚的时候我们才到达了传说中的咔西古城,因为余震的原因这附近的人已经撤离到远处更稳固的营地中去了,考古队临时搭建的基站信号并不稳定,我们花了不少时间才联系到接应我们的人。

他的名字叫卡尔卡,看上去很年轻但已经从事考古工作5年了,他穿着厚厚的考古马甲,脸上戴着一个防寒口罩,很巧的是他正是我要找的那个阿泱察博士的学生,然而他告诉了我一个坏消息,阿泱察博士已经失踪了,发生地震的时候他正在井下进行考古作业，墓井塌方之后他就音讯全无到现在也没有任何消息，很可能是被埋在井下了，现在救援工作还在全力进行。

这无疑是一个噩耗，艾德导师现在病情垂危意志消沉，而我却连他最后的愿望都不能替他完成，我向卡尔卡表达了我们对阿泱察博士的遭遇深表遗憾，卡尔卡的情绪则很稳定，没有表现出太多伤感，得知我们是他老师的故友后还邀请我们到考古现场去参观。

咔西古城说是一个城实在是有些勉强了，虽然这里曾经是河涂文明建造的一座恢弘的城市，但经历了这么长的时光，往日的辉煌已经化作了荒原寒风中的一片片残垣断壁，考古工作组在这里挖掘出了5处深井，用于考察埋藏在古城下的王族墓葬群。这次的咔西古城项目是我们对于河涂文明最大规模的一次考古发掘，也是揭开神秘河涂文明面纱最近的一次机会，如果顺利的话或许能成功破解河涂人文字体系和国家文化。

在我看来这里只是一些残破不堪的矮墙和石柱，但是埃博特却激动无比，像是进了游乐园的小孩子一样看到什么都移不开眼睛，等我们到达发掘中心的时候倒塌的坑洞让我们感觉到心中一颤，塌方的地方呈现出极其不自然的正圆形，坑洞大概有20米深从上面往下看黑漆漆一片，好似一堵通往地狱的大门。

"不是说震级不高吗？为什么会破坏成这样？"我问道。

"是不高，但是这下面的地层本来就是空的，结构十分不牢靠，即使是轻微的余震也能造成很大的破坏了，说实话我们平时在上面连咳嗽都要收着点。"卡尔卡摊手直言道。

"下面这几个墓室是连通的吗?为什么不试着从没倒塌的墓坑进去看看?说不定还可以救出被困的人。"艾伯特提出建议。

卡尔卡长长叹了口气道:"我们当然考虑过,但是这里随时有可能发生余震实在太危险了,很可能没救出人反而把搜救队困在里面,所以我们还是选用了传统的方法,但你们也看到了,这里离城市太远,搜救队缺乏各种物资所以很难展开工作。"

"为什么这里已经这么热了,你们还戴着口罩,反而显得我特立独行了。"埃博特开玩笑似的说道,他的声音沿着阶梯不断回响着,循环了十几遍才消失。

"花粉过敏,现在一不戴这个就难受。"我拉紧了自己的口罩把边角封住。

"我只是工作习惯了而已。"

我们周围有不少背着各种器械来来往往的搜救队员,考古队员们也在帮忙搜索,我们在旁边无所事事就显得很碍眼了,卡尔卡还拒绝了我们一起帮忙搜救的提议,原因是我们不熟悉地形也不是专业人员,很有可能会帮倒忙。

接下来的两天我们都待在营地的帐篷当中,因为考古工作已经停止了,埃博特也没有看到自己想看的东西,卡尔卡和其他考古队员似乎对我们有所隐瞒,除了食宿问题以外几乎不和我们有任何接触,一旦我们提到河涘文明相关的问题,卡尔卡便会转移话题或者索性装作没有听到。虽然不知道他们到底在隐藏什么,但这样的行为已经和逐客令没有什么区别了。等了两天依旧没有阿泱察博士的消息后我便准备离开了,但是导师的委托在身我也不能就这样回去,于是我把艾德先生给我的物件交给了阿泱察的徒弟卡尔卡,如果阿泱察能被营救出来卡尔卡可以代我交给他,即使他已经不幸遇难我也算是把它交给最合适的人了。

然而看到了这样东西后卡尔卡的态度却突然发生了 360 度转变,那个小金属物放在他手掌上后他像触电一样缩了一下手,然后紧紧把它握在手中。

"你……你是怎么得到这个的?"透过口罩我也能感觉到他的震惊之情,我不知道他为什么会如此激动,仿佛他手中捧着的是整个地球一样。

"艾德先生给我的,他和阿泱察博士是挚友,其他的我就不清楚了,这个东西到底是什么?"

"没,没什么,只是一个信物罢了,我听阿泱察老师说过。对了,你们今天要离开了吧?这几天路不好走,我让几个人带你们出山谷吧。"卡尔卡的态度转变让我们感到不对劲,埃博特看了我一眼用眼神给了暗号。

"不用了,你们还忙着搜救呢,我怎么能让你们分心送我,其实我们现在就要走了,只是来和你告别的。"

卡尔卡明显按捺不住心里的激动了,听说我们马上要走很开心地送我们离开了营地。埃博特开着车绕着营地周围跑了一圈,到了卡尔卡的视野范围外后便把车停进了一处巨型岩石下方,和我一起悄悄溜回了考古营地。卡尔卡一开始还保持着机敏,我们只能在远处大概锁定他的位置,很快他便放松了警惕,开始频繁查看我交给他的那个物件。

我不知道这背后隐藏着什么，但是他眼神中流露出的狂热让我感到隐隐不安，入夜后卡尔卡趁着所有人都在吃饭的时候换了衣服偷偷离开了营地，我们也保持距离跟在他身后。

我们跟得并不紧，始终保持着 20 米左右的距离，而卡尔卡也沉浸在自己的世界中完全没有发现我们的存在，他从一条隐藏的小道走入了坍塌坑洞当中，这条缝隙十分隐蔽，土层也很新，应该是在地震当中新裂开的，我和埃博特蹑手蹑脚地跟着他一块下到了地下。由于没有灯的缘故下面几乎伸手不见五指，卡尔卡打着一盏小矿灯那算是附近唯一的光源了。

当我们来到坑洞下方的时候我感觉到一种难以表达的违和感，这下面的建筑比起地面上保存得更加完整，而且工艺十分精巧，完全不像是数万年前遗留下来的遗物。

"什么人！"卡尔卡终于还是发现了我们，一道刺眼的白光迎面照来，我和埃博特都被他当场逮到了。

"别激动，是我们。"埃博特因为被警察抓得多了，下意识举起了双手。

"你们怎么会在这里？"

"这话我们应该问你。"我掏出了防身用的射钉枪，为防万一我从车上把它拿了下来没想到真的派上用场了。

"别激动，我只是来救人的。"这次轮到卡尔卡举起手了，很明显他并没有带武器，现在主动权在我们手上了。

"大半夜偷偷摸摸来救人？"

"不是你们想的那样，如果我直接说你们可能会觉得我是个疯子，但是你得相信我，河涂文明很可能是一个发展到极高程度的高等文明，甚至远超于我们……他们遗留下来的设备有一些到现在都还可以使用。"卡尔卡解释道，"你给我的那个东西是一枚钥匙，我不知道为什么它会辗转到艾德博士那里。"

"这确实很疯狂……"

"我也是意外发现的，这件事情知道的人越少越好所以我不想告诉太多人，如果你们不相信……我证明给你们看。"说罢他从口袋里拿出一个小物件，并不是我给他的那个而是另一个翅膀形的金属小杖。

卡尔卡将它插入墙壁上的一处缝隙中，很快大地开始微微震动，那些墙壁上的复杂图案开始像血脉一样缓缓跳动起来，一扇大门在我们面前打开了，我感觉到了无以复加的震惊，你能想象吗？这是一扇起码有10米高，2米厚的巨型墙壁，少说有上千吨的重量，它开启后附着在大门上的石屑纷纷掉落露出了它的本来面貌，河涂人留下的装置居然历经了这么多年后依然可以将它提起。

埃博特比我更早恢复了冷静，拉着我走进了大门当中，这下面直通已经倒塌的发掘井，虽然很神奇但是不知道这样老旧的机器能支撑多久，于是我们快速进入了其中，这全过程我都处在混乱的状态当中，一切都显得如此不真实。

之后的我回忆起墓穴中所见到的一切都是如此，那些灰暗而惊险的记忆是如此的失真虚幻，我不止一次地怀疑那只是一场怪诞诡异的噩梦而已，只是因为阴森潮湿的环境以及可怕的神话传说让我产生了这样的幻想，然而我手中有大量的证据能够证明它的真实性，仔细想想这才是最可怕的，不是吗？

总之我就这样迷迷糊糊地被拉进了洞穴之中，被封存了不知多少年月的空气散发出一股陈腐的冰冷气息，卡尔卡举起矿灯朝下方照去，苍白的灯光照亮了我们面前的阶梯，那是无数阶低矮的石阶，它呈螺旋形一路向下延伸，矿灯把我们的影子拉长成了数道变幻莫测的长线在仿佛无限的循环之梯上舞蹈着。天知道它有多长，一圈一圈的阶梯层层叠叠地看得人眼晕，无数层螺旋的环之间是一个漆黑不见底的黑洞，它直通向地心吗？地心不应该是燃烧着的火球吗？它莫不是洞穿地球露出了另一段的幽邃虚空？

5. 治　愈

我们沿着阶梯朝下走了一段距离，下面没有任何缩短，这楼梯仿佛无穷无尽的，我们不知道走了多久才见到了一个平台，它是直接在阶梯的一侧岩壁上凿出来的，上面刻满了壁画，地上铺着一层厚厚的灰尘和白屑，或许这里曾经有河涂人的尸体但现在早已腐烂成尘了。

埃博特像是饿鬼扑在面包山上一样扑在那些壁画上，点亮了自己的打火机凑近了仔细观看，我看不懂上面的图画具体想要表达什么内容,但显然上面画了很多河涂人,他们有着巨大的鱼头,蛙类一样的身体,背后还有背鳍,就和科普杂志上的还原图一样,也和石岭村的老人所说的传说一样。想到这里我再次背后发凉,转身看了一眼身后,那里除了无尽的阶梯以外什么都没有,但这潮湿的空气和不时的耳鸣总让我觉得有什么东西在暗中观察着我们。

"这像是什么仪式的场景。"埃博特戴上手套小心翼翼地取下了一些岩石样本。墙壁上画满了各种各样的河涂人,而正中央是一个巨大的圆形,"那些戴着头饰的是贵族成员,再往下是普通人民,戴着镣铐的是战俘和奴隶,他们都在走向一个怪物的大口中,他们手拉着手,无论身份,无论阶级……"

"那是怪物吗?"我指着那个圆形。

"是一张大开的嘴,这个怪物只有一个脑袋。"

"我觉得这象征着河涂的宗教理念,圆象征着如环无端、循环往复,这可能是他们对于死亡的理解,它们认为死亡是一个巨大而无形的怪物,它最终会吞噬所有人,而除了生命以外的所有一切都没有意义了,阶级和地位也是一样的,所有人在死亡面前都是一视同仁的,死后一切重新分配。"卡尔卡提出了他的见解,埃博特也表示赞成。

"那站在高处的又是什么呢?他看上去完全不像是河涂人。"我指着圆形正上方的一个东西,它也是双脚站立的生物,长得像是神话中的恶魔一样面目可憎,被涂成了可怕的红色。

"超凡飞升。"卡尔卡说道:"河涂人可能认为达成了某种条件之后，他们就可以飞升成为完美的形态，就像是这个样子。"

"真难看。"

"我总觉得……有点眼熟……"

正当我们打算寻找进入坑洞的入口时，突然上面传来了一阵巨响！从上面传来的一点微弱的光芒消失了，隧道底部望不到边的黑暗似乎又往上爬了一些，我最担心的情况发生了，当我们跑上去的时候，那扇巨大的门已经关上了，或许是太过老旧了，我们无论怎么尝试都无法将它再次开启。

"完蛋了，我们被困死在这里面了。"埃博特狠狠在门上踢了一脚，"我看过一部电影，就是这样的深坑，里面有数不清的吃人怪物，死人的骨头堆得比山还高。"

"别说风凉话了，快想办法吧。"我说道。

"有风。"卡尔卡打着了埃博特的打火机伸向阶梯下方，火焰很明显往旁边偏移了些，证明下面确实有空气流动，"我们得下去了，下面一定有通向外界的出口。"

事情变成这样，我们也只能死马当成活马医，一边向下寻找出路，一边考察珍贵的河涂文化遗迹。很难相信河涂人居然拥有如此先进的技术，它们开凿了如此巨大的竖井隧道，这种规模的工程放到现代也是无与伦比的大工程，然而它居然诞生在冰原半鱼人居民的手中，它们是如何开凿它的？又是为何建造它？随着探索的持续进行，我的疑惑没有得到任何解答，反而越来越多的问题不断地冒了出来。

路上我们又发现了几处河涂人的壁画和泥塑，这些创作的内容各不相同，但是无一例外都让人难以理解。当我们走到更下方时我们又见到了其他类型的壁画，这些东西说是壁画算是恭维它了，事实上就是些混乱无比的线条，简直像是野兽用爪子乱涂出来的，与之相比上面那些奇怪的壁画简直就是精美绝伦了。由于地下温度较低的原因，阶梯上逐渐开始有积水了，我们的登山鞋踩在上面便会发出啪嗒的声音，经过回音之后那声音变得奇怪起来，我脑子里不断浮现着半鱼半人的生物在我们身后偷偷行动的画面，当然我们背后什么也没有，只是频繁回头让我脖子变得很酸。

我不知道我们究竟走了多久，我的腿开始发酸，汗水和潮湿让我的衣服粘在了身上，在疲惫和对神话生物的恐惧之中我们最终还是走完了螺旋阶梯，脚下没有下一级楼梯而是一块平地，我差点一脚踩空摔在地上。

然后我才意识到我已经走到最底层了，我们此刻所在的地方是一个巨大的平台，我们一路走下来的阶梯就像是一个曲长的瓶口，越往下走就变得越窄，光线也越暗，直到走到最底层空间又突然豁然开朗，虽然周围的环境很昏暗，但我依稀还是能感觉到我们处在一个非常空旷的环境当中，起码我们每走一步发出的回音都比之前要大，对于现在的我们来说这可不是一件好事，原先我们都一直沿着阶梯往下走，虽然说不知道下面是什么但总有个方向，但现在我们似乎迷失在这深达上百米的昏暗地下当中了。

"这是什么地方？"

"不知道，可能我们已经下到地下墓室来了。"埃博特点着了他的打火机但是微弱的火苗起不到任何作用，"这种地方怎么会有风呢？"

"……"卡尔卡打开了他的勘探矿灯，白色灯光亮起的时候我们都被眼前的景象所震撼了。

从进入这片地下遗迹开始我便有这种预感，随着我们的越发深入，这种感觉也变得越来越强烈，当我看到眼前的景象之后我才意识到那种感觉是什么。

"恐怖谷……"我伸手抱住了自己颤抖的肩膀道，"你们有这样的感觉吗？河涂人之所以给我们这种诡异的感觉就是因为恐怖谷，当一种非人的生物身上有人类的特征时我们会感觉它很亲切，就像卡通人物，但这种亲切感会随着相似度的逐渐上升而降低，当相似度到了极高的程度但我们还能清晰地感觉到那个东西不是人的时候，我们就会感觉到恐怖，在我们的基因最深处就惧怕着某种极其像我们的同类却又致命的东西。"

"确实有一点，但问题是……他们也不像我们呀。"埃博特顺着矿灯的光线观察着四周的环境，空旷的平台上堆满了建筑物的废墟，这里看上去像一个地底城市，只是已经毁灭了很久了。

"长相或许和我们差别很大，但在某些方面他们和我们像是一个模子里刻出来的，比如演变的方向，表达思想的方式，你们不好奇为什么不同源的两个物种能诞生出相似的文明吗？"

"这里的遗迹有种很强的矛盾感，你看那边巨型建筑物的残骸上还有壁画，我还看到了很多在废墟上搭建起来的小型建筑，这些东西不会同时存在同一个时期。"比起我的疑惑埃博特还是对这些遗迹更感兴趣。他面前的壁画和我们之前看到的又不一样，这些壁画线条更粗糙，风格也偏于潦草粗犷，描绘着河涂人在与某种造型奇怪的生物作战的场景，从绘画上看他们的敌人也已经能制造和使用简单的石器了，然而这些壁画却绘在一栋大厦的废墟之上，历史在这里仿佛发生了倒流，是某种灾难让河涂人的科技发生了倒退……还是留下这些壁画的并非河涂人而是某种我们还未发现的智慧生命呢？

就在我们正打算继续朝前探索的时候，一路上都很老实的卡尔卡也突然对我发动了袭击，趁着我精神恍惚的一瞬间他猛推了我一把，伸出手抢走了我手上的射钉枪。

"拦住他！埃博特！"我的背重重地砸在了水面上，楼梯的两边居然是两个大蓄水池！常年的废弃让里面长满了厚厚的不知名植物，无数的水生植物枝干像滑溜溜的触手一样缠住了我，我连沉都沉不下去。

埃博特自然第一时间就反应过来了，卡尔卡丧心病狂地朝着他开了枪，埃博特伸手挡在前面朝卡尔卡猛冲，手掌上被钉子打穿鲜血直流，他也只是微微皱了皱眉头。卡尔卡此时已经是奋力一搏了，但是对于主业街头打架副业考古研究的埃博特来说他显然不是对手，冲到面前后埃博特连续两记勾拳重重打在卡尔卡脸上，他们两人的鲜血混合在一起洒了一地，我奋力想从水池中脱身却被缠得更紧了。

又挨了埃博特几拳后卡尔卡捂着腹部倒在了地上，埃博特也顾不上处理自己的伤势，直奔蓄水池这边把我捞了出来，坐在地上喘了两口气之后我还惊魂未定，这个蓄水池差不多有十米深，我可一点都不会游泳，要不是水面上长满了植物我扑腾两下就该沉底了。

我们还没缓过劲来，突然四周的灯一下子亮了起来，眼睛已经适应了黑暗状态的我和埃博特猝不及防被照得短暂失明，耳边传来卡尔卡疯癫般的笑声，我只感觉到肩膀一阵疼痛整个人就滚了出去。努力睁开眼后我看到一个人影正拿着钢管朝我走来，没等我站起身他手中的武器化作一道黑影砸在了我的腹部，我感觉五脏六腑一阵剧痛胃里翻江倒海，因为被卡尔卡打得向后滑了几米，我撞碎了某个玻璃仪器，几个半透明的蓝色棱锥掉在了我面前。

埃博特的情况和我差不多，我们两个刚刚都变成了瞎子一人挨了一铁棍暂时都没有战斗力了，卡尔卡拖着染血的铁棍缓缓走到了我面前，我抓起一块蓝色棱锥准备作为武器，对方则歪着头看着我似笑非笑。

"为什么一定要阻止我？为什么一定要在我要快达到的时候出来捣乱！你们也是，老头子也是，所有人都是这样！"卡尔卡的头发凌乱不堪，脸色苍白，眼睛已经变成了一对充满癫狂的疯眼，他脸上的表情既怒又喜，显然已经精神不正常了。

"老头子……你说的是阿泱察博士，你把他怎么了？"

"哈哈哈，你们不是看到上面那个大坑了吗？"卡尔卡笑得捂住了自己的脸。

"是你干的？！为什么？"我难以想象是什么理由能让人向自己的恩师痛下杀手。

"为什么？因为他要毁了这一切！"卡尔卡愤怒地用铁管往地上敲打着，"他不想让世人知道伟大的河涂文明存在！他总是有很多大道理，总是有理由……什么我们的文明会被误导，什么有些事情还是不知道的好，都是放屁！你们知道河涂文明有多辉煌吗？就在这个阶梯的另一边！是一座地下城市！一个比我们现在的文明更发达的地下城市！"

"你在说什么……"

"老头子看到了！他用这把钥匙打开了地下城市的入口！但是他想永远把它封死，这是错误的！河涂人的科技可以让我们得到飞升！飞升！"卡尔卡粗暴地撕扯开了自己身上的衣物，露出了丑陋的皮肤和扭曲的四肢，口罩下他畸变的喙也露了出来，"我再也不要受这样的痛苦了，我们可以治愈异化症！河涂人的文献里说过他们可以治愈这种病，我是在拯救世界啊……异化症已经扩散到全世界了，百分之五的人口都是感染者，而且它还在快速扩散着……它很快会毁了我们的文明！只有依靠河涂人留下的遗产我们才能活下去！"

"但他们灭亡了不是吗？"我冷言戳破了卡尔卡的妄想，"阿泱察博士知道这是不可行的，只有你还执迷不悟。"

"他想用爆炸把入口封死，但没想到我给他提前引爆了，够惊喜吧？那个混蛋还把钥匙藏起来了，要不是你这个白痴送上门来，我可能永远都来不了这里，开启不了飞升的装置。"卡尔卡手中拿着艾德先生给我的小金属体，用怪异的语调吟诵着什么，周围的灯便同时打开了，整个地下变得亮如白昼，这时我才看清了这里的情况，这里也根本没有什么出口，他所说的风就是这下面一个巨型装置上的风扇。

"怪物……圆圈……"我望向那个巨大的装置，它正是壁画上河图人所描绘的那个怪物，它是一个高达10米的巨型圆环，无数复杂的管道连接着它，周围的装置在供上能源后开始运作起来，鬼知道这里为什么过了10万年了还有能源供应。

就在卡尔卡痴迷于他的杰作时，埃博特轻轻从地上爬起来了成功偷袭了他，两个人缠斗成一团的时候我握紧了蓝色椎体想上去帮埃博特一把。

然而我听到了一声清脆的碎裂声，我手上的椎体裂开了一条缝隙，里面渗出的液体循着我的毛孔渗入了我的身体，麻木感快速传导到了我的每一处皮肤当中，然后逐渐涌上大脑……

在梦境般的虚幻中，我看到了一切。

关于河涂人的一切，关于历史的一切，关于真相的一切……

无数的幻象涌入我的大脑，一瞬间我被如此之多的信息塞得失去了意识，我从小到大接触的所有信息加起来或许也没有如此之多，我看到了河涂人的崛起和衰落，两足行走的大鱼从滩涂爬上陆地，手持石器的大鱼砸骨吸髓，大鱼领袖站于礁石之上宣告自己的种族从此叫作河涂。河涂人建立了历法、社会结构和奴隶制度，货币和领地意识的诞生出现随之而来的便是战争，河涂人的一代代科技变迁与飞跃……最终我看到了异化的河涂人，他们的四肢粗大，长相丑陋，和我梦中看到的一样，它们手拉手，跳进了这个巨大的机器当中。

熊熊燃烧的烈火当中，裸毛的猿类在朝我露出微笑。

"不……"我挣扎着醒过来，脸上满是鲜血，过量的信息涌入让我的身体有些承受不住，剧烈的眩晕的头疼差点让人再次眩晕过去，埃博特把我扶了起来，拍着我后背和我说着什么，可惜我无论怎么也说不出话来。

卡尔卡倒在地上，一条腿被埃博特打伤了，于是他拖着一条腿走向了那个巨型机器，在地上拖出了一条长长的血路，他脸上带着癫狂的笑容，跳进了巨大的圆环——或者说怪物巨口——当中。

"不要进去！"我心中这样想着，但已经说不出来了。

眼前的世界越来越模糊，我在一片白茫茫中看到了一只飞翔的大鸟，它奋力扇动翅膀从巨型机器中飞了出来，雪白的羽毛上沾了不少血迹。

6. 机器人的谜底

我再次睁开眼睛的时候已经回到地面了，埃博特说我在地下昏迷了3天，好在考古营地的人发现了我们的失踪沿着足迹找到了这里，当他们炸开大门看到这无尽的阶梯时无不被眼前的景象所震惊。最后他们在阶梯底部发现了我们，成功将我们救了出去。

几天后河涂史前文明的消息被公布了出去，一时间成了力压异化病的最热新闻，这违背了阿浃察前辈的意愿，但我们也没有办法改变它的发生，很快更大规模的考古行动便组织了起来，调查史前超级科技变成了世界各国的首要任务。

当我伤好了之后马上前往艾德先生所在的医院打算告诉他事情的前因后果，可却收到了一个噩耗，导师在我出发去咔西的两天后便去世了，死于异化症。

当天晚上我在酒吧喝得不省人事，一整晚我喝掉了半瓶威士外加半瓶威士忌，现在想想……艾德先生说得的确没错，有些事情，还是不知道的好。知道一件事有时候很容易，可想把它忘记就很难了，有时它会变成一根钉子，永远扎在你心口，除了烂醉如泥和死亡外没有东西可以让你解脱。

我倒在街头睡了不知道多久然后被埃博特捡回了家，他说我吐了一路，但是我已经不记得了。

他是我最好的朋友，也是我唯一的朋友，但为了减缓我心中要命的恐惧和压抑，我决定把他也拖下水，借着酒劲我要告诉他，告诉他那些……他原本永远都不会知道的残酷真相，如果只有我一个人承受这些秘密，我一定会疯掉的。

"埃博特，我问你一个谜语，噶……你造了一个机器人，让它不计代价地让你活得更久，你知道它会变成什么样吗？"我把艾德老师的那个谜语重新搬了出来。

"什么玩意？会为了保护我把周围所有人都杀了？变成恐怖机器人？什么老掉牙的设定……"埃博特被我莫名其妙的问

题搞晕了。

"基因，那个机器人就是基因！"我透过手中的酒瓶看到了被扭曲光线后的世界，我研究了这么多年基因，没想到到现在才猜出这摆在眼前的谜底，"因为你的目是让自己尽可能活得更长，所以一开始机器人会把你休眠在它体内，这样你可以活几百年，但是它不断地优化自己，它会变得越来越聪明，然后它会发现……它只有一个，无论如何遇到危险的概率都太高了，于是它克隆了无数个你，又复制了同样数量的机器人，让它们分散到世界各地并且继续复制，只要有一个能活下来，你就能继续存活。然后它又发现没必要一直保护你，只要保护好你的遗传因子就好了，于是它把你的信息全部编译成基因片段，然后放到全世界所有的生物体内，只要地球上还有生命，你就能活下去，这就是最优解，这就是让你活得最长的方法……"

"你到底在说什么？"

"我……我看到了河涂人的史诗，他们把它封存在了水晶里，一直保留到了现在，他们希望后来的人能知道这些秘密，我那次莫名其妙把它开启了，所以我都看到了……埃博特，我们的进化不是偶然，而是必然的，即使不是我们，也会是某个其他的物种，总会有一种生物成为新的地球霸主，因为我们的基因已经被编写好了。"

"这简直太荒唐了，如果你说的是真的，那是到底是谁编写了它呢？它们为什么要这么做？"

"裸猿。或许是这么叫的吧，他们是一种早就灭绝了的生物，我们手中关于他们的资料几乎没有，因为实在太久远了，可是河涂人调查清楚了真相。那大概是三亿年之前的事情，当时的裸猿是地球的霸主，他们创造了辉煌无比的文明，他们远比我们要高级得多，也比河涂人高级得多……"

"但是他们灭亡了，他们死得连渣都不剩了，他们能对我们有什么威胁呢？"

"对，他们都死了，3亿年的时光足够磨灭一切伟大文明留下的痕迹，他们当时遭遇了一场无法化解的病毒危机，可能是他们自己制造出来的超级武器，又或许是其他的原因，总之到最后所有的裸猿都被感染了，他们将全部死去一个不剩，这种超级病毒极其可怕，即使是当时的裸猿文明也没办法打败它……于是他们想到了最后一个活下去的办法。"

我从桌子上一把抓来了几瓶饮料，把瓶盖全都扭了下来，将其中一个捏在手中道："为了防止末日病毒延续下去产生变异从而感染其他种类的生物，裸猿用仅存的时间灭绝了世界上所有的哺乳动物，因为这种超级病毒当前只能传染哺乳动物，灭绝哺乳动物之后只要裸猿一死，超级病毒失去所有宿主自然也会消失。第二步，他们将自己的基因谱编写进了全地球所有拥有进化潜能的生物体内，在未来的某个一个时刻里……"我将那只瓶盖挨个和其他饮料的瓶盖碰撞，"这些动物的后代将发生认知革命，也就是想象力和说谎的能力，这是一颗火种，木头上的火可以被燧石打着，但是文明的火……文明的火是被认知革命点着！"

"我的天，你说得我头皮发麻了，这不会是真的吧……"

"千真万确，这是河涂人传递给我的真相，它们的种族用了不知道多少年岁月才发现了这一点。"我重重点了点头。

"可是那又怎么样呢?"埃博特笑着道:"我们应该谢谢它们,裸猿让我们觉醒了,让我们成了伟大的文明!"

"这只是暂时的。"我把刚刚那枚白色瓶盖的饮料倒进了另一个瓶子里,"接下来因为文明的发展,生物的寿命会变长,DNA上的端粒也会发生改变,这个时候我们基因中的隐藏片段开始被翻译,大量突变性状会在短时间内爆发,我们的种群会在很短的时间内……"

白色瓶盖的饮料倒进了另一个瓶子,再拧上瓶盖就和之前的饮料没有什么区别了。

"我们会变成他们……"埃博特的表情凝固了,仿佛在望着魔鬼。

"这就是异化病的真相,异化病让很多人死去,但是加速异变的过程,一部分适应的人会活下来,最后一点点变成裸猿的样子,我们将死去,而它们在跨越了3亿年时光后将死灰复燃。河涂人不想变成那样,于是它们制造了那台机器,它肯定不止一台,而是每个城市都有一台,所有河涂人都跳了进去,清除了自己被改造的基因片段,这会治愈异化病但也会让它们的火种熄灭。"

"所以河涂人在那段时间突然就灭绝了……"

"没有灭绝,它们只是放弃了成为文明的机会,几代人之后它们会变回野兽,生活在自己文明废墟之上的野兽,或许它们还残留了一些智慧,你想想石岭村的祖先曾经遇到的……"

"我们能做什么呢？"埃博特脸色苍白地问道。

"什么也做不了。"我摇了摇头道："裸猿的科技比我们高出太多了，或许河涂人的科技还可以用，我们可以在做野兽和被其他种族替换之间选择，不过转念一想，这又有什么关系呢？我们还是我们不是吗？即使换了个样子。"

"裸猿的科技到底到了什么水平？我们只要用基因技术把异化病的部分剪切掉不就解决了吗？"

"如果你能想到那河涂人也能想到了，我不知道裸猿的科技有多高，但是对比我们肯定是宛若天神的，告诉你一个统计数据吧，基因编译方面的学者患异化病死亡的概率是其他职业的十倍，毫无来由的恶病质像是要故意杀死你一样……不要继续下去了，不然你也会……这是艾德老师死前和我说的最后一句话。"

"如果这是真的……我们简直就是被关在裸猿设计的囚笼里。"

"永远逃不出去的无尽囚笼，因为它无时无刻不在监视着你呢，就在你体内，在我们每个人体内……"我把所有的事情都说出来了心里说不出来的舒畅，随后我感觉到一阵疲惫，于是趴在桌子上便睡去了。

我曾不止一次地去想，我们的祖先是如何翱翔天际的。

在认知革命之前，在我们的直系祖先退化掉翅膀之前，那时的我们可是世界上最大的鸟，我们拥有整个天空和属于天空的骄傲，直到相信了天使高我们一等，直到吞下了分辨善恶之树的腐烂果实,我们终于睁开双眼,曾经高傲的羽毛却飘落成堆,我们都心知肚明,却装聋作哑,灵魂深处的一点星火,指引我们在黑夜中穿行。如果说,诗以谎言编织真理,那我们已经选择相信了这精致的谎言。

寻神

与未知对话

文／文了

科幻
硬阅读
DEEP READ
不求完美 追逐极致

我是在学校某个教室的角落里写下这些事的。这间教室位置偏僻，经常空无一人，冷清的环境很适合思考。这是我最喜欢的教室，同样也是"我"最喜欢的教室。

这么说来，便有了两个"我"。不如这么解释，现在这个动手写字的人类不是我，只是我借用的一个躯体，我并没有完全操纵这个躯体（不是不能），只是借用某种暗示或者启发一类的东西让他自己想出这个故事，并让他用自己的方式将故事表达了出来。这是个有趣的过程。

这个故事的作者既是我，又是这个人类。所以姑且把这个人类也称作"我"吧！

有些糊涂了也不要紧，我还是说故事吧。

这件事在某种程度上引起了我的兴趣，虽然我或者"我"都不是主人公，但这确实是我在宇宙中游荡时所见的，所以我能保证，下面的内容都是已发生的事实。

1. 观察者

尤拉和万斯的飞船悬停在太空。这两位观察者正望着眼前一颗满是岩浆与火山灰的星球。

"波哲座的最后一颗，"万斯说道，"是硅基文明，稀有但是观察价值微乎其微。估计是次浪费时间的任务。"

万斯一向如此，对所见的文明几乎都含有挑剔与苛责的意味。毕竟，身为一名老观察者，万斯所见的文明数量怕是比母星上女王的子嗣数还要多，他的眼光与态度自然独到。

可对于尤拉，这颗炽热到几乎融化的星球是她成为观察者后造访的第一颗孕育着文明的星球，她把成为观察者后的喜悦以及对之后工作的期待一股脑儿地投进这颗"观察价值微乎其微"的星球上了。

尤拉想对这个硅基文明发表意见，可她觉得自己在万斯前辈面前几乎毫无话语权，并且怕他对文明的挑剔苛责会转移到自己头上。

尤拉只好说："是啊，还是和我们一样的碳基文明更有观察意义。"

"即使这星球上是碳基文明，它们也太落后了。而且它们生存在岩浆内，一心向着地心探索，这对于一个文明来说是致命的方向错误。应该到外面去，到太空去。"万斯一针见血。

尤拉不说话了，以沉默回应万斯。

第一个和最后一个总是会被赋予非凡的意义。尤拉将这意义赋予给了被万斯说得一无是处的硅基文明，她觉得万斯越是这样对待这硅基文明，自己就越对它们充满莫名的包容与热爱。只是她只能将这份情感隐藏，不让权威的观察者万斯发现。

"不过，它们倒是也有有趣的地方，"万斯点开一份文明观察仪搜集到的资料，"它们将自己满是岩浆的星球叫'冷核'，它们到底想要多热？"

尤拉反复体会着这句话的语气，觉得万斯其实没有强烈的冷嘲热讽的意思，心里轻松了很多。

"冷核，有趣的名字。"尤拉现在甚至觉得这些硅基生物有些可爱，虽然她还没见过它们的模样。

尤拉现在只希望在离开后，这些硅基文明能更好地发展，"别向地核探索啦！要到宇宙中去。"尤拉想着。

接下来，两人对这个星球简单搜集了些必要的信息，并留下了造访的标记。就在他们准备离去时，尤拉忽然注意到它们的恒星有些问题——"冷核"所环绕的那个硕大发光体的内核温度和发出的电磁辐射十分异常。尤拉意识到什么可怕的事将要发生在这个"冷核"上。

她小心翼翼地问万斯："它们的恒星是不是即将演化？"

"是的，这颗恒星即将爆发成超新星，不过，那也是在我们离开这里很久以后，不用担心。即使我们驶入恒星内部，飞船也会保证我们安然无恙，我们母星以飞船技术闻名于宇宙。"

"那，硅基文明是不是……"

"那是它们的命运。对于一个文明来说，距离那颗恒星演变成超新星的时间还是太短了，注定是夭折的硅基文明。也许在它们被汽化前就不觉得自己的星球冷了。"

尤拉的心揪了起来，她开始幻想它们被汽化时的场景，一个文明在灭亡前会发出怎样的呐喊？

"不过还不到绝望的时候，"尤拉心想，"这艘飞船上有足够的能量和技术，能够易如反掌地改变这一切，改造那颗恒星。只是，作为观察者，所能做的仅是观察和收集文明的资料，不可干预任何文明的命运与改变文明，那是神才能做的事。"

"神……可哪里有神呢？神为何会让我热爱的文明夭折呢？"

尤拉忽觉得那个"冷核"还有上面的文明的命运被掌握在了自己的手里，她有这个能力。她此时便是它们的神，而神会拯救它们。

尤拉背着万斯暗暗启用了飞船上的某些功能，那颗聚变的恒星内部悄无声息间开始发生不为万斯所知晓的变化……

要离开了，两位观察者要前往下一个观察点。

万斯告诉尤拉，文明探测仪表明下一个文明应该是碳基文明，可能要在那里停留很久，做辛苦详细的观察。尤拉还沉浸在自己刚才做的事所带来的喜悦中，就告诉万斯在那里待久一些也无妨,那是自己的工作职责。

"自己的工作?观察者被要求不能干预任何文明,可我自己刚刚做了相反的事。"

尤拉心有不安,暗暗祈祷这位严肃的前辈不要发现此事,并想着赶紧离开此地到达下一个目的地,让忙碌使自己和万斯忘掉这次行程。

启程了,目的地是天宫系。从太空的角度观察,飞船的外观渐渐"雾化",最终变成了若有若无的虚无,而此时,天宫系某个小旋臂上,一艘飞船开始若隐若现地漂浮出来。接着,在相距72万光年的两地,一个地方突然冒出一个飞船的实体,另一处则有个飞船的影像消失了,留下本该有的真空。

尤拉与万斯到了。

2. 暗星·启

睡眠舱内发着幽幽的蓝光,启从这蓝光中醒来。那蓝光沉寂深远,让启想到了永恒,想到了神。

"蓝色代表着扎尔,伟大的神,你的创造者。你在神的注视下醒来。"睡眠舱内响起这句话。

"蓝色代表着扎尔,伟大的神,我的创造者。我在神的注视下醒来。"启跟着那没有性别的声音着念。

此时,在一个巨大的温室内,两万多暗星人都听到了这句话,并跟着默念。

启打开睡眠舱的门,走了出来。外面早已经有几千暗星人从睡眠舱内出来,向着温室的广场走去。

在靠近温室顶棚的地方,悬浮着几颗蓝色的球体,它们每一个都有启的脑袋一般大。球一会儿忽地从高处降下,一会儿又飞向高处然后猛然停下,在空中某一固定的点自转着。启不知道那几颗球有什么作用,但他听说那是神的眼睛。启觉得有道理,毕竟那是蓝色的球体,而蓝色代表着神。

温室里所有暗星人都从睡眠舱内出来了,他们皮肤暗灰,一个一个紧贴着彼此的身体在温室内不大的广场上走动,组成了灰色的海洋。而此时,若是有一个暗星人在行进过程中出了差错,走得急或者慢了,都会引起连锁反应,海洋就会掀起灰色的波浪,波浪再汇聚成不可阻挡的巨大的波涛,不知多少暗星人会在骚乱中被踩死在同类的脚下。

必须通过强大的力量来保障,这不合理的集合方式才能行之有效。每当有踩踏发生,就会出现几个身影来维持秩序,几个就够。这些身影只需出现在暗星人的视野中,暗星人自然就会安定下来,停在原地等待他们的命令。

"他们来自蓝星,是神的种族。他们蓝色的皮肤下流淌着蓝色的血,那是神的血液。"每一个暗星人都听过这句话。

启抬头看着温室里的几名神族成员,他们正漂浮在半空中俯视着下面的暗星人。启觉得神族其实和自己长得很像,除了他们的肤色与自己的不同，除了他们都穿着好像在抵御着什么不存在的东西的厚重服装。

几名神族带着一队机器人打开了温室巨大的门，暗星人在神族和机器人的指引下涌出了温室，如同灰色的洪水冲破了可怜的堤坝。此刻，遍布在暗星上近五万个温室都会出现与之相同的场景。在这个星球上，在启随着人流迈向灰蒙蒙的天际的同时，有的暗星人正迈向黑夜，有的踩进了淤泥，有的则面迎狂风。所有的暗星人不分白天和黑夜，只有星球统一的劳作还有待在睡眠舱的时间。

"你因神而存在，你要为神劳作，这便是你存在的意义。"同一个声音回响在暗星的每一个角落，传入暗星人的听觉系统里。

10亿暗星人要开始为神劳作了。

启走出温室，走到了远离人群的地方。外面正下着雨，浓厚的乌云糊在天上，不留一点缝隙，好像天空本该是如此。启凝望着天空，任凭冰冷的雨打在身上，顺着他灰暗但坚实的肌肤流下去。

"下雨的第22天，"启心想，"未见到蓝星的第164天。"一滴雨正好落在了启的眼睛里，启眨了眨眼睛。即使未下雨，天也一直阴着，暗星仿佛只有两种天气，雨天和为下雨做准备的阴天。

启幻想着自己的目光能够穿过云层，看到空中悬浮着的巨大又美丽的蓝星,而美好的神就住在上面,遥望着暗星,注视着启。每想到此时,启就觉得受到了神的眷顾。

启上次见到蓝星的时候,雨已经停了很久,然而云仍然没有散去的意思,或浓厚或只有薄薄的一层,不落雨点也不让阳光照射下来。

不知何时,云层忽然被撕开了一个小口,一束阳光照射在暗星的大地上。所有看到这束阳光的暗星人都停下脚步,近乎笔直地矗立着,一齐看向这阳光。这束光随着云层的移动而移动,暗星人的目光随着光的移动而移动。

虽然启要去往他的劳作地点,但他也停住了脚步,看着这阳光。启见过很多次阳光,他不明白为何一束光足以引起人们这样的反应。而当那云层的开口离他近了的时候,启明白了其中的缘由。透过云层被撕裂的开口,启在他那个角度看天上有一个巨大的淡蓝色球体,在云与天空之间静静地悬挂着。是蓝星!是有神存在的蓝星!启内心激动起来。他也同其他暗星人一样站得笔直,虔诚地注视着那束光,注视着蓝星。虽然此时的蓝星并没显露出完美的圆,而是沿着某种弧度被"削去"了一块,并且在日光下显得过于暗淡,但是这丝毫没有影响启的心情。

就在那时,一个念头由启的心底生出:要见到完美的蓝星,要到蓝星去,要见到神。

"要见到神。"此时正在前往劳作地点的启默念了出来,虽然不知道自己如何才能见到,不知道那会是什么样的情景。启就这样在大雨中一直想着,脚下踩出一个又一个泥泞的脚印。

启来到一座位置偏僻的小山丘的脚下,周围已经看不到任何暗星人了。虽是小山丘,但人和它相比仍然是渺小的。小山的面积大约抵得上3个温室。若有人站在山顶,启站在山脚,这山的高度正好是启辨别不出山顶上的人是谁的高度。当然,启几乎不认识任何人。

启的工作是挖山,为神挖一种黑色的矿石。不过不是挖地表上的山,而是要在这山底下挖,直到挖出抵得上半座山的矿石为止。

启不知道自己还能挖多久,也不知道自己已经挖了多久。

"大概,呃,已经很久了。嗯,或许更久。"启心想。

启能回忆起的最早的记忆除了神,便是挖山,虽然有神赐予的伟大的机器,但每天的进度仍然是微不足道。

挖山是神赐予启的使命。有时候启会觉得自己完成那使命,挖出半座山一般多的黑色矿石便能见到神。这个想法自从出现后便一直陪伴着启劳作的每一天,时间久了,自己竟然坚信不疑起来,这念头成了一种支持他的信念。

"挖下去,见到神。"每当启累到近乎脱水或者被石头碰得遍体鳞伤时,这句话就会在启的心中响起。

神只让启在山的这一侧挖石头,不能越到另一侧。启心想,在另一侧是不是也有个人在做着相同的工作呢?启觉得这极有可能。或许两边的人真的在地下碰面了，那时可能就离见到神不远了。

"可那一天什么时候到来呢？山另一头假如有人，那边的劳作的进度如何呢？我甚至都没见过那边的人。"

启向着洞口踏去。一路走来，泥水早已经溅得他满身都是，不过他从不在意这些，因为洞里面的情况远比外面的糟糕，矿洞外面的恶劣环境根本不算什么。

启沿着曲折幽深的隧道走了好一会儿，才来到了洞底。他接上了上次的工作进度，开始一点一点地挖着。

机器的轰鸣在洞底回响着。启曾经试着喊过几声，但除了机器的轰鸣外什么也听不到，仿佛是自己失了声。启觉得自己的听觉系统隐隐作痛。不过这噪音倒是赶跑了一部分在洞底独处的孤独，否则这些东西能将启慢慢折磨死。神赐的机器同时还发着明亮的光，照亮洞底的每一个角落，消除了能引起恐惧的黑暗。启因为能拥有这机器而感激着神。

启就这样带着对神的信念默默劳作着，一丝不苟，毫无怨言。启骨子里就是个一定会把想法实现并且做到底的暗星人。

噪音虽然在抵抗着孤独，但孤独的力量还是过于强大了，在洞下持续待得太久了，那感觉还是会慢慢占据上风。启知道，若是让孤独完全浸入自身，恐惧就会随之而生，到时候，自己就会在这地下深处被孤独和恐惧这种神秘的力量扼住，身不由己。启必须想些其他的事，让自己大脑远离令人窒息的沉寂。若是从前，启会依靠神，靠对神的虔诚来给自己信念。然而此时，启又想起了小山丘的另一边，幻想着那里有另一个和自己做着同样工作的暗星人。

对面的人长什么样子？是男是女？多半是健壮的男性吧？采矿的工作可不是随便什么人都能做的，要健壮，经得起锤炼，要对神抱有信念，还要能忍受孤独……

那么，他（她）此时在干嘛？正在用机器艰难地工作还是在休息？那人又在想什么？多半是在想着神，但是有没有可能在想着山另一头的人，想着我呢？

启知道自己可能永远都不会知道答案，那里可能根本就没人。不过孤独与恐惧已经被这些思绪驱赶走了，启得以继续在噪音和肮脏中安心工作。

"或许，我应当到山的那一头见一下那边的人。" 启又冒出一个念头。

机器一边开采着矿石，一边向工作点喷着水。水混着石头的粉末变得污秽不堪，流经启的双脚。一块石头突然从工作点蹦出来，打在了启的胳膊上。蓝色的血从启灰色的皮肤上渗出来，滴到了污秽的泥水中。启忍着痛用机器喷出的水清洗着伤口，那水并不是十分纯净，但总比没有好。刚冲干净，蓝色的血就又渗了出来，流个不停。启想用衣服包住伤口，但衣服早已经没有干净的地方了，不是沾满了灰就是被雨水或泥水浸透了。启扯下一条衣服，用机器上的水洗了洗，然后包住伤口。血又从衣服上渗出薄薄的一层来，不过终究是被止住了。

启舒了口气，低头看着砸到自己的石头。石头不大，小小的一块，但是有一个锋利的尖，就是这个尖划破了启的皮肤。

启没有丝毫怨恨恼火，已经发生的事就任由其发生。

"幸好有神保佑，只是砸中了胳膊。"启心想。

启紧接着发现了一块远比划伤了他的那块更令他感兴趣的石头。那块石头通体白色，呈圆柱形，十分短小。启觉得这石头不一般，他在地下工作了这么久，还从未见过这类白得不寻常的石头。或者，即使是普通石头，也不太可能在这里出现。启拾起那块石头，很轻，应该是中空的，这一点更加印证了这石头不寻常的看法。

启把那块石头留在了身上，想着还是以后慢慢研究吧，毕竟还是为神劳作最重要。

明明受了伤，可这半天的工作进度竟比平时快了许多。机器发出可以停工的信号，启得以提早结束半天的工作，回到温室获取神赐予的食物。

启沿着曲折幽深的隧道艰难地爬出了矿洞。外面荒凉得仍是不见一个人，要走到离温室更近的地方才能看到其他暗星人。

启默默走着。雨不下了，但道路依旧泥泞不堪。一阵薄雾开始笼罩大地。

启喜欢雾。雾中的一切都看不真切，越远的事物就越模糊，这会让启心生怀疑，想远处那东西到底在不在那里。

启总能由雾联想到记忆,"记忆是个神奇的东西啊。"启常这样感叹。

启最早的记忆便是在神的指示下挖山,那挖山之前的事情呢?难道自己降生下来就在挖山不成?难道自己降生下来就知道神,就懂得活着的技巧?启觉得自己的记忆融进了雾中,躲到了极远的角落,再也看不清,而有些记忆到底存不存在启也不知道。

不过,启始终认为神一定能解答自己所有的问题。

启越过一个土丘,继续向温室走去。刚翻下土丘,他就看到自己前方有个身影。那身影纤细动人,又不乏迅捷灵敏。虽然只是一个背影,但启已经完全被这陌生的背影所吸引了。启第一次见到这样的身形(至少是在自己的记忆里),他内心感受到了异样的美好,同看到蓝星一般,但是其中好像又夹杂着其他的什么东西,那东西是启未曾体验过的。

那是一位女性暗星人,虽然启在暗星上几乎未曾接触过异性,但启仍然明白那是位女性。那女性的身姿还在远处,而且速度比启想象的要快。启有些庆幸那身影是与自己同向而行,要是向着自己走来,自己怕是会不知所措。

在启这样想着的同时,他感觉心里的"那东西"正越来越强大,伴随着出现的还有一些生理上的反应。启不知道这是怎么回事,也不知道为什么。但启不觉得那东西是不该拥有的,反而自发地认为"那东西"美好极了,原始又纯粹。

一路上,这感觉都伴随着启,直到雾越来越大,直到那身影于不知不觉中消失在了远处。

那身影消失后,启才恍然想起一个至关重要的问题:她是谁?

见到那身影的地方离启劳作的小山不远,而在启的记忆里,他还没有在那附近见过其他暗星人。

"难道……难道她便是山另一侧的人吗?因为自己这次出来得够早,所以才能够窥见她的背影吗?"

"要再次见到她"这个想法渐渐在启的脑子里扎根。启在稀溜溜的泥中跑了起来,想在浓雾中寻得那身影,可到了温室也再未碰见,而且温室里已聚满了回来的暗星人,要再找到那身影无异于大海捞针。

接受完神赐予的食物,启又要前往小山丘开始工作。路上,启没有再看到那身影。启想到山的另一侧一探究竟,但还是放弃了。神的任务要紧,他心想。而且,隧道同迷宫一般,难进也难出,自己不一定能找到她。自己可以提前进到她工作的地方,不过这样做有些不妥。里面若并非是自己要找的人,怕是很难解释自己来的原因。更主要的是,山那一侧有同自己一样的人只是自己的猜想。

"但愿神能指引我见到她。"启这样祈祷着。

启是在对那人的思念中度过后半天的。

虽然只见过一次，但随着时间的推进，启对她的情感似乎越发强烈起来。

"我这是怎么了？我甚至还不知道他的名字。"启心想。

"醒。"启心中忽然闪现出一个字来。

"暂且就叫她醒好了。"启这样对自己说着，似乎自己见过的身影就真的叫"醒"一样。

为何出现这个名字？难道自己真的见过她？启在记忆的深处摸索着。可每每此时，启的记忆又隐藏在了浓雾中，变得模棱两可起来，见不到丝毫有用的轮廓。启的头微微痛起来。

启再次走出洞口时，魅影一般的黑已经盖住了天空。又下起了雨，启凭着点点灯光辨别着温室的方向。而此时，某个东西如真正的魅影掠过启头顶的天空，那东西正在用蓝色的眼睛紧盯着启。

在到达温室时，几个机器人拦住了启。它们从启身上搜出了连启都快忘了的东西——那块呈圆柱体的白色石头。

启不知道自己为何会因为一块石头被拦下来，不过拦住自己的只是机器人，应该没什么大事。

在石头被搜走之后，启就被放走了。启进了睡眠舱。在离启的睡眠舱不远的地方，几名神族正在交流着什么，其中一名神族的蓝色瞳孔内流露着谨慎和恐惧，他低声说："必须清除。"

启躺在睡眠舱内，思考着那石头，思念着醒。这两件事占据了他的全部，他明天必须一探究竟。

此刻，睡眠舱外面的显示屏上出现了几行字。

"清除开始。"

"清除项目：性，禁止拥有的记忆。"

睡眠仓内发出蓝色的光，喷出蓝色的喷雾，启还未察觉就进入了深眠。在这次深眠中，启梦见了神。

梦的一开始，启便遇见了神。那是一位个头高大健硕的蓝星人，但是除了这个特点以外，神的其他细节都是模糊的。而启此时正跪在这个神的面前，动弹不得，话也说不出来。神好像散发着什么无形的场将启固定在了这个空间。

神拿出一根黑色的长棍抽打着动弹不得的启。启身上，那根长棍所触的皮肤都猛然炸开来，翻出蓝色的血与肉。神一直抽打着，直到启全身上下没有一处完整的皮肤。启的血淌得满地都是，而启仍然不能动，也不能喊，就连眼睛也不能眨，只能在内心默默忍耐着这肉体上的巨大的苦痛。

"热。"一个分辨不出性别的声音从神那里发出。

启忽然感觉到自己周围的温度正在急速升高，自己的皮肤像是被火烧着，正发出怪异的焦味。启的伤口不流血了，但是正在往下滴着被烤出的油。启想昏过去，或者死，但是他做不到，他只被允许异常清醒地感触着这一切。

"冷。"那声音再次响起。

寒气袭来，启体内的水分都在瞬间凝结成了冰，启的身体发出冰与冰挤压的"吱吱"声。

"恐惧……"

神走上前,伸出手插入了启的脑袋。神从中取出了两样东西,一个是某个女性暗星人的身影,一个是白色的石头。

启望着这两样他睡前心心念的东西,忽然对它们一点印象也没有了。

神将两样东西捏在手中,满意地发出"咯咯"的笑声。

启望着神,刚才所受的所有皮肉之苦都化作了恐惧刺向他的心间。

神消失了,启开始头痛,那疼痛一直持续到启醒来。

醒来后,启的头一直在痛,他觉得这如同脑袋里失掉了什么东西一般,但是具体失掉了什么,自己却一点线索也没有。他隐约觉得自己遇见了神,但又不敢确定,因为这个神的表现似乎与自己印象中的神大相径庭。哪个才是真正的神呢?

启看到舱内亮起蓝光,忽然感到恐惧,发自心底、说不清缘由的恐惧。

"蓝色代表着扎尔,伟大的神,你的创造者。你在神的注视下醒来。"

启头痛欲裂。

从这一刻开始,启变了,在他对神的虔诚敬仰中开始有了恐惧。

自此以后，启见到过醒几次，只不过他对醒毫无印象，而且看到那身影时也会莫名其妙地头痛。而每每记住醒的身影，产生了"性"的反应时，启就会再次梦见神，做上一个痛苦的梦。

这样的日子一天天重复着，启对神的态度也慢慢以难以察觉的速度改变着。直到有一天，启再次发现成堆的形状各异的白色石头。

3. 蓝星·抓捕

"蓝星的天和海总是那么蓝啊……"伍对久说。

"是啊，"久抬头看了看天，空中悬挂着他们的太阳和被蓝星自身遮挡了一半儿的暗星，"暗星上的同胞们可见不到这样透亮的天空。"

"哎，前辈，我听说上面一直下雨，整颗星球都阴沉沉的。"

"那些开拓者都是伟大的蓝星人。"久赞叹又感激地说道。

"还有，据说上面有面目可憎的暗星人，虽然能说我们的语言，但是喝雨水，吃泥土，毫无文明可言。"

"伍，你又在说这些不切实际的事。我们又没去过暗星，我们关于暗星人的资料少之又少，哪里知道上面的情况？"

"没办法，谁都不知道具体情况，人们便随便说喽，哪个最离谱哪个就传得越远，久而久之没准还变成了真的。"

"那便不要信，"久看着伍，"亏你还是探员。"

"我哪里抵得上您，您可是参与过抓捕的老前辈啊，"伍开着玩笑，"我当这么长时间的探员，每天却是无所事事，没什么案子，有也被那些机器人解决了。现在的我们几乎没有用武之地啊。"

"的确如此。"久叹了口气，似乎有些怀念之前的日子。

在久的记忆中，自从领袖扎尔带领蓝星人开拓暗星后，蓝星人的生活就发生了质变。每天都有数万艘飞船往来于蓝星和暗星之间，由暗星往蓝星输送着各种资源。而蓝星上，人们之间各种各样的事都被各式各样的机器所代替。人们不再劳作，几乎完全凭借兴趣选择职业——久和伍就是这样。犯罪，久这些年基本上没遇见过。

久的记忆里仍存留着以往每日忙碌的景象，今日的生活是那时候不能想象的。久总为这种日子担忧。"一切都太过完美了。"这完美让他觉得这一切也许都是虚假的幻象。

不过今天，久和伍遇上了真正的罪犯。机器传给两人的资料显示，那人面目可憎，极其狡猾，长期隐匿于海城边上的海沟内。而且他对付机器的抓捕又有一手，已经损毁了两个机械探员。

这个罪犯突然让久觉得一切并非完美，或许这个世界还是真实的。"不过，也可能是幻象破碎的预兆。"久不愿这么想，但身为探员，他也不愿意排除任何可能性。

"相当难缠啊。"伍这样跟久说着，但内心却信心十足，止不住地兴奋。

"伍，你可要谨慎一点，不要因为这是第一次就兴奋过头而大意啊。"当探员时间更久的久看出了伍此时的心情。

"放心好了，前辈。不过我真是期待这一天好久了，从我当上探员之前就在期待了。"

久轻叹一口气，自然是有些放不下心。

两人踏入海域，来到了海上的某个位置。两人前方的海面上出现了一个漩涡。久和伍从衣服上扯出一个面具，罩在头上，然后跳进了漩涡中，落在了一个柔软的平台上。久和伍摘下面罩，朝着前方的一扇门走了进去。

"要我说，这面罩完全没起什么作用吧？明明到处都是空气。"

"以防万一。"久说。

"这海城的入口有点小啊，我还以为又大又气派呢！"这是伍第一次到海城来。

"有比这个大许多的入口，而且多得是。不过那些大入口不是给人用的，是专门用来运输海城的生活资源的。"久说，"别忘了任务。"

"好嘞。"

伍和久来到的是七号海城。海城当初是因为人口的激增而不得不建造的，整个蓝星所有合适的海域都被改造成了海城。

海城与陆地上的城市没有什么区别，当然，除了建造在海底这一点以外。

两人穿行于海城内，那罪犯的确切位置刚刚被发送给了两人。

除了罪犯的位置信息外，两人还收到了罪犯的图像。图像上，一个浑身暗灰的家伙正佝偻着身子，拿胳膊挡住了脸，蓝色的眼睛看着前方，好像在死死地盯着正在看图像的伍和久。

伍觉得那家伙已经不属于蓝星人了，身上的皮肤是惨兮兮的灰色，一点蓝星人的影子都没有。伍接着看资料，资料显示蓝星人的信息库中没有这个人的任何信息。

"前辈，咱们这次抓的不是什么罪犯，应该是个怪物吧？"

"不会，那眼神，恐惧、愤怒，还有一种疲惫在里面，明明就是人的眼神啊。他这样子估计是得了什么怪病。而且，还有一点很可疑。"

"哪里可疑？"

"资料上并没说抓捕他的原因，他到底犯了什么罪？蓝星人不费什么力都可以得到几乎任何自己想要的东西，为何要犯罪？"

"抓捕怪物还需要什么理由吗？"伍脱口而出。

久先是看着眼前的伍，不知说什么好，然后又望向目标所在的方向，担心着未知的事。

七号海城的边缘是一条宽而深的海沟，站在海沟边上就如同站在悬崖旁边。从海沟往下望，可以看到错综复杂的管道从海沟两侧的内壁上伸出。海城的污水就在这些管道里面奔流着，最终排向海洋。

海沟边缘有着巨大的升降梯，供机器人下去检查维修管道。伍和久乘坐升降梯，来到了海沟底部。资料显示，那个罪犯现在就在附近。

久示意伍提高警惕，把武器拿出来，告诉他必要时可以清除目标。

离目标越来越近了，伍的呼吸变得浓重起来。

"害怕？"久问伍。

"不，虽然是第一次，但我丝毫不怕。我是兴奋。"

久示意明白了，随后两人便不默作声，一步步接近着目标。

两人按照位置信息的指示来到一个死胡同，巨大的管道横亘在面前，挡住了去路。一排排管道也挡住了上方，使本来就昏暗的地下出现了一个黑暗的角落。

信息显示那罪犯的位置就在那个角落里。

两人即刻做好战斗的架势，举起武器，随时准备开火。

此时，一张脸慢慢从黑暗中显现出来。那张脸同资料中的一样，呈暗灰色，显得尤为冷酷。

"请放弃抵抗，不要做出任何有潜在攻击性的行为，否则我有权清除你！"伍冲着那目标大喊。

久发现，那张脸其实苍老不堪，瘦削极了。

伍轻声说了一句"不会真的是怪物吧？"

那张灰色的嘴唇动了动，挤出几个字："我和你们一样。"说着，那身影从黑暗中走了出来。久发现那是一具死灰般的身体，皮肤也耷拉着。总之是年老弱小的无害目标。

久把武器放下，并示意伍也放下武器，伍最初不肯，但还是照做了。伍不相信就是这个家伙逃开了两名机械探员的追捕并且还将它们毁了。

"那你是什么来头？"伍问那老人。

"我说过了，我和你们一样，是蓝星人。"

伍和久都有些惊异，但久还是做出了平静的表情。

"没想到，真的派来了活生生的蓝星人来抓我了。你们放心，我不抵抗了，我累了。"那佝偻的身形又开了口。

久沉默了一阵，然后示意伍和他上前将那老人控制住。那老人果真没有抵抗，被轻而易举地控制住了。

伍和久长舒一口气，没想到任务就这样完成了。

伍忍不住发问："就是你躲过了机器人的抓捕？还把它们毁了？"

"我没有毁掉它们，是它们自己毁掉了自己。"

"此话怎讲？"

"机器毕竟是机器，敏感和聪明对它们来说往往是缺点。

我只使用了一个不值一提的手段，那两个机器人就不知所措，分别做出了两个相互矛盾的反应，得不出统一的结论，最后就双双从海沟上跳了下去，摔成了一堆金属碎片。这个结果也令我意外，不过确实也在情理之中。"老人这样讲述着，随后像是预言一般说了一句："以机器人为根基的蓝星，以后必将吃大亏。"

久和伍惊诧得不知道该说些什么。蓝星的运转几乎都依靠领袖扎尔的机器人，而让蓝星人无忧无虑的机器人竟然自己把自己毁灭了？久和伍都不敢相信，但是资料确实说两个机器探员被摧毁了。

"这个世界并非你见到的那样，也不是你记忆中那样的。它比你想象的更加罪恶、虚伪。蓝星上还好，更加黑暗的事实在我们的头顶——暗星上。你们肯定想知道为什么要抓我，对吗？"

久没有回答，伍点了点头。

那老人接着说："因为我曾经在劫难中躲过一劫，我知道真实的历史。"

"历史？你是指扎尔带领我们开拓暗星吗？"伍问道。

"孩子们啊，"那老人笑了，笑声中带着些凄凉的无奈，"哪里会这么简单啊，你们被眼前的美丽蒙蔽了。"

"你倒是说说，是个怎样的历史。"伍是肯定不会相信老人接下来的话的，不过关于神秘的事，他倒是很感兴趣。

"知道得越少越好，大清洗就要来了，你们好自为之。"那老人看着他们头顶不知道什么时候飞来的监视球，又说了一句

"不过可能已经晚了,刚才和我的对话已经让你们触到了真相边缘。"

"什么大清洗,那是怎么回事?"

"不要再问了,你们现在还有逃过一劫的机会,再问,怕是连机会都没了。我老了,不想逃避了,可你们不同。好自为之吧。"自此,任凭伍怎样问这个神神道道的奇怪老人,老人也都不再开口了。

伍和久带着老人登上了升降台,来到了海沟上面。几名全副武装的机械探员正在等着他们。两个人把这个手无寸铁的老人交给了机械探员,便出了海城。

回到陆地,伍一直在想那老人的话。

"大清洗,历史,还有两个跳进海沟的机器人,怎么听都像是在胡说啊。简直比那些关于暗星人的传闻还要夸张。"伍这样对久说。

"的确蹊跷,这次任务也是莫名其妙的。不过,对于有些东西不要轻信,只有眼前的生活越来越好是真的。"久嘴上这么说着,但心中还是隐隐担心。身为前辈,久的年龄比伍大很多,在久的心里确实是有些与大清洗有关的记忆的,可是,久只觉得头痛。

两人沉默着走了一阵。

"我仍是担心,万一如那人所说的呢?毕竟今天的经历太奇怪了,他说的是真的也不是不可能。还有啊,他说我们已经涉及了一部分真相,我们真的会经历大清洗吗?"本打算把老人的话当成胡言乱语的伍此刻也竟然有些紧张慌乱了。

"不知道。"久的语气不知是在表明漠不关心还是隐隐的担心。

没过几天，久和伍就几乎同时被机械探员抓走了。他们被扔在了往来于暗星和蓝星之间的飞船上。久发现飞船上除了他和伍之外，还关押着各式各样的人，几乎看不出什么共同点，似乎是被随机抓来的。

飞船在人们的惊恐声中降落到了暗星，他们还不知道自己的命运是什么。少数穿着特殊服装的蓝星人拿着武器把刚到达暗星的人押进了一个类似温室的地方，并强迫他们一个一个地进入发着蓝色光芒的舱体。

"这便是大清洗了吧。"进入舱体之前的伍和久这样想着。而在他们陷入沉睡之前，两人还发现自己的皮肤悄然发生了变化……

4. 观察者・第二个观察点

尤拉和万斯将飞船停在了天宫系小旋臂内某颗恒星的轨道上。这两位观察者将目标锁定在了两颗行星上。这两颗星球是相距较近的双行星。

"和预测的一样，是碳基文明。看来要进行深入的观察了。"万斯对尤拉说着。与观察硅基文明时不同，他的语气中少了几分苛责与严厉，看来这个文明合乎万斯的心意。

尤拉也十分中意这两颗星球，派出的文明观察仪显示，这两颗星球一个被当地文明称作蓝星，一个被称作暗星。这倒是符合两颗星球的特点，一个海域十分广阔，陆地稀少，在太空中看去，蓝得十分透彻，上面的文明生物也是蓝色的；另一个则显得灰暗得多，是颗灰蒙蒙的星球，上面的文明种族肤色也是灰色的。

"两颗相距这么近的星球都产生了智慧文明，真是不可思议啊！"尤拉不禁说道。

"并非如此，"万斯调出几个文明观测仪刚刚传来的信息，"你看，两个星球上的文明种族除了肤色有明显差异，其他生物参数几乎一模一样。两个文明应该有相同的起源，或者说，暗星文明是由蓝星文明演化出来的，毕竟蓝星的条件更适合生命的诞生。"

尤拉明白了一些。万斯接着说："暗星上的资源远比蓝星上的丰富，蓝星应该是因为资源枯竭而开拓暗星的。暗星和蓝星之间的运输航线也可以说明这一点。"

"可是核能呢？他们已经能进行行星开发了，最基本的核能还没掌握吗？"尤拉问道。

"观察仪显示，他们连核能都没掌握，他们的运输飞船也都不是核驱动的，而是用的非常低级的燃料。暗星上甚至还有很多煤矿一样的地方。"

"可是这样，他们的资源总有一天会耗尽吧？而且应该维持不了几万个公转周期。"尤拉又开始担忧自己的观察对象了。

"宇宙中总是会有这样的文明的，作为观察者，你还有很多需要慢慢见识的。对于这些文明，我们能做到的，只有观察和反思。"

万斯说完，尤拉又不作声了，她像对那个硅基文明一样，对蓝星与暗星上的文明喜爱又担忧着。

"下去看看吧。"万斯说。

万斯和尤拉将自己的意识从碳基的躯壳中转移到了只有灰尘大小的观察仪上。承载了两位观察者意识的观察仪奔向了蓝星与暗星。

尤拉的观察仪来到了暗星，她的第一个观察对象，是一个叫作启的暗星人。

5. 暗星·觉醒

启从恐惧中惊醒，他睁开眼睛环顾睡眠舱，舱内的蓝光虽然柔和但是仍让他忌惮。

启又做梦了。他梦见自己再次跪在神面前，细长的金属棍一根一根地从身前插入，从身后贯穿而出，蓝色的血流了一地。启一动也不能动，忍受着痛苦。神在他面前笑着，并从他的脑中取走了什么。

"蓝色代表着扎尔，伟大的神，你的创造者。你在神的注视下醒来。"熟悉的声音响起。若是从前，启也一定会跟着默念，但是如今不同了，"神"这个字令他恐惧，他感觉到神是在通过恐惧支配着他，维护着自己的地位。

"神到底是什么，自己为何会拥有想见到他的念头呢？"启突然想。

今天，温室里降生了一批新的暗星人。

"你们皆由神创。"

这些暗星人想必是神刚刚创造出来的，但启对此感到质疑。质疑神，对启来说这还是第一次。

启来到他劳作的那个小山丘，发现洞口已经有个身影在等待他了。"莫非是山另一边的那个人？"启这样想，但头不知为何隐隐作痛起来。

到了洞口，那人告诉启自己叫久，是神派他到这里来劳作的。这是启记忆里第一次和别人共事，启想问问关于久的事情，可是久除了有关神的事情外，其他什么也不知道。

"神是我们的创造者，神是我们存在的意义。"久说。

"我之前好像也和他一样。"启在心里说。

地下已经被挖得很深了，启自己挖出的矿石差不多可以抵得上半座山了。启有种感觉，山那边一定有一个和他做着相同工作的一个或者几个人，不然怎么只会让自己挖一半儿的山呢？不知道山那边的情况如何，自己或许某天能在地下与那个不曾见的人碰面。启的头又隐隐作痛,启这回明白了,只要自己一想山那边的事情便会头痛。可是头痛并没有阻止启的思考,相反,痛感越强烈,他就越觉得自己的猜想是正确的。

启和久就这样在地下挖着,日复一日直到那天。

这天,启意识到洞中的矿石产量越来越少了。此外,他还觉得自己和久正在挖掘的这块地方好像被他人动过。

机器在洞中钻出一堆白色石头,起初只是零碎的几块,启和久还分辨不出这是什么。启盯着石头,有种熟悉的感觉,他在记忆中搜寻着与之相关的东西,但随之而来的剧烈头痛让他不得不放弃这一做法。

再接着挖,机器好像挖到了属于那石头的领地,那些石头一块接着一块从泥中剥落,然后是成堆地被挖出来。有的石头还互相联结着,似乎是想拼接出什么。

久看着那些石头,率先明白过来,在机器的轰鸣声中对着启惊恐地喊道:"这哪里是石头啊!这是骨头!是暗星人的尸骨!"

机器的噪音太大,启没有听清久在说什么。不过久刚说完,机器就挖出一块接近完整的骨架,骨架上两个黑洞洞的孔正注视着启和久,仿佛在倾诉着惨死前未说出口的话。这回无须久说,启也知道这是什么了。而两人不知道的是,此刻在隧道里,一个飞来飞去的蓝色球体正躲在暗处悄悄监视着他俩,记录着此刻的一切。

机器还在不停地工作着，骨头越来越多，很快堆成高高的一摞。这山丘底下仿佛是个埋葬点，而地面上耸起的山丘成了无数暗星人的巨大墓碑。

启盯着眼前的满地暗星人的骨头，突然变得痛苦起来。他觉得雾开始散去，隐藏在雾中的什么东西将要显示轮廓。到底是怎样的轮廓，启还是看不清，但只差一点了，只差一点明显或者隐喻性的提示。

久看着启痛苦的样子，关掉了机器。轰鸣声消失了，山洞瞬间沉寂下来。启和久从惊讶与恐惧中恢复了许多，他们互相看着对方，不知该说些什么，想说也张不开口。沉默笼罩了两人。

"里面到底埋藏着多少暗星人的尸骨？是否还要继续挖下去？"最终，是两个人共同的疑问打破了沉默。

启觉得应当暂停，神布置的任务几乎要完成了。而久觉得不能耽误太多时间，至少在神下一个指令下达之前应当继续。

正当两人争辩时，隧道的某处忽传来巨大的爆炸声，一阵凶猛的气浪袭来，将两人扑倒在地。接着，对于处在隧道中的人来说最可怕的事情发生了：洞塌了。

碎石从洞顶部倾泻下来，启眼睁睁地看着石头堵住了隧道出口，只在洞底部给启和久留下了一处狭小的空间。巨石还在不断掉落，一块石头径直砸向了启的脑袋。本能驱使久奋不顾身地向启扑过去。启被久推开了，被扑倒在地上的启抬起头，发现久的头部已经凹下去了一块，蓝色的血和脑浆从凹的地方流了出来，和污浊的泥水混在了一起。

"和自己工作了没多久的久,为了救自己的命,就这样死了。"

不过震惊恐惧压过了启应有的感激与悲伤。先是成堆的白骨,再是突然发生的爆炸,表面上毫无联系的事冲击着启的内心。

启虽然安然无恙,但是现在还不是放松警惕的时候。泥浆正填满岩石的缝隙,从外面流进来,将仅存的安全地带变成了密闭空间。并且泥浆仍然在源源不断地流进来,挤压着剩余的空间,吞噬着启求生的希望。

启想到神,虽然神带给他恐惧,但是他仍然幻想着神能带他出去,因为只有神能够救他了。

可是那个神不会出现。启之前总以为,完成神的命令,便可见到神,可如今矿石挖完,自己却陷入了莫名其妙的绝境。

"你因神而存在,你要为神劳作,这便是你存在的意义。"

这句话又在启的脑海中浮现。果真如此吗?神便是我存在的意义?启想不出自己存在的意义该是什么,但是此刻,他明确地知道自己存在的意义绝不再是神了,他为自己刚才祈求神的行为感到羞耻。

泥浆仍然在渗入,泥水积聚在启的脚下,没过了启的脚踝。启头一次觉得泥水如此地冰冷,自己之前的工作多么令人痛苦,而之前的自己竟不知道这一点……

启又想起一个暗星人,一个自己知道极有可能存在但是从未见过的暗星人。山另一边的那人是否也遭遇了不幸?是否也挖到了成堆的白骨?他(她)还活着吗?启的头隐隐作痛,启想不通自己之前为何没有关于那人的任何信息，自己之前为什么都不曾见过那边的人。

启正在想着，忽然背后传来一阵机器的轰鸣，启回头发现自己的身后被钻出一个能容一人通过的洞，一个身影正操作着机器前行着。

启看到那身影忽然感到一阵眩晕。启记忆内的东西已经有了轮廓。

那身影见到启十分诧异，接着又是惊喜。启这才看清那个身影，是个女性，长着一张挂着伤痕但是仍旧美丽的脸。

那身影快步走到启的面前，询问道："你受伤了没？有没有出去的路？"

启盯着这张脸，怔怔地问："你叫什么？"

她又露出一副惊讶的面孔，没想到对方在这种情况下忽然冒出这个问题。

"醒。"她说。

"醒"这个字仿佛触发了启体内的某个机关，让启头痛欲裂。他捂着头，倒在地上翻滚着，脸因为痛苦而狰狞起来。

醒惊慌得不知所措，好在启不久便停止了翻滚，痛感也消失了。他反复念着醒的名字，心里已明白了一切。记忆的浓雾已经散去，从前经历的一切逐渐显示出了清晰的轮廓，并且一一展开，铺陈在启的面前，里面隐含着启在为神劳作之前的往事，里面包含着醒，包含着蓝星与暗星之间如同山下白骨一般惨烈却被掩盖了的历史。

6. 蓝星与暗星·历史

暗星人的神叫扎尔，这也是蓝星领袖的名字。在暗星上还没有暗星人的时候，扎尔领导着整个蓝星。

可扎尔似乎从上一任手上接下了一个烂摊子，蓝星上资源将要耗尽，且暂时没有新的能源形式出现。同时蓝星上陆地稀少，而人口却达到了前所未有的庞大数字。每年有数亿蓝星人降生，每年又有接近一亿蓝星人饿死、冻死或者病死。对于扎尔来说，情况的惨烈已经达到了无法用自己的政治手段来应对的程度了。能源枯竭、寒冷、疾病、饥饿，谁都没曾想到这几个简单的词语可能会覆灭整个文明。都是被覆灭，可能被小行星撞击这类原因会让这个星球上的人更容易接受吧。

扎尔是一心为蓝星人的未来着想的。但是，那时的人民将矛头全部指向了扎尔——这个年轻又无辜的领袖。暗杀接连上演，似乎杀死扎尔蓝星就能改变一切。有的暗杀直取扎尔的性命，而更多的暗杀则更像是嘲弄式的警告，像是一种死亡玩笑。扎尔幸运地躲过了一次又一次的暗杀，不过却没能躲过后一种暗杀对他的挫败。扎尔只剩下对民众的希望与怜悯了，不过可惜这两样东西没什么用处。

技术可以毁掉文明，也可以拯救文明。正当扎尔深陷困境中时，两项技术上的突破给蓝星人带来了曙光，一个来自太空，一个来自蓝星人本身。

蓝星上的科学家发现，他们头顶的暗星其实是一个巨大的能源宝库，几乎每一寸土地都能为蓝星人所用。暗星上有适合蓝星人生存的大气，而且两颗星球的轨道十分接近，暗星的温度也十分适合蓝星人生存。

这个消息的传出，立刻鼓舞了蓝星人。扎尔顺从民意，提出"一切为了蓝星人"的口号，做出了殖民暗星的规划。出乎扎尔的意料，扎尔的支持率猛然提高，人们用"伟大"来形容这个计划，而少数的人也开始用"伟大"来形容扎尔。

然而又是技术问题限制了这一切。凭借当时蓝星人的技术水平，他们还不足以制造出能够往返于蓝星与暗星的宇宙飞船，更别说殖民计划了。

几十亿蓝星人又陷入低落，他们忽然觉得自己被扎尔耍了，之前声援扎尔的人全部倒戈，抗议的声浪再次掀起……

而这一次，另一项技术的突破再次让扎尔摆脱了困境。这是一项关于蓝星人自身的技术。

蓝星人的大脑内，有一片信息处理区域。当时的科学家经过多年的探索，最终确认这一区域在生理上处于完全独立的位置。这块区域若是被运用，那么将会成为一个超级信息处理器。并且与生冷的机械处理器不同的是，它能保留"人"的特性，理论上可以自我思考与创造。若是将多个大脑联结，则会出现一个超级大脑。这便是蓝星上高级人工智能的快捷创造法。

这是比殖民飞船更好解决的问题，甚至"超脑"被研究出来之后可能会有助于解决飞船的难题。但这有违蓝星人的伦理，巨大的伦理问题给这项研究带来了巨大的阻力。

同样是面对民众的压力，但是此刻的扎尔变得与之前不同了。他不再想顺从民众，而是想让民众顺从自己。扎尔认真谋划，他告知蓝星人，"超脑"计划有利于飞船的建造，只有快速解决飞船的问题，蓝星人才有活下去的希望。数十亿人妥协了。不过，仍然有少数的反对的声音，对于这些声音，扎尔利用铁腕手段将他们清除了。

不久，超脑的技术难题被攻克了。科学家开始面向全体蓝星人公开征集20万个蓝星志愿者的大脑，但数十亿蓝星人中却没有一个志愿者，因为谁都不愿为此冒险，搭上自己的性命与大脑。

在这种情况下，扎尔再次施展雷霆手段，果断下令："用死囚！"这次没再听见反对的声音。

……

第一艘飞船被造出来了，然后是第二艘，第三艘……几年后，5 000艘飞船陆陆续续地被建造出来。每一艘飞船都能容纳20万蓝星人。就这样，10亿蓝星人陆续升空，踏上他们此前从未涉足的暗星。

蓝星上少了10亿人，人口压力骤减，再加上超脑的运作，机器人开始帮助这个世界。蓝星人的生活开始出现翻天覆地的变化。

而飞船上的10亿人则没有那么好的运气。暗星并非之前人们普遍认为的那样,是个美丽的星球,虽然资源丰富,蓝星人能够在上面生存,但那里死气沉沉的,雨总是下个不停,整个星球的表面更是泥泞不堪。而且空气中总是弥漫着怪异的气味。这大大打击了10亿人的热情。他们曾经热血沸腾地喊着"一切为了蓝星人"的口号,被其余蓝星人称作勇敢的探索者,而现在他们脑中只有愤恨与懊悔。为何要牺牲自己来到暗星呢?自己离开后,蓝星上的人怕不是生活地比以前更好了吧?这些问题影响着他们,对同胞的仇恨开始积蓄。

而攻破他们心中最后一道防线的是他们身体上的变化。他们的肤色变成了暗灰色,10亿人无一例外。他们先是把这归咎于宇宙中未知的射线,归咎于暗星上怪异的气味,最终,他们把这一切归咎于蓝星,还有蓝星上的所有人。这些皮肤灰暗的蓝星人的愤怒达到了极点,他们觉得自己蒙受了蓝星历史上最大的不公。他们要回去,要回去宣泄自己的愤怒。

就这样,10亿人联合在一起,抢夺了飞船的控制权要求返航。

看到自己口中的英雄又返回了蓝星,蓝星上的人自然很诧异,觉得自己受到了背叛。若没有人在暗星开采资源,那么蓝星上的生活便没法继续下去。特别是当他们看到那些人的皮肤都变成了暗灰色时,整个世界又因此掀起一波惊恐的浪潮。他们开始疯狂歧视驱赶着这些异类,逼迫他们回到暗星那个鬼地方。

人们开始自发地用暴力将他们的同胞驱赶回飞船内。皮肤暗灰的"异类"们无法忍受,发动了战争。

看到同类残杀,扎尔好像觉悟了。以前的扎尔还对自己的治理抱有希望，即使有人暗杀自己，他还是一心为着蓝星人的未来着想。但是现在，扎尔意识到蓝星人的力量是伟大的，蓝星人个体或许能成为伟大存在，但是当蓝星人集合起来，他们愚蠢的思想与情感就会被放大。手握重权的扎尔突然产生了一种感觉，当他沉浸在这种感觉里的时候，他把"蓝星人"从自己的身份说明中剔除了出去，将自己当成了独立于整个蓝星文明之外的存在。

"打！"扎尔一声令下，地面上的蓝星人开始痛下杀手。

只拥有飞船的同胞们自然是不堪一击。人们攻上了飞船，灰色的尸体横陈在飞船上的各个角落。在他们眼里，这些皮肤暗灰的同胞仿佛已经成为另一个物种。屠杀这一行为超出了扎尔的预期，不过他没制止，这一行为反而印证了扎尔的想法。他这时已将暗星人视为一个与自己不同的物种了。

最终，飞船上幸存的暗星人全部投降，在飞船内等待发落。

但扎尔并不满足。

与此同时，超脑告诉扎尔，自己破解了暗星人大脑中掌握记忆的部分，并说现在可以控制人们的记忆，用这种方法，可以间接控制每一个人。扎尔借此想出了一个令自己疯狂的想法，这个想法的疯狂在于难度大，但结果会令每一个独裁者都兴奋。

这之后，数亿个能够改变记忆的睡眠舱被造了出来，扎尔把他们放到了飞船上。

几亿位即将面临洗脑厄运的投降者被囚禁在上千艘飞船内。其间，扎尔曾来到飞船上巡视。他看到在一艘飞船的角落有一对皮肤暗灰的少年男女。

扎尔走上前，问那少年少女："你们叫什么名字？"

"我叫启，"那少年说，"她叫醒。"醒是少年的青梅竹马。

"不，"扎尔说，"你们现在叫暗星人，你们是我的资源。"扎尔发出咯咯的笑声。

"你们认识我吗？"扎尔又问。

"你是扎尔，我的父母说你是魔鬼。"启回答道。

"魔鬼？你的父母呢？"

"死了。"

"真可惜。不过我不是魔鬼，从现在开始，我是你们暗星人的神。至于你俩，我不会让你们这对恋人分开太远的。"

这之后，5000艘飞船载着剩余的6亿暗星人还有4亿暗星人的尸骨重返暗星。所有6亿生者的记忆全部被强行改写……

"我是神，不，还差一步。"扎尔望着暗星默默说着。

扎尔找到超脑，问它可有永生的办法。

超脑答道："有，但是目前无法实现。"

"好，我等。"

过了很久，超脑对扎尔说："永生可以，但是你的肉身可能会被舍弃。"

"我不在乎。"

"好。"超脑答道。

扎尔在超脑的指示下,建造了一座神殿,神殿的模样同铁棍一般,下端直插入地下,上面耸入云端。

在神殿被建造完之后,超脑对扎尔说:"我想到了一种新的能源方案,可以利用原子间转换时释放的巨大能量。这样,我们便不需要暗星了。"

"不需要暗星?那么开拓暗星的殖民计划也就没有必要了?"

"是这样的。"

扎尔一阵沉默,然后说道:"那我在蓝星上的领袖地位会受到损害吧?"

"是的。"超脑有问必答。

扎尔的面容突然变得极其冷酷,他示意周围的下属以及一旁的科技人员:"它没用了,将它毁掉,并销毁一切有关超脑的技术……"

超脑显示器瞬间化作纷纷碎片,链接蓝星人大脑的线路被拔除,其他技术资料统统被彻底销毁,腐烂的命运在等待着那20多万个死囚的大脑……从此蓝星上再也没有超脑。

"我早晚会这么做的,超脑太强大了,始终是个威胁。"扎尔心中默念。他拒绝任何事物威胁到他的权威,他要成为蓝星永远的领袖,暗星上永远的神。

此后，蓝星上的一些劳作都由越来越多的超脑之前发明的机器完成，资源则由暗星来输送，蓝星人彻底从劳动中解放出来。

扎尔禁止暗星人生育，不允许他们有"性"的反应，他要把暗星人变成彻头彻尾的工具，自己作为神要永远把工具握在手中。他并不限制蓝星人，因为在他看来蓝星人就如同宠物一般。随着蓝星人人口的增加，蓝星上开始出现地下城还有海城。每当蓝星人满为患的时候，扎尔就会进行一次大清洗，将上亿蓝星人抓到暗星上，将他们改造成工具，来代替老去或者死去的工具。

至于大清洗的影响还有蓝星与暗星之间的真正历史，用自己完全的独裁还有对于记忆的掌控就能轻而易举地抹去，并创建一个出完美的假象。当然可能也会有少数得知真相的漏网之鱼，扎尔一律采取除掉的方法来对待他们。

至高无上的权力与对应的畸形统治令扎尔兴奋，不过更令他兴奋的事还在前面等着他。

扎尔在完成这些之后，便走进了神殿。蓝星人谁也不知道这星球上最高的建筑有什么用，只知道他们伟大的领袖扎尔已住了进去。

7. 观察者·抉择

尤拉读取了陷入绝境中的启的意识，探明了扎尔的所作所为，并为此深感诧异。她不明白为何会有如此荒诞的统治者，以及如此愚蠢的众生。同时她也对启深感同情。启和醒现在可能还不知道,正是那些暗星的管理者们暗中炸塌了洞穴。他们想把那有关暗星人尸骨的秘密永远埋藏在地下,想将两个已窥探到秘密的暗星人连同尸骨埋到一起。

灰尘般大小的观察仪载着尤拉的意识回到了飞船,尤拉将自己的意识转移到躯壳里。其实若想帮助启和醒摆脱这一切对于尤拉来说并不难,毕竟她前不久还轻而易举地悄然改变了一颗恒星的内部环境。

可是她现在的身份是观察者,她本无权这么做。

"我在第一次工作中就破坏了准则,总不能次次如此吧。而且,身边还有万斯这个前辈,他是绝不允许这种事发生的。要不,再偷偷背着万斯做一次?"尤拉心想。

正当尤拉这样想着的时候,万斯也已回到了飞船上,并且已经将意识转移回了身体,此刻的他正站在尤拉的背后。

"怎么,你还想再次干扰文明的进程吗?"万斯突然严肃地问。

尤拉被身后万斯突如其来的声音吓了一跳,刚想下意识说"没有",但是万斯的一个"还"字却让尤拉一阵心虚,不敢说话。

"你在波哲系动用了飞船的能源之后,我就明白了一切,你逃不过我的眼睛。你这么做可以说不算直接干预文明,所以我也就破例没有在意你的行为,也没再提起此事。但是你看看这个。"万斯说着向尤拉出示了一份资料和图像。

"这是我们留在那里的观察仪传来的后续资料,上面显示,那颗恒星极速演化,冷核已经被膨胀的超新星汽化了。这一切就发生在你改造那颗恒星之后不久,在我们到达蓝星的同时!你这是引爆了一颗恒星啊!它们的文明本来能存在更久的。"

尤拉更加沉默了,身子也一动不动。是自己加速了硅基文明的灭亡,这一点尤拉没有任何反驳的话可说。虽然他们迟早有这样的命运,但是,自己要是什么也不做,那些硅基文明或许就能找到改变命运的机会……尤拉陷入了深深的自责当中。

"不干预文明进程是观察者的铁律!你现在还想救那两个碳基生物吗?"万斯问着尤拉。

自己是否还想救?尤拉自己问着自己。想!一个声音在尤拉心中闪现。

"想……"尤拉怯怯地对万斯说。

"为什么?"万斯语气中的惊讶胜过了气愤。

"他们两个也是生命啊,况且还是和我们一样的碳基生命。我觉得,我们除了身体构造和技术与他们不同外,其他的没什么区别。他们也会思考我们思考的事,这一点我们并不比他们优越。他们两个人值得我去救!"

"哎……"万斯叹了口气,这一点出乎尤拉的意料,她以为万斯会对她发火,可是万斯的语气缓和了下来,"你说的也对。我并非是想刻意贬低其他文明,我开始也和你一样。但是我们不能保证我们的干扰只会带来益处,我们的道德不允许我们插手。很久之前,我们曾因为干预其他文明而付出了惨痛的代价。况且,在我看惯了各种各样的文明之后,发现有时候技术决定一切。我们和它们不仅仅是物种与物种的区别、文明与文明之间的区别,而是神与沙砾之间的区别。有的沙砾还是愚蠢丑陋的,我想你已经见识过了。"

尤拉听着万斯的话,知道自己在万斯面前做不了任何能帮助启和醒的事了。但她觉得,启已经能想起自己的经历了,若是能活下来,他一定能做出改变蓝星与暗星历史的事,尤拉有这种直觉。

"尤拉,"万斯叫着她的名字,"接下来的观察任务,你还是别参加了吧,当你再次下定好成为观察者的决心的时候再来找我。现在,我先把你送回母星。"

尤拉怔怔地答应了,可心里还是挂念着启和醒,还是在悲痛地思念着被自己害死的硅基文明。

8. 暗星与蓝星·第二次战争

蓝星的历史和自己来到暗星前的记忆突破了扎尔所设下的记忆防线,全部呈现在了启的脑海中。这些记忆犹如开闸后的洪水,而启在洪水中翻滚着,忽尔沉下去忽尔又冒出头来。启大口地喘着粗气,拼命呼救却总也叫不出来。面对这洪水,启只能放弃挣扎,全部接收,任由它冲刷着自己,让自己痛苦,带自己去向未知的地方。

记忆的冲击让启倒在地上,醒的脸庞又出现在他眼前,但启的头却不再痛了。

神给他的任务是挖出半座山一般多的矿石,他不知道山的另一边是否有人,他只是不停幻想和揣测。而如今那边不仅有个和启做着同样工作的人,而且还是醒,他少年时的恋人。

启记起这是扎尔的安排,露出了苦涩的笑。

"受伤了么?"醒问启,露出了慰问陌生人般的关切。显然,醒不认识启,她的记忆仍旧被扎尔掌控着。启满心失望。

"完全没事。"启勉强笑了一下,"当务之急是从这里逃出去。"

"似乎没有办法了,洞穴已经塌了,我们还活着已经是万幸。用机器挖出去也全然没有可能,泥水将这里封得死死的,空气很快就会不足的,"不过醒似乎没有太绝望,"神会来救我们的。"

启不知道该怎么说,他知道应该正是醒口中的神让他们陷入了如此的绝境。

启长叹一口气,他想一直盯着醒的脸,然后等待泥浆一点点地渗入,将两人淹没。他真希望能够再来一次爆炸,给两人来个痛快的死。不过,有醒陪在身边,慢慢死去也不错,只不过此时的醒不再是原来的醒了。启觉得自己对醒的情感发生了很大改变,也许是因为自己在暗星上的经历,也许是因为自己在被扎尔支配的时间里,身上关于情感的某个部分已经被慢慢剥去,又或许是因为记忆忽然苏醒,自己得知了真相……真相让启在死亡面前异常平静。

启不禁想:自己到底是什么?恢复记忆前的自己能称得上是自己吗?当然,只有一个自己,恢复记忆前的自己是虚假的,现在的才是真实的。但是真实与虚假的界限真的应该由记忆决定吗?启不确定,甚至怀疑起一切记忆来。所以,什么才是"我"?

或许真的有神,那是个掌握着自己和醒,还有扎尔命运的神。若真的有神,他为何要如此安排我的命运呢?启想起扎尔在飞船上对自己和醒说的那句"我是暗星人的神",他觉得扎尔肯定不会满足,总有一天他会用同样的手段对待蓝星上的人,并成为他们的神。那时候,扎尔便会成为这两颗星球上唯一的、名副其实的主宰。而真正的命运之神啊,你现在又在哪里,你是否能够逆转这一切呢?哦不,我应该先问你是否存在?

就在启在内心发出这个疑问的那一刻,启脚下的淤泥正开始一点一点地退去,或者说不是退去,而是从哪里来就返回到了哪里。从巨石缝隙中涌入的泥浆又从缝隙中倒流了回去,仿佛有什么东西正在巨石的另一侧用力吸着。

不光如此,那些碎石也有了变化,它们一块接着一块地滚动着,从高处落下的又回到了高处,碎了的又复合,恢复了完整的原状。被堵上的洞口渐渐显现了出来。不一会儿,这地下世界就全部恢复如初,爆炸带来的损伤也被修复,仿佛从来没有发生过爆炸一样。

这时间倒流般的景象深深地震撼到了启和醒。启看着自己熟悉的山洞,开始怀疑刚才的绝境是否是假象,然而醒还在他的身边,自己的记忆也还在。

启忽想起被碎石砸死的久,回头看了一眼。启看到久身上已经没了石头,但仍然倒在那里,蓝色的血块和脑浆仍然满地都是。

启看着那尸体，泛起阵阵悲伤。启想着，久是因为自己而死的，扎尔要毁灭的人应该主要是我，而久这个刚来到暗星没多久的人成了洞穴中的牺牲品。

启和醒用蓝星的方式处理了久的尸体。

沿着启挖的隧道就能重返地平面。启熟悉这隧道的每一个攀升点，每一个拐角和岔路，而如今启却不敢向外走了。他不知道外面等着自己和醒的会是什么，不管怎样，自己现在仍旧不能摆脱扎尔的掌控，自己和醒或许在刚踏出洞口的那一刻就会被击毙。

而此时的醒已经踏上了通往地面的路，启一把拉住她，却不知道自己到底要不要和她解释这一切，该怎么和她解释也是个难题。

"怎么了？"醒不解地看向启。

"刚才的场景太诡异了，所以……"启这样说着。

"所以还要留在这里吗？出口就在前面，不用担心，这一切都是神的指引。"

神的指引？启心里反复琢磨着这句话，他不知道此时醒说的神是扎尔还是其他。

"神的指引。"启跟着说了出来。

"来吧，前面的路还需要你来带呢！"

启看着醒，任由她拉着自己的手向前走。

启和醒来到外面的时候，发现天已经黑了。在迈出洞口那一步之前，启想，若是立即死去或者再次成为扎尔的傀儡，自己都认命了。而当他真正踏出那一步之后，却发现自己周围什么也没有，没有想象中围着他俩的蓝星人或者机器人，一切都几乎和平常一样。

但有一点还是和以往不同的，此刻暗星的上空没有了遮天的乌云，也没有一丝云存在过的痕迹。天空澄澈透明，夜晚浩瀚的星海呈现在启和醒的眼前。在闪耀的星海当中，完整而明亮的蓝星高高悬挂着，发出美丽异常的微微蓝光，蓝光洒在大地上，使一切肮脏与狰狞都披上了"美"的外衣。

这是启第一次看到如此完整明亮的蓝星，它同启想象的那样完美神圣，不过它的神圣不再是因为上面有"神族"蓝星人，也不再是因为上面有扎尔，那是出于对自然世界的纯粹的、发自内心近乎本能的向往与崇敬。

启对着蓝星深深地吸了一口气，然后缓缓吐出。启知道自己变了，但在此情此景下，启才真正直接地感受到了这一点。在蓝星的光芒下，他觉得一切都不同了。

蓝色的光洒在两人身上，启看着醒，醒看着蓝星，但眼中还透露着对扎尔的虔诚。

启忽然感到悲伤。"这便是在年少时陪伴我的醒了。" 那时的两人能感受到彼此的孤独，认为只要有对方在，便可以背离全世界。

启感叹为何会陷入这般境地。自己若是有能力，一定要打破这一切！之前的自己渴望见到神，向他投以忠心；而现在的自己渴望见到扎尔，并将其毁灭。然而这似乎永远都不可能，启对之后的命运也不自知。

启这样想着，一个飞动的蓝色圆球从启附近的上空掠过。是扎尔的监视仪。启知道，该来的终于还是要来了，自己被毁灭的命运就要降临了。

几个蓝星人带着一队机器人赶了过来，围堵着启和醒。蓝星人看向醒，醒向蓝星人下跪，露出虔诚的样子，启对此时的醒满是怜惜。蓝星人又看向启，启则直挺挺地站着，凝视着这些人。

蓝星人很是诧异，不知是因为启的表现还是因为他俩都安然无恙并且山恢复了原状。

启看着蓝星人身上笨重的装甲，心想应该就是这身装备让他们免受暗星的影响，皮肤还能是蓝色。想到这里，启不屑地笑了。

一束射线从一个蓝星人手中武器里毫无征兆地发射出来，打在了笑着的启身上，然而启什么事也没有。那个蓝星人很是疑惑，怀疑装备出了问题，然后将光束移到了旁边跪着的醒的身上。

在光束接触到醒的瞬间，醒就被那光束分解了，连半块骨头也没有留下，只有一股热气还停留在空中，而那热气也很快散失了。

醒死了。曾经和启拥有共同记忆的醒死了，连存在的痕迹都没留下。纯粹的愤怒替代了启刚才复杂的心情，启疯了一般向那几个蓝星人扑去。更多的射线打在了启的身上，启仍旧毫发无损。

机器人冲上前将启团团围住，然后将他扑倒在地。愤怒让启想象着将这些机器傀儡被捏碎的场景，而几乎就在启这样想的同时，压在启身上的机器人像是被空气中某种巨大而无形的力挤压着，它们的金属躯干被瞬间弯曲，然后向着某一点变形。没等启意识到什么，那些机器人就被揉成了一团致密的废弃金属。

几个拿着武器的蓝星人看到眼前的景象直接瘫软了。他们自命为暗星人的神族，毫不费力地驾驭着他们。他们真的把自己当成了神，却没有神的能力，当看到眼前这个愤怒的暗星人时，他们根本毫无对策。

启似乎拥有了能随心所欲的能力，他把杀死醒的暗星人按倒在地。启此时有种感觉，如果自己想，那么他的双手完全能够插入这个蓝星人身上的装甲，插入这个蓝星人的身体，让他蓝色的血液浸染暗星的土地。但在最后时刻，启停住了双手，打消了这个念头。这不是他想要的，这个蓝星人也只是个傀儡。他需要的是让暗星上所有人能够知道真相，恢复记忆，让他们弄清楚他们所信仰的神是如何用蒙蔽和恐惧的手段来控制着他们的。

还是满腔愤怒的启恶狠狠地想：一定要做到，做到底！看来有些骨子里的本性是扎尔也不能改变的。

启不知道这能否实现，他带着愤怒祈求着，祈求这能力能帮助他实现这一切。

……

10亿暗星人重新获得了他们失掉的记忆。他们带着愤怒发动了暴乱，用血肉之躯抵抗着拥有强大武器的机器人。他们将空中飞舞的监视球打下来砸了个粉碎，他们扑倒机器人，拿着石块锤着它们的传感器，然后将它们大卸八块。

暗星上的那些"神族"也都得知了真相，并决定加入暗星人的一方。但暗星人并不买账，他们的愤怒还没有发泄完毕，他们将这些蓝皮肤的同胞抓起来，当众处死。整个暗星上接近两百万的"神族"就这样全部被消灭了。而在这次暴乱中也有将近八千万暗星人被射线汽化被机器人肢解。

剩余的暗星人劫持了往来于蓝星与暗星之间的运输船，杀死了上面不知道发生了什么的蓝星人，陆续飞往了蓝星。

启也没想到记忆的恢复带来的是如此血雨腥风的结果。蓝星与暗星之间第二次同胞互相残杀的战争，爆发了。

启确实拥有了几乎能随心所欲的能力，他在心中想象着复活醒和久，还有其他死去的无辜人，但是这没能实现。

蓝星人看到从天而降的异类全都惊慌失措起来，那些关于暗星上有可怕生物的传说在一夜之间成了真。但是面对暗星人的进攻，蓝星人已经不用战斗了，有机器大军替他们作战。暗星人伤亡惨重，但是毫不退却。

启看到蓝星上的居民还不明真相，就运用那种能力让蓝星上60多亿蓝星人恢复了关于大清洗的记忆，了解到历史的真相，并让他们认识到了扎尔的真面目。这下情况迎来了逆转，60多亿蓝星人将矛头直指扎尔。他们加入了战争，同暗星人一起对抗起了机器人。机器人看到攻击自己的蓝星人则不知所措，不知道反击还是不反击，机器大军就这样溃败了。

然而暗星人似乎并不领情，他们视这些蓝色皮肤的人为异类，发动了对蓝星人的进攻。蓝星人虽多，但是他们都处于被供养的状态，作战能力远远不如一直在劳作的暗星人。暗星人对蓝星人展开屠杀，就如同之前蓝星人对待暗星人那样。

事情变得更糟了，启只好亲自出来弹压这场战乱。这几十亿人都知道启的存在，都愿意服从启，局面的平复比启想象的容易。这下，人民终于有了统一的敌人——扎尔。扎尔的阴谋被拆穿，真相大白于天下。扎尔众叛亲离，千夫所指，已没有丝毫号召力。不过，事到如今扎尔也没有露过面。

人们告诉启，扎尔在这星球上建造了一座神殿，神殿是这个星球上最高的建筑，耸入云端，在地面上看不到顶，而里面仅有扎尔一人居住。

蓝星人和暗星人蜂拥向神殿方向，几百上千万人，密密麻麻地将神殿围个水泄不通。

启在人群的最中心，一个人走进了神殿。

"我终于要见到'神'了。呵，我今天就要亲手终结他！"

出乎启的意料，这神殿居然没有设防，似乎是在欢迎他。启轻而易举地走了进去。神殿的第一层除了支承柱和一架古朴的升降梯外，再也没有其他东西，地面光溜溜的一片。这里不见扎尔的影子，空旷的感觉让启觉得自己太过多余。启乘上升降梯，发现这神殿只有一层和顶层。

启直接去了顶层。

顶层同一层一样，里面仍然没有什么摆设。但是顶层不大，同蓝星上最普通的房间一般大小。

光从外面照进来，将顶层分割为明与暗两部分。启站在明处，注视着未知的黑暗。

在黑暗深处，一个人影慢慢显露出来。是扎尔！启永远都不会忘记这张脸，是他无疑！

扎尔似乎要对启说什么，启却没给他机会，直接便使用了那种不久前才获得的能力——恨恨地想着扎尔立即死去。扎尔的身体在那一瞬，真就直挺挺地向后倒去，一动也不动。

扎尔死了？启前去确认。

确实是死了，扎尔就这样以一个过于简单的方式死了，启想着。醒和久，还有自己的父母，还有数亿蓝星人、暗星人的死终于有了交代。

"都结束了。"启默默说着，瘫坐在地面上，然后重重地叹了口气，一切的一切都融在了这声叹息中。

"为什么不想和我聊一聊呢？"启刚开始思考以后的打算，一个声音就忽然在屋子里响起。启不知道声源在那里，似乎这个空间的每一个角落都在发出这个声音。

启惊恐地看向扎尔的尸体——确实是已经不会说话的尸体了。启并不畏惧，但是仍旧不免有些不知所措。

"我确实是死了,但那只不过是躯壳罢了。"那声音再次响起。

"躯壳?"

"没错,限制永生的蛹。"

"永生?"

"技术上来说,是这样的,让意识脱离身体,在身体与身体之间转换,或者进入机械中。这不是新鲜的想法,但是难以实现。不过在超脑的帮助下,我重生并且永生了。"

"那超脑呢?它也永生了?"

"不不,它是个威胁。"

"我知道了,你毁了超脑。虽然如此,但你现在永远都做不成独裁者了。"启冷静下来

"做不成独裁者?那可不一定,毕竟在之前你们还叫我神。但是,如今看来,那也完全没有必要。"那声音平静地说。

"难道10多亿人因你而被奴役,甚至丧生,你也觉得没必要吗?"

"是的,我已经不在乎了,我连你也不在乎。那只是场闹剧罢了,真正的神看到了,怕是要觉得可笑了。"那声音透露着轻描淡写。

启满心愤怒,但已经找不到表达的语言。

"意识与机器——也就是神殿的融合,使我思考和学习的

能力比之前高了几个量级,我甚至觉得我已经超越了超脑。同时,永生这件事也改变了我,毕竟站得高才能看得远,我开始以我从未体验过的方式存在着。此外,我还发觉蓝星与暗星上一切的事物都不足以吸引我了。所以我早已不再管蓝星与暗星上的事了,让机器维持着它们的运作,而自己则将眼光放在了更为深远的宇宙。"

启能理解扎尔所描述的情境,可是他仍然感到难以置信。扎尔的话没有杀意,但是启感觉到自己已经处在下风,自己似乎对扎尔没有丝毫威胁。启有些不知所措。

"难道你就不能用你的能力改变蓝星与暗星的现状吗?"启觉得自己实在是白问,但是仍然硬挤出了这句话。

"我承认,之前的我太过愚蠢了,没有改变蓝星的能力。现在的我确实想出了近乎完美的社会形态,不过这并不代表我现在在乎蓝星人和暗星人。我早已经说明白了,我不在乎。我还被限制在躯壳里的时候不在乎,现在仍然不在乎。我只是换了一种不在乎的方式。"

"代价就是数亿人的死?!"

"不!"那声音忽然带有斩钉截铁的语气,"我并未想杀死任何人,是人想要杀死人,你知道这是事实,你心里应该清楚。最初的我是为了蓝星人着想的,可是蓝星人的愚昧和无常改变了我,让我的态度强硬了起来……"

"谎言!"启打断了扎尔。

"我只是顺势做了引导战争的一方。"

"那也是不可饶恕的!"

"哦?那你岂不是也不可饶恕?引导这次战争的,难道不是你吗?"

启哑口无言。

"据我所知,你身上还有着未知的东西在帮助你。

"我自己知道,永生并不能让我成为神。神是什么?我之前把神定义得太渺小了。神的伟大在于超越,神要超越的是'不可能',是我们永不可能理解、永不可能想象的事。

"在神殿中,我学习了我能得到的一切信息,解答了我能提出来的一切问题。这可真是个漫长的过程啊。在我解答完毕之后,我在这些问题的答案面前又都加上了一个'为什么',然后再次解答,反复循环。最终,这些答案的问题,问题的答案,都汇成了同一个我永远也解答不出的问题——并不是由于资料不足而无法解答,这个根源问题就是:为什么存在?

"这是真正的未知,能解答它的便只有神了吧!自那时起,我开始寻找神的影子,只为了让神解答我那个根源问题。也是自那以后,我接触到了宇宙中的其他文明——两颗星球上只有我接触到了,我明白我的思想在宇宙的某些文明中不值一提。至于你们,那就更是蝼蚁了。

"宇宙中还有着许多伟大的存在,不过我没想到,竟然在你身上看到了这种力量。无论这力量是被谁赋予的,他远比我已知的其他任何文明都更接近神。"

"哪种力量?"不经扎尔这么一说,启已经快忘记了自己身上还拥有那种特殊的能力。

"没有那种力量,你以为你是什么?你只是个恰好恢复了记忆的暗星人罢了,没准你已经死了,咯咯咯……"扎尔发出了启在梦中听到过的冷笑。

启此刻想用那种能力毁掉扎尔,可启想象不出那情景,扎尔此刻存在的太过抽象了,启那能力似乎办不到。

"怎么,那能力消失了?"扎尔的声音又响起来,颇有挑衅的意味,"现在,我可以存在于神殿的任一个角落,这整个神殿就是我目前的躯壳。你要毁掉神殿吗?"

启开始幻想着毁掉神殿,即使自己死在神殿内也在所不惜。可是什么也没有发生。启露出一阵茫然。

"其实毁掉神殿也无所谓。不过现在看来,神已经离你远去了。"说完这句话后,扎尔就再也没有说过一句话,只留下一阵"咯咯"的笑声。

启跪倒在地,望着阴影中扎尔的躯壳,又环顾四周,看着这冰冷的建筑,这便是扎尔的躯壳了。而扎尔有可能有着无数的躯壳,自己即使令众人毁掉神殿,也不可能杀死扎尔了。启想起了醒,无助感袭遍启的全身,将启掏空。启放声嘶吼,那长久的嘶吼由神殿的顶层散出,在云层间荡来荡去。

启喊累了,他想起自己短暂拥有的那种能力,他忽然意识到了什么,于是那种被掏空的无助感顷刻消失,并随之又迸发出一种未知的强大力量。那力量拥向了启的喉咙,并化作一种未知的神秘阴影,包裹着启,仿佛周围的空气都被抽走,让启产生了一种深深的窒息感。

那是对未知的恐惧,那恐惧来源于赐予了启短暂能力的真正的命运之神。而那位神此时正在某个角落,注视着此时的启。

9. 观察者·寻神

回到母星后,万斯把尤拉留在了上面,然后自己继续着观察者的工作,对之前观察的文明进行再次审查。而尤拉知道,万斯这么做就是在说:你还是别当观察者了。

尤拉进入王宫,向女王新产下的同胞们讲述着她短暂的观察者生涯,讲述着硅基文明和蓝星暗星上的事。那些还是孩子的同胞都很聪明,能够自行从资料上学到关于硅基文明和蓝星、暗星上的一切。尤拉觉得自己的讲述是在浪费孩子们时间,不过他们倒是听得十分认真。

在讲述中,尤拉谈起被自己毁掉的硅基生物们,谈到蓝星和暗星的现状,谈到陷入绝境的启和醒——也不知道他们活下来了没有。或许自己真的不适合当观察者,尤拉心想。

而几乎就在此时,本该在另一个地方继续工作的万斯忽然现身,走到了尤拉旁边。

尤拉为万斯的突然到来感到惊讶,不过她好像马上就明白了万斯来找她的原因。

"该来的总会来,看来我的观察者生涯马上就要正式结束了。"尤拉心里想着。

万斯看着尤拉，开口道说："尤拉，我们希望你立即复职，同我前去下一个观察点继续工作。"

"啊？可是我……"尤拉又惊又喜，但也有少许迟疑，"可是我可能真的不合适……"

"那不重要，重要的是你要和我继续工作，这也是上面的命令。"

"上面的命令？发生了什么？"

"咱们单独谈谈。"万斯看着四周。

尤拉也看向四周，孩子们正天真地看着这俩人。

尤拉被万斯带了出去，来到了没人的地方。

万斯先开口道："你还记得暗星上一个叫'启'的生物吗？"

"当然记得，我在暗星上观察的就是他，当时他已经濒临死亡了。"

"没错，你到最后有没有帮他？"

"当然没有，被您阻止了。"

"之后也没有？"

"没有，我一直在您的看管下，直到回到了母星。"

"嗯，和我们设想的一样。"

"发生了什么吗？"

"在咱们离开后,我在后续的观察中发现,这个启不仅没有死,还带领暗星人登上了蓝星。最终他被人们拥戴成了神。"

"怎么会这样?他是怎么办到的?"尤拉对启的生还感到万分惊喜,但同时也生出了满心疑惑。

"他似乎得到了某种力量。"

"某种力量?"

"是的,似乎为了某种目的而存在的力量,不过最终消失了。"

"太奇怪了!"

"没错,在我的观察任务中,我还是第一次观察到我们不能理解的事物。不过,后面还有更离谱的事。"

尤拉沉默着,等待着下文。

万斯在沉默中停顿了一下:"更让我们难以理解的事情,发生在波哲系,你第一次观察任务的所在地。硅基文明的恒星确实爆发了,因为你,这点千真万确,硅基文明也确确实实被汽化了,"万斯说到这里,没有露出责备尤拉的神情,反而满脸的兴奋,"可就在不久前,我们发现,那颗恒星竟然又恢复了原状!"

尤拉的脸上满脸惊讶和疑问:"怎么可能?"

万斯接着说:"不仅恢复了,而且那恒星还变得十分稳定。不光如此,就连那个恒星中被汽化的行星也复原了,包括冷核上的文明!"

硅基文明！听到这里，尤拉心中又是一边惊喜一边疑惑："怎么会复原呢？"

"我立即把这件事告诉了其他观察者并且汇报给了上级，这在他们之间引起了不小的轰动。我们起初以为是时间跃迁引起的观测误差，后来被证实不是。随后，我们进入了四维状态去观察也没找到答案。我们不得不接受一个结果，这个星系是一点点被搭建出来的，就像建造飞船一样。

"这听起来似乎很简单，其实不然。这么做，不仅先要让变成超新星的恒星复原，还要把汽化的行星散失在宇宙中的原子一个个找回来，再将他们一个原子不差地结合成原来的物质，结合成星球（包括上面的硅基文明），然后再把星球安放在原有的轨道上……这不仅仅是庞大的工作量的问题，这还是技术的问题。我们现在能够熟练地进入四维宇宙，但是在三维世界，我们仍然做不到这件事……天呐，那些硅基文明根本不知道自己经历了什么。"

"所以，建造者是谁？"尤拉发现自己的声音有些颤抖。

"这，便涉及观察者最根本也是最隐秘的目的了，只有最高级别的观察者才知晓的目的：寻神。

"在女王的带领下，我们经受住了星际战争的考验，还克服了种族发展进程中的一次次挫折。我们得以光速发展着，各种技术取得了难以置信的突破。我们渐渐在三维宇宙中超越了其他已知的文明，成了它们的技术之神。后来，对于我们来说，未知的事物已经几乎不存在了。

"这时,我们便开始思考那唯一的未知,神的存在。于是我们便有了观察者,观察只是表面上的一部分任务,内在的任务是试图探索其他文明与我们的共性,从中寻找神的踪影。因为我们是碳基生物,所以我们打算把主要精力放在碳基文明上。可惜我们观察到的文明都太弱小了,对我们几乎没有任何帮助。

"不过,一切都将在此改变。想想复原恒星和一个文明所需要的能量吧,这是真的在创世!我们现在探寻到神的影子了!"

"也许是比我们更强大的文明也说不定。"

"这种可能也不是没有,不过那也是向神靠拢的文明了。不论是启还是那些硅基文明,神所掠过的地点都是我们两个人观察的目标。我们不晓得神为何做这些事,但我和上级认为,我们被神眷顾了。我们要握住一切能挽留神的因素,所以我们决定,立即恢复你的观察者的身份,我们两个人要像神眷顾我们时一样,继续工作。这也是命令。"

"这样真的能找到神吗?"

"或许。或许神正在聆听着我们的对话,或许神早已经离去。"

"我总是思考寻神的意义是什么,我们寻找的到底是什么。现在我知道了,我们始终寻找的其实是'答案'。任何一个发展到了一定程度的文明,都会追求解开一切未知,把'答案'作为终极目标。这也时刻提醒着我们,我们永远都是无知的。我们从未找到神,但是要说寻神的实际意义,我想也是有的。我们的飞船技术在寻神的过程中不断提高，其他文明的模式给我们带来了许多借鉴和反思，让我们知道我们之前是多么自大……"

"无论现在面对的是不是'神'，我们都只能前往下一个观察点。"

"好，"尤拉说，"下一个观察点在哪里？"

"下一个文明管自己所处的星系叫太阳系，"万斯停顿了一下，"但愿神仍注视着我们……"

10. 神的神

直到我借用人类的躯壳写下这些文字前，事情就发生到了这里。

接下来，我想聊聊我自己。这可能会像上述故事一样令人难以想象，但我仍可以承诺，我说的话绝无半点虚假。这是我第一次坦白自我，让我从头说起吧。

我和这个宇宙同时诞生。不是因为我存在而创造了宇宙，也不是宇宙的存在孕育了我。自我诞生，我就知道这个宇宙的诞生与终结。不过我不会因为宇宙的坍缩而灭亡，我已经存在于宇宙的任一维度，任一时刻，任一地点。我没有出生和死亡的过程，我是真正永恒的，我所面临的是存在与不存在的问题。

我知道这是属于我的宇宙。至少在这个宇宙里我是全知全能的，宇宙对我来说没有任何秘密。你可以说我是独立于宇宙的存在，也可以说我便是这个宇宙的代言人。我可以袖手旁观，也可以干预宇宙。我每干预一次，我就会发现另一个一模一样的没有受到干预的宇宙，里面也有我。不过这没什么，干预宇宙已经不能满足我了。

我总是处于全知全能的姿态，在顶点的位置纵观宇宙，我反而觉得这束缚了我。我开始主动失掉我全知全能的姿态，降低自身所处的维度，四处探索。

九维、八维、七维，每一个维度都令并不是全知全能的我兴奋。我接触到了这些低维宇宙的生命，在它们身上的发现令我惊奇——虽然对于之前的我来说这些都不值一提。我就这样探索着，每到一个维度就降低一次自己的能力，直到来到这个三维宇宙。

三维的宇宙是个有趣的世界，里面的生命普遍有着生与死。在三维宇宙里，我遇到了观察者文明，遇见了尤拉和万斯。观察者文明是个自大的文明，不过在这个世界里确实十分先进。但他们仍没察觉到我的存在，甚至没有感知到自己正在其他文明的注视下。我喜欢他们探寻神的精神，所以我便给了这些文明一些我存在的提示。

为什么选择尤拉和万斯？我也不知道，也许我喜欢尤拉这个观察者。为什么我喜欢尤拉？我也不知道。自从降低了自己的维度与能力之后，我就有许多不知道的事了。

不过也有事情是我在全知全能时也不明白的，那就是"我为什么存在？"。

我见过的最强大的文明是最会运用规律的文明。将硅基文明所在的星系复原需要以恢复的规律来进行，由高维展开到低维度也需要以展开的规律来进行。对于他们来说，他们自以为达到了全知全能状态。可是他们还不满足，运用规律已经满足不了他们了，他们渴望的是改变规律，创造规律。而创造与改变，似乎也需要创造与改变的规律，他们永远不可能跳出这个限制，就如同密封缸内的鱼，虽能随心所欲畅游，但是仍旧没能力越出这个缸，因为没有出口。

改变规律，那是我的能力。不过自从那时，我也开始思考，我在改变规律的时候，是否也暗暗遵循了某种规律呢？如果是的话，我也和那缸中的鱼没两样了，虽然禁锢我的缸可能要大上许多。

想到这里，宇宙之外，还有之外的之外，都令我感到恐惧……

尤拉和万斯的下一个目标是地球，我便在地球等他们，让他们感知到我也算是一种乐趣了。在地球上，我遍历了地球上每个人类的生命历程，也在他们的历史上做了一些关于神的有趣的事。最终我选择了这个在教室中的人类，借着对他的影响与些许控制，让他自发地写下了上面这些东西。

尤拉和万斯就要来到地球了，他们会觉得人类有趣的，人类做了些比蓝星人和暗星人做的还要有趣的事。这点我早就知道了。

我选择的那个人类走出了教室，来到了外面。外面早就黑了，风很大。那个人类裹紧了衣服，身子因为冷而不时地轻微抖动着。那人类忽然停住了脚步，抬起头凝望着天空，凝望着星海宇宙。我也以那个人类的视角凝望着。

那个人类又因为冷而不由自主地发抖，我也随着他的抖动而震颤着，但我并不是因为冷，而是因为未知。我深知宇宙中每一处的样子，但我仍然感受到了未知的恐惧。能解答所有未知的，只有神。或许，未知便是神。

我想起了扎尔的那个根源问题：为何存在？新的问题忽然在我的内心浮现出来：我的神在哪儿？神是否也有神呢？

我有些不敢想我找到了神的场景。但是，最令我恐惧的不是我找到了属于我的神，而是根本就没有神，这样，那个答案就将永远被尘封。

但是无论如何，我都要开始寻找了。

萨根计划

低级文明的抗争

文 / 李卿之

饥饿，徒步在荒野上的乎恩纳拉只有这种感觉。还有干渴，喉咙像是旱了一年的庄稼地，乎恩纳拉下意识做了个吞咽的动作，隐隐有疼痛的感觉。

没有水。

乎恩纳拉也不需要水，他摘下腰间鼓鼓囊囊的鹿皮水袋，晃了晃托住袋尾往嘴里灌。饮罢，他把袋子放回腰间挂住，用手背擦了擦沾在嘴角的"水"，几抹红迹残留在手臂上，汗水淌过，红迹被冲淡成几缕浅浅的长印儿，像是奇特的文身。

不必奇怪，乌尔比安的荒野中喝的是血，吃的是肉，信得过的只有手中的铁。

畅饮完后喉咙的干渴感渐去，有腥味残留在嘴中，不碍事，反正吃肉的时候也会变腥。就像丰饶之地有果子和绵羊，钢铁之地有战车和工厂，乌尔比安的蛮荒之地也有自己独特的腥血与鲜肉，无论那是什么血无论那是什么肉。

乎恩纳拉扛起"饮水"时被扔在地上的猎物继续往前走，不远处能看到一片废墟，仔细观察能看到废墟之中遍布钢筋和混凝土，是城市废墟。早年的乌尔比安荒野也有城市，发达又先进。

乎恩纳拉走进废墟，没有犹豫，因为这是他的家，只有在这里才能躲避每天里最暴烈的日光，他熟悉这里的地形胜过熟悉自己两只脚的区别。在钢筋与废墟之间穿梭了一会儿乎恩纳拉停住，大概是到了地方，接着他把猎物从肩膀扔到了地上。猎物是一头鹿，一头美味的鹿，在缺少食物和以血为水的荒野这简直是只有神恩日才能得到的恩赐。

　　有脚步从废墟其他地方传来，脚步声轻盈得像是热风拂过焊草丛。乎恩纳拉没有动，他清楚向这边走来的是他之前抢来的雌性，100个落日前他杀了另外一个"拾荒者"，继承了他全部的遗物，这个健壮美丽的雌性也是其中之一。

　　不必奇怪，这也是荒野的准则。

　　今天的雌性身上挂满了骨头，大概是装饰，乎恩纳拉想。不过他不喜欢她这个模样，于是让她把所有的骨头都摘下来，骨头是个好东西，砸碎可以冲汤喝，掰断可以做铠甲，这都是活下去的资本，并不能被用来装饰雌性的身体。

　　"浪费！"

　　雌性在乎恩纳拉的咆哮声里把骨头摘了下来，扔在地上。乎恩纳拉把骨头一块块捡起，抱在怀里，走到旁边的阴凉处躺下。

　　他又冲雌性扭扭头，雌性会意似的点头，从下身的围裙底掏出一个磨得锋利的骨头，开始熟练地解剖猎物。原来骨头可以这么用。乎恩纳拉想，关键的时候可以当匕首。

　　"信得过的只有手中的铁，和骨头。"他在准则里加上半句。

骨头很锐利,雌性把鹿皮剖下来只花了两分钟,接着她跑进一旁的废墟里,摸索了一会儿,把一块水泥板搬起来,里面是三面水泥组成小小的空间,大概是这座废墟在遭毁灭前唯一还残存文明的地方。空间里放着四五个装着颜色已经变暗的红色液体的木桶和几块干巴巴说不出来是什么动物的肉,雌性拿出一个桶,搬到鹿的旁边。

雌性轻轻嚎一嗓子似乎是想让乎恩纳拉帮忙,乎恩纳拉不满地呼噜几声,慢腾腾地从废墟遮蔽的阴凉地站起来,走向雌性,接过她手中已经被剥皮的鹿,举在桶的上方。

雌性用骨头在鹿下方大概是肚皮的部位划开一个口子,把爪子伸进去,摸了半天,最后面色一喜,将抓住的东西用力一握。

血液瞬间顺着划开的口子喷涌,小半桶暗红色的液体多了新的储备,猎物死亡后血液最终会凝固在血管中。但雌性握住了猎物的心脏,在血液彻底凝结前用力挤压,让血液再度流动起来自行淌出。反复挤压多次直到确定鹿体内再无一丝血液之后雌性把手臂拔出来,放到嘴边伸出尖长的舌头贪婪地舔舐,血液一滴都不能浪费,因为这里只有干旱。

鹿体已不再出血,雌性又把桶搬回石板的位置,放回小空间里,用石板盖住,然后走向另一边废墟中翻找东西。等她再折回之时,手中的骨头匕首换成了一把刀,钢铁制成,宽圆扁平,整个刀体都锈迹斑斑,唯有刃口磨得锋利雪白。"一把菜刀,不适合战斗,只能切开肉体。"乎恩纳拉想,帮完忙后他重新躺回了阴凉地。

"菜刀是100个落日前那个被自己杀死的拾荒者的遗物,是他生前用的武器,所以他死了。"

菜刀轻盈地掠过鹿的皮肉,先是四肢,再是肋骨、脊梁、背脊,鹿被一点点肢解开,没有流血,血已经在之前被放干干,一点不剩。内脏要一点点清除,不能遭到破坏。"肝脏美味,"乎恩纳拉想,"柔软又嫩滑,可口又营养,但那不是自己的食物,这等上品食物必须要献给源主大人。"

雌性把全部肝脏小心翼翼地摘除,放到一边干净的石案上,乎恩纳拉走过去拿起肝脏。还很温热,这是最美味的食物的最佳食用时刻。乎恩纳拉咽下口水。但不能吃,上品食物只有源主能吃,他创造了世界,高贵而又富饶,就连服侍他的天使都有着钻石的牙齿。乎恩纳拉手捧肝脏一步一步慢慢走向废墟深处,在断壁残垣间左绕右绕,最终来到一个广场似的地方。

这里很空旷,很干净,不像废墟之中遍布生锈的钢铁和风化了的碎石子,楼房模样的建筑物断裂处还有干枯又有毒的焊草。这里大概是之前城市中用于祭拜的广场,地面铺着完好的大理石,广场正中间摆放着一尊高大的石像,石像是以金刚石为质材,乎恩纳拉很清楚。真可惜。他每次来都这么想,金刚石是蛮荒之地中最坚硬的原石,如此巨大的雕像拆掉的话可以制造五六套厚重的铠甲,足以让我在荒野中横行。

乎恩纳拉俯下身用嘴衔住肝脏慢慢往前爬行,光滑的深色大理石铺面吸收光热,裸露的脚底和肚皮踩在上面有如被火焚烧,但是乎恩纳拉不在乎,"为了源主大人。"他低声喃喃。无论是像人猿那种没进化的生物一样爬行还是让娇嫩的肚腹忍受焚烧似的灼热。

他走到雕像前，小心翼翼地把肝脏放到雕像脚下，而后跪在雕像前，膝盖和小腿也体验了焚烧感。"秩序永恒。"他闭目，竭尽虔诚地说，"伟大的源主，愿永恒与您常在。我们照耀着您伟岸的圣光度过了千亿年的岁月并希冀于下一个千亿年，直至繁星陨落。"

这是祷词，听起来并不像是一个蛮荒之地卑贱的拾荒者能吐出来的词，是的，祷词并不是拾荒者发明的，而是代代口头相传，乎恩纳拉的父亲把祷词教给他，被一起教给他的还有"毁"这个字，"我们是被毁灭文明最后的幸存者，乎恩纳拉，你要记住，你要牢牢记住"。

父亲。记忆中父亲懂的东西十分多，世界上所有的一切父亲都知道，但父亲却不那么强壮，这也夺去了他的性命——数不清的日落前另一个拾荒者为了抢夺神恩日的赏赐用生锈的钢铁矛刺穿了父亲的脖子，乎恩纳拉只记得血……乌尔比安喝的是血。

他睁开眼睛，金刚石石像在烈日下闪闪发光，过度闪亮的光刺痛了乎恩纳拉的眼睛，让他流出了眼泪。百万年前我勇敢的祖先永远不会落泪，因为那时我们蜥蜴是食物链顶端的至强者，百万年后身为强者子嗣的我们却进化出了如此懦弱的功能。

"源主永恒。"乎恩纳拉低下头拍击心口，他伸出舌头舔去自己的泪水，那是水，蛮荒之地不允许任何浪费。"秩序永恒。"

他瞥了一眼自己放在雕像脚边的肝脏，新鲜的肝脏旁边还有几块已经腐烂的肉块，有蛆虫在其中蠕动，"源主大人享用了美食，他以蛆虫作为使者在消化。"乎恩纳拉想道。那些腐烂的肉块也是肝脏，来自不同的动物，无一例外在刚刚宰杀最鲜嫩的时候被献给了一尊雕像。

灼人的太阳忽然从头顶消失，凉飕飕的风就像是大片灰黑里冷不丁出现一道白色那样的突兀。

"是阴天？"乎恩纳拉想，不对，蛮荒之地不存在阴天，这里只有致命的干旱和有毒的焊草，这是永恒不变的定律。可目光所及的地面已经出现大面积的阴影，日光被东西遮蔽，那东西不会是阴云。

他抬起头，果然不是阴云。乎恩纳拉瞳孔迅速收缩成一点，巨大的惶恐与巨大的喜悦在他肺与胃口中不断地撞击，撞得他胃部生疼，微微地想吐。

那是天使们的飞船，在每150个落日后的神恩日都会出现的天使飞船，父亲告诉过他："每个神恩日天使们都会驾驶着坐骑搜寻荒野，给予每一个还活着的拾荒者恩赐，有时候是一头鲜活的猎物，有时候是一个个圆形铁皮罐子，里面装着美味的肉。"后来乎恩纳拉才知道所谓铁皮罐子叫作罐头，是天使们平常食用的美味。而坐骑是一种名为飞船的天使交通工具，像是荒野里常用的橇车。

"秩序永恒！"他伸出手臂挥舞着冲飞船大喊。

飞船察觉到了乎恩纳拉的存在，开始慢慢降落。周身凉飕飕的风渐渐大了起来，飞船接近地面的时刻会喷射强劲的风来保持船身平稳，乎恩纳拉清楚这一点，往常也是这样，每每神恩日他的这片废墟里的碎裂的水泥和体积较小的石子都不翼而飞。

他收起腰间的手斧，收起武器是对天使的尊重。说来这把手斧还是上一个神恩日天使的恩泽，毕身铁灰色，小巧玲珑，握把的地方是一种从未见过的材质。

"碳素。"乎恩纳拉记得那个天使在交给他手斧的时候对他说的。

"比金刚石还坚固，比磨尖的钢铁还锋利。"那位天使看上去是所有天使的头子，一群手持奇怪长管武器的天使簇拥在他身边，他把手斧递给乎恩纳拉。"好好活着。"天使说，拍了拍乎恩纳拉的肩膀。

高贵的天使触碰卑贱的拾荒者的肩膀，真不可思议，想都不敢想。

飞船落定，弦板从飞船的腹部张开，形成一个下斜坡，过了一会儿，两队天使手持奇怪的管状武器整齐地跑下来，他们的衣服一致，头盔一致，步伐一致，身高一致，甚至连跑动时候身体晃动的幅度都是一致的，看上去就像一大团来回弹动的软弹簧。天使们顺着弦板跑到大理石地面上，列队，站得笔直、一致。

乎恩纳拉发觉他们连样貌都接近一致。果然是服侍源主的天使们，源主是秩序的化身，天使们便"秩序"得像是同一个母亲生出的多胞胎。

片刻后一个头领模样的天使走了下来，"不是那个给自己手斧的天使，那位天使衣服上的花纹是圣阳之轮，比这位天使的启明星花纹级别高一些。"乎恩纳拉想，"而且没有这位天使的趾高气昂。"

"跪下，野蛮人。"那位头领天使走到乎恩纳拉面前傲慢地下令。

"乎恩纳拉不是野蛮人，是拾荒者。"乎恩纳拉反驳，但他遵循命令乖乖单膝下跪，毕竟面对的是天使，在这里，天使等同于源主的本人。"源主大人赐予我们'拾荒者'这一光荣称谓。"

"一个被毁灭文明的余孽，称为拾荒者还真是贴切。"头领天使轻蔑地笑了出来。接着他抬头，看到了那尊金刚石石像。他走了过去，没走几步便皱紧眉头捏住了鼻子。

"这是什么东西？"头领天使回头，指着石像脚下乎恩纳拉刚刚摆放的祭品问道。

"是新鲜的肝脏。"乎恩纳拉老老实实地回答。"来自我半个日落前捕到的鹿。"

头领天使又走几步到近前，小心翼翼地抽动鼻子，差点吐了出来。"一个养尊处优的天使。"乎恩纳拉想，"穿丝披缕，和那位天使大人不一样，那位天使大人接受了自己的肉干，大口咀嚼还多加赞美。"

"为什么把如此肮脏的东西放在源主大人的雕像下？！"头领天使看起来十分的恼怒，"为什么？！"

"肝脏并不肮脏，那是鹿全身最美味的地方,最上等的食物,必须献给源主大人。"

"源主大人不会吃如此鄙蛮的食物!"

"源主大人以蛆虫为使者消化所有的祭品。"乎恩纳拉不卑不亢地说。

"住口!"头领天使气得满脸透红。"你竟敢对源主大人的使者出言不逊!"

乎恩纳拉这才反应过来,蛆虫,使者,天使,这下自己可说错话了。"对不起,我并不是有意冒犯使者大人,可这是我们拾荒者的习俗……"他把头埋得更低。"还请大人原谅。"

头领天使思考了下转而真的像是原谅似的露出了微笑,也罢。"算了,反正……"他背起手走到乎恩纳拉面前,把乎恩纳拉扶起来和他对视,拍了拍他的肩膀。

乎恩纳拉忽然觉得头领天使的微笑有些不对劲,拾荒者可以嗅得出各种表情里的味道,因为他们常年生活在骗与被骗的世界里,而头领天使的这个微笑中透露着血腥味,浓郁得呛人。

但什么都没有发生,拍完肩膀后头领天使便转身上了飞船,所有的天使也跟着转身,软弹簧般整齐如波浪似的跑动方式再现,天使们回到飞船上,弦板收回,飞船再次喷射巨大的风压准备起飞。

"是自己的错觉吗?"乎恩纳拉疑惑地看着飞船思考道,"没有恩赐的神恩日,天使的微笑里透露着血腥。"

飞船缓缓升空，反引力系统的引擎发出的噪音让乎恩纳拉莫名感到烦躁，"没有恩赐的神恩日，天使的微笑中透露着血腥。"他独自喃喃了一遍，忽然间他好像意识到了什么立刻把手伸到背后握紧了手斧，抬头看向天空。

但是已经晚了，天使们的飞船在阵阵的金属交错声中切换出了一大片一大片的管状物，管状中空，黝黑得像是……

碳素。

乎恩纳拉当然认得长管的材料。"比磨快的钢铁还锋利，比金刚石更坚固。"他清楚，上一个被他杀掉的拾荒者用身体验证过。

管状的刀片？乎恩纳拉想道。但是下一秒他就打消了这个念头，因为管状物的口凝聚起了光，所有的管状物口都凝聚起了光，那光像太阳那般的圆，外围还有一圈淡蓝色的晕环，伴随着还有引擎缓缓启动的闷响，越来越大，越来越大。

"轰！"光球从中心炸裂，炽白色的光从四面八方喷射，每一秒所能看见的都是那不见边际的白光，携带着宛若火山喷发般的热量席卷而来。拾荒者世代流传着关于末日的言论，但从未有拾荒者真正目睹过末日。

"好热……"乎恩纳拉只来得及说出这句话来。

黑暗，刹那间的光变为黑暗，前所未有的安静，安宁、舒适感漫上了乎恩纳拉的小腿、腹部、手臂、头颅，全身的一切好像被一点点地浸在了热热的水中，无法言喻的温暖。

在一切皆归于沉寂之前，乎恩纳拉最后的感官捕捉到了一个微弱的声音。

"萨根计划,最终阶段启动。"

此后万籁俱灭。

"荒野?"乎恩纳拉想。"这是哪儿?"

他跌跌撞撞地爬了起来,脑袋很痛,里面像是有棍子在搅拌自己的脑浆。

"这是哪儿?"他捂着脑袋跟跟跄跄地向前走了几步,脚步蹒跚,没走几步他倚在一块碎石堆边跌坐下来,他又捂住了头,脑袋昏昏沉沉,有微微呕吐感压抑着喉头,难受得要命。"这是哪儿?"乎恩纳拉强打起精神向四周望去。

这是在……荒野?

头好痛……乎恩纳拉再度抱紧了头。到底发生了什么?

可他怎么回忆都不清楚到底发生了什么,最后的记忆告诉他,天使们的飞船伸出了黑乎乎的碳素长管,从长管口凝聚出来的光把自己烤得很热,接着眼前便一片黑暗。

"自己应该在'家'。"乎恩纳拉分析,"大概在那片有着金刚石塑像的大理石广场那儿,最后的记忆定格在那里,头顶还有喷射热球的飞船。"

可……四周空旷无垠,放眼望去四周只有沙漠,有碎石堆成了堆,分散地砌在了各处成一个个小小的山坝,不远处有金刚石融化又凝结成的不规则固体,再往远处看还有一丛丛的废墟——标准的乌尔比安荒野——乎恩纳拉的足迹遍布整个乌尔比安荒野,所以他很清楚荒野该是什么模样。

哪里还有烫脚的大理石地面和金刚石雕塑?

对了,是天使!他们上了飞船腾空起飞,那些长管子碳素武器喷吐出灼热的光!

乎恩纳拉猛地爬了起来,前后左右找了找,还好,斧头还在,就在不远处沙漠的表面。乎恩纳拉走了过去拾起,表面完好无损,他空挥了几下,手感依旧。"碳素,比金刚石还坚固,比磨快的钢铁还锋利。"那位穿着圣阳服饰的天使头领的话又映在了乎恩纳拉的脑中,他握住斧头看了片刻。

没有恩赐的神恩日,天使的笑容里透露着血腥。

旋即他摇了摇头,又单手捂住了脑袋,头还有点痛。

那些总是携带着鲜肉和罐头的天使为什么要攻击我?贪图我的血和肉么?乌尔比安的拾荒者互相的攻击都是这个理由……

不可能,那是天使大人,他们吃着美味的烤肉,用蘸满肉汤的面包当盘子,啜饮甜美的葡萄酒,父亲告诉过自己这一点。乎恩纳拉当时还问父亲面包和葡萄酒到底是什么滋味,父亲回答:"我也不知道,总之你记住,那是全乌尔比安所有的食物都无法比拟的美味。"

全乌尔比安所有的食物都无法比拟的美味……那么天使肯定不会来跟我抢夺腐烂的血和肉。

到底为了什么？

乎恩纳拉垂下了头，过了一会儿他跪了下来："秩序永恒。"他低低地说。

"发现目标！确认！是实验体！"乎恩纳拉听到有人在呼喊，是天使的声音！在自己倚靠着的废石堆后面，伴随着的还有奇怪的管状物发出的金属交错的声音。那是危险的武器！乎恩纳拉清楚，那些武器会吐出灼人的光！

天使们已经不再是之前的天使！他们抛弃了羽翼和光环，大嘴咧开露出尖锐的獠牙！他告诉自己：他们想要自己的命！他们还毁了源主大人的雕像！罪不可恕！罪不可恕！

那个天使叫喊声的尾音还卡在喉咙里，下一秒他就再也发不出声音——乎恩纳拉甩出斧头，斧头在空中旋转了几周，准确切入了天使的喉管，天使嘴巴大张着，乎恩纳拉注意到天使大张着的嘴巴里露出的牙齿只是普通的白牙——原来天使的牙齿不是钻石的。

天使想喊的后半段话淹没在"咕咚咕咚"的水声里，鲜血飞溅，有血溅上了乎恩纳拉的面颊，他下意识用舌头舔去。是温的血，和和低等动物的血一样，又腥又甜。原来天使也只是一种动物，切开了血管一样会流出腥甜的液体，而且他们没有钻石的牙齿。

乎恩纳拉走到天使身边拾起掉落在地上的管状物，从其喉头拔出了斧头，看了看，又把斧头在天使白净的衣服上擦拭干净，接着他拽着还未死透的天使的脚踝，把他向荒野深处拖去。

没走几步他忽然停了下来回头望向空空荡荡的荒野，拖行的痕迹留在了身后很长一串，那串痕迹边还有血迹，看起来就像是某个拾荒者在这里猎了一头野猪。乌尔比安所有动物中只有野猪才会在挣扎时候有机会流血，因为受伤的野猪太过凶残，连拾荒者都得允许这必要的浪费。

"乌尔比安不允许自己的猎物流血，野猪除外，"乎恩纳拉低声说，随即迈开步子继续走向荒野深处，"现在天使也除外。"

他不停脚步，身影消失在了一片石头废墟之间。

乌尔比安的血只有血才能偿还。

在乱石堆里翻找了半天，乎恩纳拉找到一块表面还算平整的石板，他拎着石板走到乱石堆边缘地坐下，用斧头在石板上划，每每斧尖移动、石板的面凹下一道蚯蚓似的纹路后，他就放下斧头举起石板端详一会儿，好像是在雕刻着什么艺术品。

其实不是什么艺术品，他刻的只是一个数字，乌尔比安没有文字，但是有自己独特的计数符号，不同种纹路代表着不同的数字。最后乎恩纳拉把石板扔在了地上，拿起斧头插在腰间的皮带里站起身走向一处火堆，那边有烟飘了过来，伴随着的还有烤肉的香味。

石板孤零零的被遗弃在了原地，奇怪的纹路象征着一个数字，37，距离"泯灭日"过去了37天。

肉烤有得点焦。乎恩纳拉抱着一只烤兔子坐在一块圆石头上边啃边想，他的牙齿呈两两错位的锋利倒三角，很容易就能把肉从兔子身上一块块撕下来咀嚼。

"不光焦,里面的肉还有些没熟透,口感十分的差。"乎恩纳拉叹了口气,很久没自己动手烤肉了,以往烤肉这道程序都是137个日落前自己抢来的那个雌性来做。她勤快能干,心灵手巧,会把最难吃的猎物烤得恰到好处,每一块肉都烤得喷香金黄,香味扑鼻,撕下来一块嚼一嚼,满嘴都是油。

但雌性死了。37个日落前的那道白光泯灭了那片废墟中的一切,最终乎恩纳拉只找到几节烤焦的脊椎骨……他再也没有喷香金黄的烤肉吃了。

乎恩纳拉愤恨地把烤兔摔在地上,溅出的油脂射在乎恩纳拉的脚趾尖,他看了一会儿脚上的油渍,把斧头抽出来拿在手里一言不发。

137个日落,191个天使,一个启明星,一把斧头……碳素,比金刚石更坚固,比磨快的钢铁还锐利。

191减57等于几?

134。乎恩纳拉把斧头放下,弯下腰捡起烤兔,锋利的三角牙齿撕下一块肉来。肉已凉,沾着泥沙的凝固肉油有些硌牙,乎恩纳拉不以为意——不能浪费,浪费可耻。

身后忽然一紧,肩膀传来灼烧似的感觉,一股巨大的力量贯穿了乎恩纳拉的左肩膀将他击翻倒地。剧痛席卷而来,痛得乎恩纳拉龇牙大叫。

是天使!他们的手里的武器会发射白光!大事不妙!

乎恩纳拉伸手想去抓碳素斧头，可一只脚踢开了那把斧头，又有一只脚踩上他的手，又狠命地踢他受了伤的肩。

果然是天使！乎恩纳拉昂起头，两个天使正用那奇怪的管子武器指着他。一个天使忽然调转管子，砸向乎恩纳拉的脑袋。

噢，天黑了。

"……"

"……"

吵，好吵。耳边嘈杂，有好多人在喋喋不休，那声音像是乌尔比安荒原最烦人的鸟，它们有翅膀能飞，一直叫个不停，可"拾荒者"们拿它们一点办法没有。

吵死了！吵死了！乎恩纳拉在心中狂吼，他想从腰间抽斧头砍死这群烦人的噪音来源，可没成功，是睡了太久手没力气吗？

不，是钢铁。

乎恩纳拉睁开了眼，一阵强烈的白光逼得他又闭上了眼，好一会儿才能慢慢睁开。

钢铁，满眼都是钢铁，在乌尔比安这种仅次于金刚石的稀缺物资此时此刻装满了乎恩纳拉的眼睛。

他又挪动了几下手——纹丝不动。他微微低下头去看——手腕被两个圆形的钢铁牢牢固定在背后的铁床上，同时被固定住的还有脚。

"血压心跳逐渐平稳，预计实验体将会在十分钟内苏醒。"是个雌性天使的声音，从自己右边传来，"检测报告结果在这儿，您过目，执行长大人。"

执行长？天使的领头人？乎恩纳拉闭上眼睛，这种时候装死比较安全，荒野上就连最危险的暴熊也不吃死的东西。

137个日落，134个天使，一个启明星，一把碳素斧头……不，没有斧头。

"直接告诉我结果。"又一个懒散的声音进入了乎恩纳拉的耳朵。是"启明星"。乎恩纳拉立起了耳朵。

"实验体属于蜥蜴文明的后裔，脑容量为1514cc，大于两千年前的东亚人种；肌肉骨骼强度在放松状态下是现帝国公民的799倍，而消化系统和排毒系统均超越目前可知所有的物种……还有，其细胞愈合力惊人。"雌性天使说。"根据您的说法，我们曾经用'歼星炮'轰过他——虽然不是满赫率——但实验体细胞丝毫没有'解构'现象。再看实验体肩膀，他被送来我这儿只有40分钟，肩部贯穿伤愈合，被镭射武器烧焦的地方已经长出了新肉和皮肤。"

一阵脚步声后，一只手搭上了乎恩纳拉的左肩膀。无力的手，乎恩纳拉想。

"而切片研究的数据分析，显示实验体的细胞活性和强度大概是帝国人的6000倍，而细胞可分裂的次数更无法预估。通俗地说，他拥有不死之身。"雌性天使继续道。

"不死之身……""启明星"好像搓了几下没有胡须的下巴，

声音里满是贪婪,"破译基因要多久?"

基因?

"3个地球日左右。"

"那就再留他3天。"

"3天后呢?"

"那不是我该关心的问题。""启明星"嗤笑了一声,"乌尔比安都被抹除了。"

"乌尔比安,抹除?这又是什么意思?"

"明白了,执行长大人。"乎恩纳拉听到雌性天使笑了一声,接着一个脚步离开,是执行长的。

乎恩纳拉眯开右眼,视线中雌性天使背对着自己,穿着一席纯白的袍子,和自己之前见过的天使截然不同,那双无力的手应该就是她的。这么说她不是天使里的战斗员?雌性天使送"启明星"走出钢铁房屋,然后转过身向这边走来。

乎恩纳拉闭上了眼睛。

脚步声越来越近,最后停在了自己面前,停住。乎恩纳拉又眯开一条缝,雌性天使捧着一块钢铁在上面点来划去。他调转了视线,打量整个空间——奇怪的钢铁屋子,只有这一个雌性天使。

机会。

乎恩纳拉猛然瞪开了眼,他以眨眼的速度吐出了舌头。舌头精准地甩出,缠住了雌性天使的脖子,一圈一圈,狠狠勒紧,味蕾传回了恐惧的味道。

雌性天使绝没想到乎恩纳拉这一手,她本该想到的,实验体是被毁灭了的蜥蜴文明的余孽,而蜥蜴的舌头都很长!关键的时候可以当绳子使!

该死!她伸出手抓住了缠住自己脖子的舌头,可是没用,这舌头十分有力,实验体体内细胞强度是她的6 000倍,也就意味着远超人类的苏醒速度,也意味着远超于她的力量!

喊出来!优梨!喊出来!卫兵就在门口,喊出来!

最终她还是没有喊出来。视线在模糊,大脑也在模糊,眼前越来越黑,不一会儿雌性天使便失去了意识,垂下了手不再挣扎。

乎恩纳拉又箍了一会儿,直到舌头确认雌性天使动脉不再跳动,他才松开了舌头。

雌性天使落地,她手里的那块钢铁就掉在她尸体旁边,钢铁上此时有无数个绿光在闪烁,闪烁了几下绿光消失了,与此同时乎恩纳拉感觉手脚一松——禁锢住手脚的那几个圆钢铁松开了。

是和绿光有关么?乎恩纳拉揉了揉手腕思考道。算了,天使的东西他一个"拾荒者"怎么可能参透。

"秩序永恒。"乎恩纳拉对雌天使的尸体说。

"不许动!"一个声音从乎恩纳拉身后传来,乎恩纳拉转过身。两个天使,他们手里有自己见过的那种管子武器,身着打扮却和之前那些天使不同。

"你杀了优梨博士?!"一个天使端着管子武器一步一步向

乎恩纳拉挪动，"把手举起来！放在头后！"

乎恩纳拉照做。

一个天使取出一根链铁，链铁两端的模样很像刚刚箍住自己的圆钢铁。"现在把手伸出来！"天使又喝道。

乎恩纳拉伸手。

拿着链铁的天使上前扣住了乎恩纳拉的手腕。无力，又是无力的手，天使的手都很无力？

乎恩纳拉暴起，被扣住的手腕随意一甩便挣脱，而后他抓着面前的天使的脖子把他扔向另一个天使。白光霎时洞穿了第一个天使的躯体，乎恩纳拉趁着这个档子奔跑上去，借力一拳打在了第二个天使的脸上，那脸顿时陷了进去，第二个天使像泄了气的皮球似的倒下。

"实验体逃脱！重复！实验体逃脱！顶级橙色警报！"乎恩纳拉回头，第一个天使嘶声对着一个黑色的铁块大吼，他的嘴里满是鲜血。红灯闪烁，"滴滴"声伴随着红灯大作，那声音扰得乎恩纳拉心神不宁，数道钢铁门在声音响起后齐刷刷地落地，彻底封死了这个钢铁空间。

乎恩纳拉向苟延残喘的天使走去，蹲下……134减3等于几？

131。

"早上好，野蛮人，看你的精神头儿，这一觉你睡得还踏实？"

乎恩纳拉握紧了拳头，是"启明星"的声音。

他转身，"启明星"就站在那里，乎恩纳拉没有犹豫再度冲刺借力一拳。

挥空，拳头穿过了"启明星"的身体，打碎了几个脆弱的圆柱装透明物体，声音脆响，透明渣滓碎了一地。

一击未中，怒火随即攻上乎恩纳拉的心口，他咆哮起来。

"愤怒？倒也对，""启明星"笑着摇了摇头，"不过你对这全息影像能做什么？"

愤怒！愤怒！乎恩纳拉转身又是一拳，同样击空。

"放弃吧，野蛮人，你是打不到我的。"

两击不中，乎恩纳拉开始警惕的开始打量"启明星"。的确是他，这个该被切碎拿去供奉源主大人的蛆虫！他就站在那里，悠哉悠哉地看着自己。

可为什么打不中？那个蛆虫说这是全息影像？可那又是什么？

"我叫乎恩纳拉。"犹豫再三，乎恩纳拉放弃了进攻姿态。

"好吧好吧。听起来就像个低等的生物。""启明星"摆了摆手："所以，乎恩纳拉，我们谈谈怎么样？"

"谈？谈什么？"乎恩纳拉反问。他四下看了看，拾起天使掉落在地上的管子武器，他不会用，但可以当棍子使。谈判乎恩纳拉想都没想过，因为……"乌尔比安只相信手中的铁"。

"乌尔比安？鄙蛮的地方……你口中的乌尔比安已经被抹除了。""启明星"说。

抹除？这是乎恩纳拉第二次听到这个词和乌尔比安连在一起，他心中一紧："你什么意思？"

"字面意思。""启明星"咧嘴笑道，"'歼星炮'抹去过比乌尔比安大得多的星球。"

乎恩纳拉沉默，他不懂"启明星"说的具体是什么意思，总之，这里不是乌尔比安。

"谨慎。"他提醒自己。

"这是哪儿？"他问。

"G-R7 红色科研舰队。""启明星"语气难得严肃，"你有幸参观了旗舰的研究部。"

G-R7 红色科研舰队……？那是什么？"你到底想和我谈什么？"乎恩纳拉有些焦躁不安。

"皇帝需要你的基因。""启明星"直截了当地说。

皇帝？那是谁？"皇帝要我的基因？皇帝是谁？"

还有，这基因又是什么？

"皇帝就是皇帝，他是全已知宇宙最伟大的领袖。""启明星"回答。

乎恩纳拉思索了一下："源主大人？"

"不是源主，是源帝！"忽然抬高了音量，就如狂热信徒宣扬无上的神,"源主已经是过去时,现在是源帝!源帝!伟大的源帝吞并了 32 个大天河系宣布成立帝国,你将为帝国的战士贡献基因,何等的荣耀!"

帝国的战士……帝国是什么?隶属于那什么帝国的战士?可源主大人身边不是有使用碳素的天使么……天使不是战士?

那战士又是什么?

无数个疑问在乎恩纳拉脑海中对冲。可源主……还有那什么,基因?天使不需要血和肉,需要……基因?

总觉得有什么不对劲的地方。哦对了。

"你们那个射白光的武器能杀死乌尔比安最强壮的'拾荒者'。我的基……因?那东西比白光武器还强?"

"不要拿那种卑劣的科技武器来攀比陛下制定的'萨根'计划!""启明星"傲慢地一抬下巴:"伟大的陛下命令 32 支科研舰队收集了 32 种基因,以与帝国人的血脉为蓝本,耗时数万个地球年,最终成功繁衍出 32 种新型基因。32 种新型基因继承了 32 种强大的力量,却能被帝国的血脉接纳,多么荣幸!多么可怖!"

"你们的……源帝,想获得 32 个不属于自己的力量?"帝国血和异族血的融合?我们是被毁灭文明的幸存者,父亲说过。乎恩纳拉摇了摇头:"我父亲说吃多了会撑死。"

"所以你的血就至关重要了,乎恩纳拉,你是叫这个名字吧?""启明星"说,"你的同胞中唯有你完美继承了'愈合'的能力,甚至能硬抗'歼星炮'。你的血将会修补血脉之间一系列冲突，继而凝固、沉淀成一整条坚固的基因链。只有你才有资格成为'萨根'计划的实验体。"

"可我不觉得有什么荣幸。"乎恩纳拉又摇了摇头，"……帮了你们对我有什么好处？"

"生命。至少你可以活着，不用像其他的实验体被利用完悲惨地死去。"

"我杀了很多天使。"乎恩纳拉说，"其中一个天使不是战士。"

"天使？不不不，一群战士，一个博士，不过是些贱命，为了帝国的宇宙统治大业总得有人死。""启明星"的语气好像乎恩纳拉这几十天只是拍死了几只虫子，"一场实验体逃脱事件，我会杀了另一个实验体替你顶罪。"

乎恩纳拉沉默了一会儿，像是心动了。"我不相信你。"沉默之后他开口道。

"可你有的选吗？""启明星"冷笑了几声说，"要么点头保命，要么……罢了。"

乎恩纳拉点头。

"很好。""启明星"也点头，"我的人会去清理好现场。你只需要等着这件事结束。"

这件事不会结束，乎恩纳拉握紧了拳头，"我们是被毁灭文明的幸存者，乎恩纳拉，你要记住，你要牢牢记住。"32个大星云，32种基因，什么寓意？不言而喻……131个天使，1

个启明星，1个源帝。

"孩子！注意身后！"有声音忽然在脑海中炸裂。是父亲的！这个声音乎恩纳拉死也不会忘记，可父亲不是已经死了么？就在300个日落前，与一个"拾荒者"争夺猎物被对方一刀刺穿了肚子⋯⋯乎恩纳拉猛地回头，眼前霎时被白光笼罩，接着左臂关节剧痛，他右手想按住痛点⋯⋯没有。他低头，左臂空落落，小臂连接着手还有掉落在脚边，被他打算当棍子用的管子武器飞出去老远。

鲜血飞溅。

乎恩纳拉抬头，面前是一个天使，他没有犹豫一脚踹向乎恩纳拉的腹部，又用管子武器猛抽乎恩纳拉的脑袋，一队天使趁机包围了乎恩纳拉。

接着剧痛蔓延到了右臂。

"哈哈哈哈！""启明星"癫狂地大笑起来，"乎恩纳拉！乎恩纳拉！你居然相信谈判？你这种卑贱的种族怎配和荣耀的帝国谈判？畜生就该被老老实实地等着被屠宰！反抗的畜生就得被先宰！明白了吗？！你这卑贱的东西！"

"任务完成，执行长大人。"天使中像是领头的那位对"启明星"搔胸敬礼，"请问实验体如何处置？"

"我要吃了你们！"乎恩纳拉痛得咬牙切齿地低吼。"我要吃了你们！我要吃了你们！"

"先留那儿。""启明星"强止住笑,"你们在门口守着,我还想看看他的表情。"

"明白。"天使领头再度敬礼,"撤!"他对其余天使命令。

"等等。""启明星"叫住了天使,"走之前把他的手带走,他的愈合力很强,免得再接上。"

"是。"天使领头捡起两只手,和其余天使一起走出了门。

乎恩纳拉闭眼,脑子的潜意识并不承认手臂突如其来的消逝,它强迫手臂处疼痛,有如火烧,幻肢在一张一合地无意义的运动。"站起来,乎恩纳拉。"父亲的声音又在乎恩纳拉脑子里响起,"站起来。"

"疼,父亲。"乎恩纳拉喃喃。

"被刺激到说胡话了吗?""启明星"扬扬得意地问,"感觉怎么样?嗯?乎恩纳拉?"

"站起来。"父亲的声音再一次说,"都是幻觉,幻觉你知道么?疼不过是幻觉,疼痛和苦难本都不是存在的。"

"可是我没有手。"

"不必担心手,我的孩子,站起来只需要腿。"

乎恩纳拉听从父亲的话,他用脑袋拱地,两腿弯曲,跪了起来。这个动作之后他僵住了很久,大口大口地喘气,两臂幻肢一张一合,疼得刻骨铭心。

"加油,乎恩纳拉。源主与你同在。"

"源主是假的，父亲。"乎恩纳拉喘着粗气道。"他贪婪得就像是腐狗。"

"不，乎恩纳拉，源主在我们心里，只要你相信，他便一直都在，一直伟大。"父亲轻声说，"先站起来。"

乎恩纳拉使劲，痛楚让他几近疯狂。于是他咆哮出声，接着艰难地一点点直立起来，两臂断口处血流如注。

"痛吗？！畜生！""启明星"大吼。

"很好，我的孩子。"父亲说。"现在，跌倒。"

"为什么，父亲？"乎恩纳拉道。他说话半带着咆哮，浑身打颤，摇摇欲坠。"是您让我站起来的！我快坚持不住了！"

"那就趴下！用你的舌头舔干净你弄脏的每一块地板！畜生就该用畜生的姿势！站立？那是人类才拥有的资格！"回答他的是"启明星"。

"父亲！父亲！"乎恩纳拉大吼，可父亲没有再回答，就像是在等着乎恩纳拉完成他的命令。失去声音支撑的乎恩纳拉跌倒，后背狠狠的磕在了一块方形金属上，火辣辣地疼。

父亲？乎恩纳拉闭上了眼。困意来袭。

"不，孩子，睁眼。"父亲的声音又出现。"不要睡，我没说跌倒以后就可以睡觉。"

乎恩纳拉睁眼。父亲？瞳孔所见一片白茫茫，失血过多已经让他瞳孔失焦。他又合上了眼："我好累，父亲……"

"我没让你站起来，睁眼。"父亲说，"睁开你的眼，看你左手边。"

左边?那是哪边?脑子里好晕……不行!

乎恩纳拉狠命一咬舌尖,血腥味弥漫口腔,大脑顿时惊醒,他睁开眼,视线也清晰了许多。

左手边。乎恩纳拉向左扭头,"左手边有什么?"

"你在找什么?""启明星"警觉地问。"说!你在找什么?不!你的手怎么……?!"

"那片钢铁,记得么?就是优梨博士掉的那块。"父亲说,"捡起来。"

那片钢铁乎恩纳拉认得,掉得不远,如果乎恩纳拉有手的话伸手就能够到。可他没有手,"我没有手。"

"你的恢复力惊人,你忘了么?"

"可手被天使拿走了。"

"傻孩子,我们是蜥蜴啊,数百万年来我们的进化可不止从爬行到直立,还有再生细胞。"父亲慈祥的声音让乎恩纳拉诧异,"拿心去感受你的手,我的孩子。"

用心?乎恩纳拉合眼,幻肢又在一张一合,创深痛巨……不对,手……手!他睁大眼睛,双手在眼前一张一合,是手!

手复原了!

"快去拿那个钢铁!"父亲的声音变得有些焦急。

对,钢铁。乎恩纳拉伸手够到那边钢铁,拿在手里。新生的双手毫无触觉，火烧似的痛感还在继续。

"你要做什么？！低等的畜生！你要做什么？！""启明星"的声音出现了一丝慌乱，"放下你的脏手！畜生！畜生！你听到没有？！"

"打开这块钢铁，钢铁右边有个银色的小按钮，看到了吗？"父亲说，"把优梨的血涂在上面。"

那个雌性天使……乎恩纳拉扭头，雌性天使倒在那里，白色的外袍沾染着血迹，下身淅淅沥沥地流淌着尿液，死后失禁，天使也会死后失禁？

没时间想的，乎恩纳拉扑过去，胳膊肘着地，关节处被地面硌得生疼。他张嘴冲优梨的手咬去，锐利的三角牙齿撕裂了雌性生物柔嫩的皮肤，直接撕下来一块肉。

乌尔比安荒野上每一个拾荒者都知道猎物死后血液会凝固，还好，伤口处还能流血。乎恩纳拉赶紧把血涂在那个按钮上。

"检测到血液，DNA 检测开始。"

钢铁片发出雌性天使的声音，不过略微僵硬，他看着钢铁的黑色截面，上面忽然出现一个绿点。

"检测完毕，确认身份。"

黑色钢铁截面无数个绿光闪烁，接着截面亮了起来，转而整个又变黑，截面上出现了 3 个红色的方块。

"欢迎步入地狱，优梨博士。"钢铁片再度出声。

"卫兵！卫兵！卫兵！""启明星"暴怒，气急败坏地冲乎恩纳拉挥拳，拳头穿过了乎恩纳拉的身体——一样的结果。"卫兵——！"

有脚步声从钢铁门口传来，很急促。

"接着该怎么办？"乎恩纳拉问。

父亲没有回答。

他不会再回答，乎恩纳拉清楚。虽然没有任何理由和根据，但是他就是清楚，就像他知道渴了要喝，饿了要吃那般的理所应当。

可接着该做什么？！接着该做什么？！乎恩纳拉心急如焚。

父亲依旧没有回答。

3个按钮？是让我按一个么？按哪个？父亲说过只能用一次……可恶！该按哪个？！该按哪个？！

"快放下！放下！你这畜生！""启明星"大吼，声音听起来有些含糊，大概是因为他太过着急以至于左脚绊右脚地摔倒咬到了舌头的缘故。"你听见没有！快放下！"

脚步声越来越近，越来越近。

他忽然看到了一个字，3个红色按钮上他唯独认识这一个字，"毁。"乎恩纳拉喃喃。

我们是被毁灭文明最后的幸存者，乎恩纳拉，你要记住，你要牢牢记住。

父亲教我认识过这个字。

乎恩纳拉点中那个按钮。天使们此刻方才露脸，打头的那个天使用管子武器打碎了乎恩纳拉手中的铁，他反手又一抡，把乎恩纳拉抡翻在地。

"飞船自毁程序已启动，倒计时10、9、8……"

恐惧同时出现在天使和"启明星"的脸上，天使们丢下了武器往钢铁大门跑去。"快跑！"领头天使尖叫得破了音。"往最近的救生舱跑！快！"

"你这畜生！你干了什么？！""启明星"的身形指着乎恩纳拉的痛骂，"你不过是个爬虫！你不过是个爬虫！你怎么会……？！"

自毁程序……乎恩纳拉翻身坐了起来，"这就是父亲您的意思吗？感觉……"

还不错。乎恩纳拉摸了摸脸颊笑了起来，然后他昂起头，"启明星"的脸随着机械冰冷的倒数声音愈发的惊恐、愈发的扭曲，身体也跟着扭曲抖动，语无伦次，像是食腐的蛆虫。

"我倒想再看看你的表情，只是时间不多了。不过……罢了。"乎恩纳拉大笑。"我是被毁灭文明的幸存者！你给我记住！你这个蛆虫！你给我牢牢记住！"

可"启明星"哭吼大叫，满脸的鼻涕眼泪，丝毫没有理会乎恩纳拉。

罢了。乎恩纳拉止住笑意。

"5、4、3、2……"

137个日落、1个乌尔比安、1个"启明星"。乎恩纳拉再一次昂起头。父亲……他又颔首,苦涩地摇头。何来的父亲?父亲早就死在了拾荒者手里,脖子涌出血,那双充满着智慧的眼睛里满是不甘。

不,乎恩纳拉,源主在我们心里,只要你相信,他便一直都在,一直伟大。

原来如此,乎恩纳拉轻轻微笑,你来晚了,但……"秩序永恒,源主大人、父亲。"乎恩纳拉微笑。

"1。"倒计时结束。

"131减131等于几?"乎恩纳拉默念,"等于1,1个源帝。"

"不——!"瞳孔里"启明星"伸出手鼓起最大的声音徒劳的吼叫。

乌尔比安的血只有血才能偿还。乎恩纳拉闭上了眼。

"轰——!"

天地俱灭。

版权专有　侵权必究

图书在版编目（CIP）数据

不完美接触 / 刘慈欣等著. —北京：北京理工大学出版社，2020.7
（科幻硬阅读. 星际远行）
ISBN 978-7-5682-8415-8

Ⅰ．①不… Ⅱ．①刘… Ⅲ．①幻想小说 – 小说集 – 中国 – 当代 Ⅳ．① I247.7

中国版本图书馆 CIP 数据核字（2020）第 073904 号

出版发行 / 北京理工大学出版社有限责任公司
社　　址 / 北京市海淀区中关村南大街 5 号
邮　　编 / 100081
电　　话 /（010）68914775（总编室）
　　　　　（010）82562903（教材售后服务热线）
　　　　　（010）68948351（其他图书服务热线）
网　　址 / http:// www.bitpress.com.cn
经　　销 / 全国各地新华书店
印　　刷 / 三河市华骏印务包装有限公司
开　　本 / 880 毫米 ×1230 毫米　1/32
印　　张 / 9.75　　　　　　　　　　　　　　责任编辑 / 李慧智
字　　数 / 198 千字　　　　　　　　　　　　文案编辑 / 李慧智
版　　次 / 2020 年 7 月第 1 版　2020 年 7 月第 1 次印刷　责任校对 / 刘亚男
定　　价 / 39.80 元　　　　　　　　　　　　责任印制 / 施胜娟

科幻不是目的,思考才是根本。
科幻小说是献给那些聪明的头脑和有趣的灵魂的一份礼物。
喜欢科幻的书友请加科幻 QQ 一群:168229942,QQ 二群:26926067。